冰心
散文集

冰心 著

北方文艺出版社

图书在版编目（CIP）数据

冰心散文集/冰心著. —— 哈尔滨：北方文艺出版
社, 2018.1（2019.12 重印）
ISBN 978-7-5317-4133-6

Ⅰ.①冰… Ⅱ.①冰… Ⅲ.①散文集—中国—现代
Ⅳ.① I266

中国版本图书馆 CIP 数据核字（2017）第 304842 号

冰心散文集
Bingxin Sanwenji

作　者 / 冰　心
责任编辑 / 赵　平　赵晓丹　　　　　　封面设计 / 锦色书装

出版发行 / 北方文艺出版社　　　　网　址 / www.bfwy.com
邮　编 / 150080　　　　　　　　　经　销 / 新华书店
地　址 / 黑龙江现代文化艺术产业园 D 栋 526 室

印　刷 / 北京玺诚印务有限公司　　开　本 / 880mm×1230mm　1/32
字　数 / 217 千　　　　　　　　　印　张 / 8
版　次 / 2018 年 1 月第 1 版　　　印　次 / 2019 年 12 月第 3 次印刷

书　号 / ISBN 978-7-5317-4133-6　　定　价 / 29.80 元

目 录 | Contents

第一辑　童年

　　她回想起童年的生涯，真是如同一梦罢了！穿着黑色带金线的军服，佩着一柄短短的军刀，骑在很高大的白马上，在海岸边缓辔徐行的时候，心中只充满了壮美的快感……

　　童年！只是一个深刻的梦么？

童年杂忆

童年呵！
是梦中的真，
是真中的梦，
是回忆时含泪的微笑。

——《繁星》

一九八〇年的后半年，几乎全在医院中度过，静独时居多。这时，身体休息，思想反而繁忙，回忆的潮水，一层一层地卷来，又一层一层地退去，在退去的时候，平坦而光滑的沙滩上，就留下了许多海藻和贝壳和海潮的痕迹！

这些痕迹里，最深刻而清晰的就是童年时代的往事。我觉得我的童年生活是快乐的，开朗的，首先是健康的。该得的爱，我都得到了，该爱的人，我也都爱了。我的母亲、父亲、祖父、舅舅，老师以及我周围的人都帮助我的思想、感情往正常、健康里成长。二十岁以后的我，不能说是没有经过风吹雨打，但是我比较是没有受过感情上摧残的人，我就能够禁受身外的一切。有了健康的感情，使我相信人类的前途是光明的，虽然在螺旋形上升的路上，是峰回路转的，但我们有自己的看法，自己的判断，来克制外来的侵袭。

八十年里我过着和三代人相处（虽然不是同居）的生活，感谢天，我们的健康空气，并没有被污染。我希望这爱和健康的气息，不但在我们一家中间，还在每一个家庭中延续下去。

话说远了，收回来吧。

读　书

我常想，假如我不识得字，这病中一百八十天的光阴，如何消磨得下去？

感谢我的母亲，在我四五岁的时候，在我百无聊赖的时候，把文字这把钥匙，勉强地塞在我手里。到了我七岁的时候，独游无伴的环境，迫着我带着这把钥匙，打开了书库的大门。

门内是多么使我眼花缭乱的画面呵！我一跨进这个门槛，我就出不来了！

我的文字工具，并不锐利，而我所看到的书，又多半是很难攻破的。但即使我读到的对我是些不熟习的东西，而"熟能生巧"，一个字形的反复呈现，这个字的意义，也会让我猜到一半。

我记得我首先得到手的，是《三国演义》和《聊斋志异》，这里我只谈《聊斋志异》。

《聊斋志异》真是一本好书，每一段故事，多的几千字，少的只有几百字。其中的人物，是人、是鬼、是狐，都有自己独特的性格，每个"人"都从字上站起来了！看得我有时欢笑，有时流泪，母亲说我看书看得疯了。不幸的《聊斋志异》，有一次因为我在澡房里偷看，把洗澡水都凉透了，她气得把书抢过去，撕去了一角，从此后我就反复看着这残缺不完的故事，直到十几年后我自己买到一部新书时，才把故事的情节拼全了。

此后是无论是什么书，我得到就翻开看。即或不是一本书，而是一张纸，哪怕是一张极小的纸，只要上面有字，我就都要看看。我记得当我八岁或九岁的时候，我要求我的老师教给我作诗。他说作诗要先学对对子，我说我要试试看。他笑着给我写了三个字，是"鸡唱晓"，我几乎不假思索地就对上个"鸟鸣春"，他大为喜悦诧异，以为我自己已经看过韩愈的《送孟东野序》。其实"以鸟鸣春，以雷鸣夏，以虫鸣秋，以风鸣冬"这四句话，我是在一张香烟画的后面看到的！

再大一点，我又看了两部"传奇"，如《再生缘》《天雨花》等，都是女作家写的，七字一句的有韵的故事，中间也夹些说白，书中的主要角色，又都是很有才干的女孩子。如《再生缘》中的孟丽君，《天雨花》中的左仪贞。故事都很曲折，最后还是大团圆。以后我还看一些类似的书，如《凤双飞》，看过就没有印象了。

与此同时，我还看了许多商务印书馆出版的"说部丛书"，其中就有英国名作家迭更斯的《块肉余生述》，也就是《大卫·考伯菲尔》，我很喜欢这本书！译者林琴南老先生，也说他译书的时候，被原作的情文所感动，而"笑啼间作"。我记得当我反复地读这本书的时候，当可怜的大卫，从虐待他的店主出走，去投奔他的姨婆，旅途中饥寒交迫的时候，我一边流泪，一边掰我手里母亲给我当点心吃的小面包，一块一块地往嘴里塞，以证明并体会我自己是幸福的！有时被母亲看见了，就说："你这孩子真奇怪，有书看，有东西吃，你还哭！"事情过去几十年了，这一段奇怪的心理，我从来没有对人说过！

我的另一个名字

我的另一个名字，是和我该爱而不能爱的人有关，这个人就是我的姑母。

我从来没有见过我的姑母，只从父亲口里听到关于她的一切。她是父亲的姐姐，父亲四岁丧母，一切全由姐姐照料。我记得父亲说过姑母出嫁的那一天，父亲在地上打着滚哭，看来她似乎比我的父亲大得多。

姑母嫁给冯家，我在一九一一年回福州去的时候，曾跟我的父亲到三官堂冯家去看我的姑夫。姑姑生了三男二女，我的二表姐，乳名叫"阿三"的，长得非常的美。坐在镜前梳头，发长委地，一张笑脸红扑扑地！父亲替她做媒，同一位姓陈的海军青年军官——也是父亲的学生——结了婚，她回娘家的时候，就来看我们。我们一大家的孩子都围着她看，舍不得走开。

冯家也是一个大家庭，我记得他们堂兄弟姐妹很多，个个都会吹弹歌唱，墙上挂的都是些箫，笙，月琴，琵琶之类。父亲常说他们家可以成立一个民乐团！

我生下来多病。姑母很爱我的父母，因此也极爱我。据说她出了许多求神许愿的主意，比如说让我拜在吕洞宾名下，作为寄女，并在他神座前替我抽了一个名字，叫"珠瑛"，我们还买了一条牛，在吕祖庙放生——其实也就是为道士耕田！每年在我生日那一天，还请道士到家来念经，叫作"过关"。这"关"一直要过到我十六岁，都是在我老家福州过的，我只有在回福州那个时期才得"躬逢其盛"！一个或两个道士一早就来，在厅堂用八仙桌搭起祭坛，围上红缎"桌裙"，点蜡，烧香，念经，上供，一直闹到下午。然后立起一面纸糊的城门似的"关"，让我拉着我们这一大家的孩子，从"关门"里走过，道士口里就唱着"××关过啦""××关过啦"，我们哄笑着穿走了好几次，然后把这纸门烧了，道士也就领了酒饭钱，收拾起道具，回去了。

吕祖庙在福州城内乌石山上——福州是山的城市，城内有三座山，乌石山，越王山（屏山），于山。一九三六年冬我到欧洲七山之城的罗马的时候，就想到福州！

吕祖庙是什么样子，我已忘得干干净净，但是乌石山上有两大块很光滑的大石头，突兀地倚立在山上，十分奇特。福州人管这两块大石头叫"桃瓣李片"，说出来就是一片桃子和一片李子倚立在一起，这两块石头给我的印象很深。

　　和我的这个名字（珠瑛）有联系的东西，我想起了许多，都是些迷信的事，像把我寄在吕祖名下和"过关"等，我的父亲和母亲都不相信的，只因不忍过拂我姑母的意见，反正这一切都在老家进行，并不麻烦他们自己，也就算了，"珠瑛"这个名字，我从来没有用过，家里人也从不这样称呼我。

　　在我开始写短篇小说的时候，一时兴起，曾想以此为笔名，后来终竟因为不喜欢这迷信的联想，又觉得"珠瑛"这两字太女孩子气了，就没有用它。

　　这名字给了我八十年了，我若是不想起，提起，时至今日就没有人知道了。

父亲的"野"孩子

　　当我连蹦带跳地从屋外跑进来的时候，母亲总是笑骂着说："看你的脸都晒'熟'了！一个女孩子这么'野'，大了怎么办？"跟在我后面的父亲就会笑着回答："你的孩子，大了还会野么？"这时，母亲脸上的笑，是无可奈何的笑，而父亲脸上的笑，却是得意的笑。

　　的确，我的"野"，是父亲一手"惯"出来的，一手训练出来的。因为我从小男装，连穿耳都没有穿过。记得我回福州的那一年，脱下男装后，我的伯母，叔母都说："四妹（我在大家庭姐妹中排行第四）该扎耳朵眼，戴耳环了。"父亲还是不同意，借口说："你们看她左耳垂后面，有一颗聪明痣。把这颗痣扎穿了，孩子就笨了。"我自己看不见我左耳垂后面的小黑痣，但是我至终没有扎上耳朵眼！

不但此也，连紧鞋父亲也不让穿，有时我穿的鞋稍为紧了一点，我就故意在父亲面前一瘸瘸地走，父亲就埋怨母亲说："你又给她小鞋穿了！"母亲也气了，就把剪刀和纸裁的鞋样推到父亲面前说："你会做，就给她做，将来长出一对金刚脚，我也不管！"父亲真的拿起剪刀和纸就要铰个鞋样，母亲反而笑了，把剪刀夺了过去。

那时候，除了父亲上军营或军校的办公室以外，他一下班，我一放学，他就带我出去，骑马或是打枪。海军学校有两匹马，一匹是白的老马，一匹黄的小马，是轮流下山上市去取文件或书信的。我们总在黄昏，把这两匹马牵来，骑着在海边山上玩。父亲总让我骑那匹老实的白马，自己骑那匹调皮的小黄马，跟在后面。记得有一次，我们骑马穿过金钩寨，走在寨里的小街上时，忽然从一家门里蹒跚地走出一个刚会走路的小娃娃，他一直闯到白马的肚子底下，跟在后面的父亲，吓得赶忙跳下马来拖他。不料我座下的那匹白马却从从容容地横着走向一边，给孩子让出路来。当父亲把这孩子抱起交给他的惊惶追出的母亲时，大家都松了一口气，父亲还过来抱着白马的长脸，轻轻地拍了几下。

在我们离开烟台以前，白马死了。我们把它埋在东山脚下。我有时还在它墓上献些鲜花，反正我们花园里有的是花。从此我们再也不骑马了。

父亲还教我打枪，但我背的是一杆鸟枪。枪弹只有绿豆那么大。母亲不让我向动物瞄准，只许我打树叶或树上的红果，可我很少能打下一片绿叶或一颗红果来！

烟台是我们的！

夏天的黄昏，父亲下了班就带我到山下海边散步，他不换便服，只把白色制服上的黑地金线的肩章取了下来，这样，免得走在路上的学生们老远看见了就向他立正行礼。

我们最后就在沙滩上面海坐下，夕阳在我们背后慢慢地落下西山，红霞满天。对面好像海上的一抹浓云，那是芝罘岛。岛上的灯塔，已经一会儿一闪地发出强光。

有一天，父亲只管抱膝沉默地坐着，半天没有言语。我就挨过去用头顶着他的手臂，说："爹，你说这小岛上的灯塔不是很好看么？烟台海边就是美，不是么？"这些都是父亲平时常说的话，我想以此来引出他的谈锋。

父亲却摇头慨叹地说："中国北方海岸好看的港湾多的是，何止一个烟台？你没有去过就是了。"

我瞪着眼等他说下去。

他用手拂弄着身旁的沙子，接着说："比如威海卫，大连湾，青岛，都是很好很美的……"

我说："爹，你哪时也带我去看一看。"父亲拣起一块卵石，狠狠地向海浪上扔去，一面说："现在我不愿意去！你知道，那些港口现在都不是我们中国人的，威海卫是英国人的，大连是日本人的，青岛是德国人的，只有，只有烟台是我们的，我们中国人自己的一个不冻港！"

我从来没有看见父亲愤激到这个样子。他似乎把我当成一个大人，一个平等的对象，在这海天辽阔、四顾无人的地方，倾吐出他心里郁积的话。

他说："为什么我们把海军学校建设在这海边偏僻的山窝里？我们是被挤到这里来的呵。这里僻静，海滩好，学生们可以练习游泳，划船，打靶，等等。将来我们要夺回威海，大连，青岛，非有强大的海军不可。现在大家争的是海上霸权呵！"

从这里他又谈到他参加过的中日甲午海战：他是在威远战舰上

的枪炮副。开战的那一天，站在他身旁的战友就被敌人的炮弹打穿了腹部，把肠子都打溅在烟囱上！炮火停歇以后，父亲把在烟囱上烤焦的肠子撕下来，放进这位战友的遗体的腔子里。

"这些事，都像今天的事情一样，永远挂在我的眼前，这仇不报是不行的！我们受着外来强敌的欺凌，死的人，赔的款，割的地还少么？

"这以后，我在巡洋舰上的时候，还常常到外国去访问。英国，日本，法国，意大利……我觉得到哪里我都抬不起头来！你不到外国，不知道中国的可爱，离中国越远，就对她越亲。但是我们中国多么可怜呵，不振兴起来，就会被人家瓜分了去。可是我们现在难关多得很，上头腐败得……"

他忽然停住了，注视着我，仿佛要在他眼里把我缩小了似的。他站起身来，拉起我说："不早了，我们回去吧！"

一般父亲带我出去，活动的时候多，像那天这么长的谈话，还是第一次！在这长长的谈话中，我记得最牢，印象最深的，就是"烟台是我们的"这一句。

许多年以后，除了威海卫之外，青岛，大连，我都去过。英国、日本、法国、意大利……的港口，我也到过，尤其在新中国成立后，我并没有觉得抬不起头来。做一个新中国的人民是光荣的！

但是，"烟台是我们的"，这"我们"二字，除了十亿我们的人民之外，还特别包括我和我的父亲！

一九八一年四月

（最初发表于《新文学史料》1981 年第 3 期）

只拣儿童多处行

从香山归来，路过颐和园，看见成千盈百的孩子，闹嚷嚷地从颐和园门内挤了出来。就像从一只大魔术匣子里，飞涌出一群接着一群的小天使。

这情景实在有趣！我想起两句诗："儿童不解春何在，只拣游人多处行。"反过来说也可以说："游人不解春何在；只拣儿童多处行。"我们笑着下了车，迎着儿童的涌流，挤进颐和园去。

我们本想在知春亭畔喝茶，哪知道知春亭畔已是座无隙地！女孩子、男孩子，戴着红领巾的，把外衣脱下搭在肩上拿在手里的，东一堆、西一簇，叽叽呱呱地，也不知说些什么，笑些什么，个个鼻尖上闪着汗珠，小小的身躯上喷发着太阳的香气息。也有些孩子，大概是跑累了，背倚着树根坐在小山坡上，聚精会神地看小人书。湖面无数坐满儿童的小船，在波浪上荡漾，一面一面鲜红的队旗，在东风里哗哗地响着。

沿着湖边的白石栏杆向玉澜堂走，在转弯的地方，总和一群一群的孩子撞个满怀，他们匆匆地说了声"对不起"，又匆匆地往前跑，知春亭和园门口大概是他们集合的地方，太阳已经偏西，是他们归去的时候了。

走进玉澜堂的院落里，眼睛突然一亮，那几棵大海棠树，开满了密密层层的淡红的花，这繁花从树枝开到树梢，不留一点空隙，阳光下就像几座喷花的飞泉……

春光，竟会这样地饱满，这样地烂漫！它把一冬天蕴藏的精神、力量，都尽情地释放出来了！

我们在花下大声赞叹，引得一群刚要出门的孩子又围聚过来了，他们抬头看看花，又看看我们。我拉住一个额前披着短发的女孩子。笑问："你说这海棠花好看不好看？"她忸怩地笑着说："好看。"我又笑问："怎么好法？"当她说不出来低头玩着纽扣的时候，一个在她后面的男孩子笑着说："就是开得旺嘛！"于是，他们就像过了一关似的，笑着推着跑出门外去了。

对，就是开得旺！只要管理得好，给它适时地浇水施肥，花儿和儿童一样，在春天的感召下，就会欢畅活泼地，以旺盛的生命力，舒展出新鲜美丽的四肢，使出浑身解数。这时候，自己感到快乐，别人看着也快乐。

朋友，春天在哪里？当你春游的时候，记住"只拣儿童多处行"，是永远不会找不到春天的！

（本篇最初发表于《北京晚报》1962 年 5 月 6 日，后收入散文集《拾穗小札》）

我的童年

　　我生下来七个月，也就是一九〇一年的五月，就离开我的故乡福州，到了上海。

　　那时我的父亲是"海圻"巡洋舰的副舰长，舰长是萨镇冰先生。巡洋舰"海"字号的共有四艘，就是"海圻""海筹""海琛""海容"，这几艘军舰我都跟着父亲上去过。听说还有一艘叫作"海天"的，因为舰长驾驶失误，触礁沉没了。

　　上海是个大港口，巡洋舰无论开到哪里，都要经过这里停泊几天，因此我们这一家便搬到上海来，住在上海的昌寿里。这昌寿里是在上海的哪一区，我就不知道了，但是母亲所讲的关于我很小时候的故事，例如我写在《寄小读者·通讯十》里面的一些，就都是以昌寿里为背景的。我关于上海的记忆，只有两张相片作为根据，一张是父亲自己照的：年轻的母亲穿着沿着阔边的衣裤，坐在一张有床架和帐楣的床边上，脚下还摆着一个脚炉，我就站在她的身旁，头上是一顶青绒的帽子，身上是一件深色的棉袍。父亲很喜欢玩些新鲜的东西，例如照相，我记得他的那个照相机，就有现在卫生员背的药箱那么大！他还有许多冲洗相片的器具，至今我还保存有一个玻璃的漏斗，就是洗相片用的器具之一。另一张相片是在照相馆照的：我的祖父和老姨太坐在茶几的两边，茶几上摆着花盆、盖碗茶杯和水烟筒，祖父穿着夏天的衣衫，手里拿着扇子；老姨太穿着沿着阔边的上衣，下面是青纱裙子；我自己坐在他们中间茶几前面的一张小椅子上，头上梳着两个丫角，身上穿的是浅色衣裤，两手按在膝头，手腕和脚踝上都戴有银镯子，看样子不过有两三岁，至少是会走了吧。

在上海那两三年中，父亲隔几个月就可以回来一次。母亲谈到夏天夜里，父亲有时和她坐马车到黄浦滩上去兜风，她认为那是她在福州时所想望不到的。但是父亲回到家来，很少在白天出去探亲访友，因为舰长萨镇冰先生说不定什么时候就会派水手来叫他。萨镇冰先生是父亲在海军中最敬仰的上级，总是亲昵地称他为"萨统"。（"统"就是"统领"的意思，我想这也和现在人称的"朱总""彭总""贺总"差不多。）我对萨统的印象也极深。记得有一次，我拉着一个来召唤我父亲的水手，不让他走，他笑说："不行，不走要打屁股的！"我问："谁叫打？用什么打？"他说："军官叫打就打，用绳子打，打起来就是'一打'，'一打'就是十二下。"我说："绳子打不疼吧？"他用手指比划着说："喝！你试试看，我们船上用的绳索粗着呢，浸透了水，打起来比棒子还疼呢！"我着急地问："我父亲若不回去，萨统会打他吧？"他摇头笑说："不会的，当官的顶多也就记一个过。萨统很少打人，你父亲也不打人，打起来也只打'半打'，还叫用干索子。"我问："那就不疼了吧？"他说："那就好多了……"这时父亲已换好军装出来，他就笑着跟在后面走了。

大概就在这个时候，母亲生了一个妹妹，不几天就夭折了。头几天我还搬过一张凳子，爬上床上去亲她的小脸，后来床上就没有她了。我问妹妹哪里去了，祖父说妹妹逛大马路去了，但她始终就没有回来！

一九○三至一九○四年之间，父亲奉命到山东烟台去创办海军军官学校。我们搬到烟台，祖父和老姨太又回到福州去了。

我们到了烟台，先住在市内的海军采办厅，所长叶茂蕃先生让出一间北屋给我们住。南屋是一排三间的客厅，就成了父亲会客和办公的地方。我记得这客厅里有一副长联是：

此地有崇山峻岭茂林修竹
是能读三坟五典八索九丘

我提到这一副对联，因为这是我开始识字的一篇课文！父亲那时正忙于拟定筹建海军学校的方案，而我却时刻缠在他的身边，说这问那，他就停下笔指着那副墙上的对联说："你也学着认认字好不好？你看那对子上的山、竹、三、五、八、九这几个字不都很容易认么？"于是我就也拿起一支笔，坐在父亲的身旁一边学认一边学写，就这样，我把对联上的二十二个字都会念会写了，虽然直到现在我还不知道这"三坟五典八索九丘"究竟是哪几本古书。

不久，我们又搬到烟台东山北坡上的一所海军医院去寄居。这时来帮我父亲做文书工作的，我的舅舅杨子敬先生，也把家从福州搬来了，我们两家就住在这所医院的三间正房里。

这所医院是在陡坡上坐南朝北盖的，正房比较阴冷，但是从廊上东望就看见了大海！从这一天起，大海就在我的思想感情上占了一个极其重要的位置。我常常心里想着它，嘴里谈着它，笔下写着它；尤其是三年前的十几年里，当我忧从中来，无可告语的时候，我一想到大海，我的心胸就开阔了起来，宁静了下去！一九二四年我在美国养病的时候，曾写信到国内请人写一副"集龚"的对联，是：

世事沧桑心事定
胸中海岳梦中飞

谢天谢地，因为这副很短小的对联，当时是卷起压在一只大书箱的箱底的，"四人帮"横行，我家被抄的时候，它竟没有和我其他珍藏的字画一起被抄走！

现在再回来说这所海军医院。它的东厢房是病房，西厢房是诊室，有一位姓李的老大夫，病人不多。门房里还住着一位修理枪支的师傅，大概是退伍军人吧！我常常去蹲在他的炭炉旁边，和他攀谈。西厢房的后面有个大院子，有许多花果树，还种着满地的花，还养着好几箱的蜜蜂，花放时热闹得很。我就因为常去摘花，被蜜蜂蜇了好几次，每次都是那位老大夫给我上的药，他还告诫我：花是蜜蜂的粮食，好孩子是不抢别人的粮食的。

这时，认字读书已成了我的日课，母亲和舅舅都是我的老师，母亲教我认"字片"，舅舅教我的课本，是商务印书馆的国文教科书第一册，从"天地日月"学起。有了海和山作我的活动场地，我对于认字，就没有了兴趣，我在一九三二年写的《冰心全集》自序中，曾有过这一段，就是以海军医院为背景的：

……有一次母亲关我在屋里，叫我认字，我却挣扎着要出去。父亲便在外面，用马鞭子重重地敲着堂屋的桌子，吓唬我，可是从未打到我的头上的马鞭子，也从未把我爱跑的癖气吓唬回去……

不久，我们又翻过山坡，搬到东山东边的海军练营旁边新盖好的房子里。这座房子盖在山坡挖出来的一块平地上，是个四合院，住着筹备海军学校的职员们。这座练营里已住进了一批新招来的海军学生，但也住有一营的练勇（大概那时父亲也兼任练营的营长）。我常常跑到营门口去和站岗的练勇谈话。他们不像兵舰上的水兵那样穿白色军装。他们的军装是蓝布包头，身上穿的也是蓝色衣裤，胸前有白线绣的"海军练勇"字样。当我跟着父亲走到营门口，他们举枪立正之后，父亲进去了就挥手叫我回来。我等父亲走远了，却拉那位练勇蹲了下来，一面摸他的枪，一面问："你也打过海战吧？"他摇头说："没有。"我说："我父亲就打过，可是他打输了！"他站了起来，扛起枪，用手拍着枪托子，说："我知道，你父亲打仗的时候，我还没当兵呢。你等着，总有一天你的父亲还会带我们去打仗，我们一定要打个胜仗，你信不信？"这几句带着很浓厚山东口音的誓言，一直在我的耳边回响着！

回想起来，住在海军练营旁边的时候，是我在烟台八年之中，离海最近的一段。这房子北面的山坡上，有一座旗台，是和海上军舰通旗语的地方。旗台的西边有一条山坡路通到海边的炮台，炮台上装有三门大炮，炮台下面的地下室里还有几个鱼雷，说是"海天"舰沉后捞上来的。这里还驻有一支穿白衣军装的军乐队，我常常跟父亲去听他们演习，我非常尊敬而且羡慕那位乐队指挥！炮台的西边有一个小码头。父亲的舰长朋友们来接送他的小汽艇，就是停泊在这码头边上的。

写到这里，我觉得我渐渐地进入了角色！这营房、旗台、炮台、码头，和周围的海边山上，是我童年初期活动的舞台。

我在一九六二年九月十八日夜曾写过一篇叫作《海恋》的散文，里面有：

　　……我童年活动的舞台上，从不更换布景……在清晨我看见金盆似的朝日，从深黑色、浅灰色、鱼肚白色的云层里，忽然涌了上来，这时太空轰鸣，浓金泼满了海面，染透了诸天……在黄昏我看见银盘似的月亮颤巍巍地捧出了水平，海面变成一层层一道道的由浓黑而银灰渐渐地漾成光明闪烁的一片……这个舞台，绝顶静寂，无边辽阔，我既是演员，又是剧作者。我虽然单身独自，我却感到无限的欢畅与自由。

就在这个期间，一九〇六年，我的大弟谢为涵出世了。他比我小得多，在家塾里的表哥哥和堂哥哥们又比我大得多；他们和我玩不到一块儿，这就造成了我在山巅水涯独往独来的性格。这时我和父亲同在的时间特别多。白天我开始在家塾里附学，念一点书，学作一些短句子，放了学父亲也从营里回来，他就教我打枪、骑马、划船，夜里就指点我看星星。逢年过节，他也带我到烟台市上去，参加天后宫里海军军人的聚会演戏，或到玉皇顶去看梨花，到张裕酿酒公司的葡萄园里去吃葡萄，更多的时候，就是带我到进港的军舰上去看朋友。

一九〇八年，我的二弟谢为杰出世了，我们又搬到海军学校后面的新房子里来。

这所房子有东西两个院子，西院一排五间是我们和舅舅一家合住的。我们住的一边，父亲又在尽东头面海的一间屋子上添盖了一间楼房，上楼就望见大海。我在《海恋》中有过这么一段描写，就是在这楼上所望见的一切：

右边是一座屏障似的连绵不断的南山，左边是一带围抱过来的丘陵，土坡上是一层一层的麦地，前面是平坦无际的淡黄的沙滩。在沙滩与我之间，有一簇依山上下高低不齐的农舍，亲热地偎倚成一个小小的村落。在广阔的沙滩前面，就是那片大海！这大海横亘南北，布满东方的天边，天边有几笔淡墨画成的海岛，那就是芝罘岛，岛上有一座灯塔……

在这时期，我上学的时间长了，看书的时间也多了，主要的还是因为离海远些了，父亲也忙些了，我好些日子才到海滩上去一次，我记得这海滩上有一座小小的龙王庙，庙门上的对联是：

群生被泽
四海安澜

因为少到海滩上去，那间望海的楼房就成了我常去的地方。这房间算是客房，但是客人很少来住，父亲和母亲想要习静的时候就到那里去。我最喜欢在风雨之夜，倚栏凝望那灯塔上的一停一射的强光，它永远给我以无限的温暖快慰的感觉！

这时，我们家塾里来了一位女同学，也是我的第一个女伴，她是父亲同事李毓丞先生的女儿名叫李梅修的，她比我只大两岁，母亲说她比我稳静得多。她的书桌和我的摆在一起，我们十分要好。这时，我开始学会了"过家家"，我们轮流在自己"家"里"做饭"，互相邀请，吃些小糖小饼之类。一九一一年，我们在福州的时候，父亲得到李伯伯从上海的来信，说是李梅修病故了，我们都很难过，我还写了一篇"祭亡友李梅修文"寄到上海去。

我和李梅修谈话或做游戏的地方，就在楼房的廊上，一来可以免受表哥哥和堂哥哥们的干扰，二来可以赏玩海景和园景。从楼廊上往前看是大海，往下看就是东院那个客厅和书斋的五彩缤纷的大院子。父亲公余喜欢栽树种花，这院子里种有许多果树和各种的花。花畦是父亲自己画的种种几何形的图案，花径是从海滩上挑来的大卵石铺成的，我们清晨起来，常常在这里活动。我记得我的小舅舅杨子玉先生，他是我的外叔祖父杨颂岩老先生的儿子，那时正在唐山路矿学堂肄业，夏天就到我们这里来度假。他从烟台回校后，曾寄来一首长诗，头几句我忘了，后几句是：

⋯⋯
⋯⋯
忆昔夏日来芝罘
照眼繁花簇小楼
清晨微步惬情赏

向晚琼筵勤劝酬

欢娱苦短不逾月

别来倏忽惊残秋

花自凋零吾不见

共怜福分几生修

小舅舅是我们这一代最欢迎的人，他最会讲故事，讲得有声有色。他有时讲吊死鬼的故事来吓唬我们，但是他讲得更多的是民族意识很浓厚的故事，什么洪承畴卖国啦，林则徐烧鸦片啦等，都讲得慷慨淋漓，我们听过了往往兴奋得睡不着觉！他还拉我的父亲和父亲的同事们组织赛诗会，就是：在开会时大家议定了题目，限了韵，各人分头作诗，传观后评定等次，也预备了一些奖品，如扇子、笺纸之类。赛诗会总是晚上在我们书斋里举行，我们都坐在一边旁听。现在我只记得父亲做的《咏蟋蟀》一首，还不完全：

庭前……正花黄

床下高吟际小阳

笑尔专寻同种斗

争来名誉亦何香

还有《咏茅屋》一首，也只记得两句：

……

……

久处不须忧瓦解

雨余还得草根香

我记住了这些句子，还是因为小舅舅和我父亲开玩笑，说他作诗也解脱不了军人的本色。父亲也笑说："诗言志嘛，我想到什么就写什么，当然用词赶不上你们那么文雅了。"但是我体会到小舅舅的确很喜欢父亲的"军人本色"，我的舅舅们和父亲以及父亲的同事们在赛诗会后，往往还谈到深夜。那时我们都睡觉去了，也不知道他们都谈些什么。

小舅舅每次来过暑假，都带来一些书，有些书是不让我们看的，越是不让看，我们就越想看，哥哥们就怂恿我去偷，偷来看时，原来都是"天讨"之类的"同盟会"的宣传册子。我们偷偷地看了之后，又偷偷地赶紧送回原处。

一九一〇年我的三弟谢为楫出世了。就在这后不久，海军学校发生了风潮！

大概在这一年之前，那时的海军大臣载洵，到烟台海军学校视察过一次，回到北京，便从北京贵胄学堂派来了二十名满族学生，到海军学校学习。在一九一一年的春季运动会上，为着争夺一项锦标，一两年中蕴积的满汉学生之间的矛盾表面化了！这一场风潮闹得很凶，北京就派来了一个调查员郑汝成，来查办这个案件。他也是父亲的同学。他背地里告诉父亲，说是这几年来一直有人在北京告我父亲是"乱党"，并举海校学生中有许多同盟会员——其中就有萨镇冰老先生的侄子（？）萨福锵……而且学校图书室订阅的，都是《民呼报》之类，替同盟会宣传的报纸为证等，他劝我父亲立即辞职，免得落个"撤职查办"。父亲同意了，他的几位同事也和他一起递了辞呈。就在这一年的秋天，父亲恋恋不舍地告别了他所创办的海军学校，和来送他的朋友、同事和学生，我也告别了我的耳鬓厮磨的大海，离开烟台，回到我的故乡福州去了！

这里，应该写上一段至今回忆起来仍使我心潮澎湃的插曲。振奋人心的辛亥革命在这年的十月十日发生了！我们在回到福州的中途，在上海虹口住了一个多月。我们每天都在抢着等着看报。报上以黎元洪将军（他也是父亲的同班同学，不过父亲学的是驾驶，他学的是管轮）署名从湖北武昌拍出的起义的电报（据说是饶汉祥先生的手笔），写得慷慨激昂，篇末都是以"黎元洪泣血叩"收尾。这时大家都纷纷捐款劳军，我记得我也把攒下的十块压岁钱，送到申报馆去捐献，收条的上款还写有"幼女谢婉莹君"字样。我把这张小小的收条，珍藏了好多年，现在，它当然也和如水的年光一同消逝了！

一九七九年七月四日清晨

（最初发表于《朝花儿童文学丛刊》第 1 期，人民文学出版社 1980 年 1 月出版）

童年的春节

　　我童年生活中，不光是海边山上孤单寂寞的独往独来，也有热闹得锣鼓喧天的时候，那便是从前的"新年"，现在叫作"春节"的。

　　那时我家住在烟台海军学校后面的东南山窝里，附近只有几个村落，进烟台市还要越过一座东山，算是最冷僻的一角了，但是"过年"还是一年中最隆重的节日。

　　过年的前几天，最忙的是母亲了。她忙着打点我们过年穿的新衣鞋帽，还有一家大小半个月吃的肉，因为那里的习惯，从正月初一到十五是不宰猪卖肉的。我看见母亲系起围裙、挽上袖子，往大坛子里装上大块大块的喷香的裹满"红糟"的糟肉，还有用酱油、白糖和各种香料煮的卤肉，还蒸上好几笼屉的红糖年糕……当母亲做这些事的时候，旁边站着的不只有我们几个馋孩子，还有在旁边帮忙的厨师傅和余妈。

　　父亲呢，就为放学的孩子们准备新年的娱乐。在海军学校上学的不但有我的堂哥哥，还有表哥哥。真是"一表三千里"，什么姑表哥，舅表哥，姨表哥，至少有七八个。父亲从烟台市上买回一套吹打乐器，锣、鼓、箫、笛、二胡、月琴……弹奏起来，真是热闹得很。只是我挤不进他们的乐队里去！我只能白天放些父亲给我们买回来的鞭炮，晚上放些烟火。大的是一筒一筒的放在地上放，火树银花，璀璨得很！我最喜欢的还是一种最小、最简单的"滴滴金"。那是一条小纸捻，卷着一点火药，可以拿在手里点起来嗤嗤地响，爆出点点火星。

记得我们初一早起，换上新衣新鞋，先拜祖宗——我们家不供神佛——供桌上只有祖宗牌位、香、烛和祭品，这一桌酒菜就是我们新年的午餐——然后给父母亲和长辈拜年，我拿到的红纸包里的压岁钱，大多是一圆锃亮的墨西哥"站人"银圆，我都请母亲替我收起。

最有趣的还是从各个农村来耍"花会"的了，演员们都是各个村落里冬闲的农民，节目大多是"跑旱船"，和"王大娘锔大缸"之类，演女角的都是村里的年轻人，搽着很厚的脂粉。鼓乐前导，后面就簇拥着许多小孩子。到我家门首，自然就围上一大群人，于是他们就穿走演唱了起来，有乐器伴奏，歌曲大都滑稽可笑，引得大家笑声不断。耍完了，我们就拿烟、酒、点心慰劳他们。这个村的花会刚走，那个村的又来了，最先来到的自然是离我们最近的金钩寨的花会！

我十一岁那年，回到故乡的福建福州，那里过年又热闹多了。我们大家庭里是四房同居分吃，祖父是和我们这一房在一起吃饭的。从腊月廿三日起，大家就忙着扫房，擦洗门窗和铜锡器具，准备糟和腌的鸡、鸭、鱼、肉。祖父只忙着写春联，贴在擦得锃亮的大门或旁门上。他自己在元旦这天早上，还用红纸写一条："元旦开业，新春大吉……"以下还有什么吉利话，我就不认得也不记得了。

新年里，我们各人从自己的"姥姥家"得到许多好东西。

首先是灶糖、灶饼，那是一盒一盒的糖和点心。据说是祭灶王爷用的，糖和点心都很甜也很黏，为的是把灶王的嘴糊上，使得他上天不能汇报这家人的坏话！最好的东西，还是灯笼，福州方言，"灯"和"丁"同音，因此送灯的数目，总比孩子的数目多一盏，是添丁的意思。那时我的弟弟们还小，不会和我抢，多的那一盏总是给我。这些灯：有纸的，有纱的，还有玻璃的……于是我屋墙上挂的是"走马灯"，上面的人物是"三英战吕布"，手里提的是两眼会活动的金鱼灯，另一手就拉着一盏脚下有轮子的"白兔灯"。同时我家所在的南后街，本是个灯市，这一条街上大多是灯铺。我家门口的"万兴桶石店"，平时除了卖各种红漆金边的伴嫁用的大小桶子之外，就兼卖各种的灯。那就不是孩子们举着玩的灯笼了，而是上面画着精细的花鸟人物的大玻璃灯、纱灯、料丝灯、牛角灯等，元宵之夜，都点了起来，真是"花市灯如昼"，游人如织，欢笑满街！

元宵过后，一年一度的光采辉煌的日子，就完结了。当大人们让我们把许多玩够了的灯笼，放在一起烧了之后，说："从明天起，好好收收心上学去吧。"我们默默地听着，看着天井里那些灯笼的星星余烬，恋恋不舍地带着一种说不出的惆怅寂寞之感，上床睡觉的时候，这一夜的滋味真不好过！

一九八五年一月三十日

（最初发表于《童年》1985 第 1 期）

鱼　儿

十二年前的一个黄昏，我坐在海边的一块礁石上，手里拿着一根竹竿儿，绕着丝儿，挂着饵儿，直垂到水里去。微微地浪花，漾着钓丝，好像有鱼儿上钩似的，我不时地举起竿儿来看，几次都是空的！

太阳虽然平西了，海风却仍是很热的，谁愿意出来蒸着呵！都是我的奶娘说，夏天太睡多了，要睡出病来的。她替我找了一条竿子；敲好了钩子，便拉着我出来了。

礁石上倒也平稳，那边炮台围墙的影儿，正压着我们。我靠在奶娘的胸前，举着竿子。过了半天，这丝儿只是静静地垂着。我觉得有些不耐烦，便嗔道："到底这鱼儿要吃什么？怎么这半天还不肯来！"奶娘笑道："它在海里什么都吃，等着罢，一会儿它就来了！"

我实在有些倦了，便将竿子递给奶娘，两手叉着，抱着膝。一层一层的浪儿，慢慢地卷了来，好像要没过这礁石；退去的时候，又好像要连这礁石也带了去。我一声儿不响，我想着——我想我要是能随着这浪儿，直到水的尽头，掀起天的边角来看一看，那多么好呵！那么一定是亮极了，月亮的家，不也在那里么？不过掀起天来的时候，要把海水漏了过去，把月亮濯湿了。不要紧的！天下还有比海水还洁净的么？它是彻底清明的……

"是的，这会儿凉快得多了，我是陪着姑娘出来玩来了。"奶娘这句话，将我从幻想中唤醒了来；抬头看时，一个很高的兵丁，站在礁石的旁边，正和奶娘说着话儿呢。他右边的袖子，似乎是空的，从肩上直垂了下来。

他又走近了些，微笑着看着我说："姑娘钓了几条鱼了！"我仔细看时，他的脸面很黑，头发斑白着，右臂已经没有了，那袖子真是空的。我觉得有点害怕，勉强笑着和他点一点头，便回过身去，靠在奶娘肩上，轻轻地问道："他是谁？他的手臂怎……？"奶娘笑着拍我说："不要紧的，他是我的乡亲。"他也笑着说："怎么了，姑娘怕我么？"奶娘说："不是，姑娘问你的手怎么了！"他低头看了一看袖子，说："我的手么？我的手让大炮给轰去了！"我这时不禁抬头看看他，又回头看看那炮台上，隐隐约约露出的炮口。

我望着他说："你的手是让这炮台上的大炮给轰去的么？"

他说："不是，是那一年打仗的时候，受了伤的。"我想了一会儿，便说："你们多会儿打仗来着？怎么我没有听见炮声。"他不觉笑了，指着海上，——就是我刚才所想的清洁光明的海上——说："姑娘，那时还没有你呢！我们就在那边，一个月亮的晚上，打仗来着。"我说："他们必是开炮打你们了。"他说："是的，在这炮火连天的时候，我的手就没有了，掉在海里了。"这时他的面色，渐渐地泛白起来。

我呆呆地望着蔚蓝的海，——望了半天。

奶娘说："那一次你们似乎死了不少的人，我记得，……"他说："可不是么，我还是逃出命来的，我们同队几百人，船破了以后，都沉在海里了。只有我，和我的两个同伴，上了这炮台了。现在因着这一点劳苦，饷银比他们多些，也没有什么吃力的事情做。"

我抚着自己的右臂说："你那时觉得痛么？"他微笑说："为什

么不痛！"我说："他们那边也一样的死伤么？"他说："那是自然的，我们也开炮打他们了，他们也死了不少的人，也都沉在海里了。"我凝望着他说："既是两边都受苦，你们为什么还要打仗？"他微微地叹息，过了一会说："哪里是我们？……是我们两边的舰长下的命令，我们不能不打，不能不开炮呵！"

炮台上的喇叭，呜呜地吹起来。他回头望了一望，便和我们点一点首说："他们练习炮术的时候到了，我也得去看着他们，再见罢！"

"他自己受了伤了，尝了痛苦了，还要听从那不知所谓的命令，去开炮，也教给后来的人，怎样开炮；要叫敌人受伤，叫敌人受痛苦，死了，沉在海里了！——那边呢，也是这样。他们彼此遵守着那不知所谓的命令，做这样的工作！——"

海水推着金赤朗耀的月儿，从天边上来。

"海水里满了人的血，它听凭漂在它上面的人类，彼此涌下血来，沾染了它自己。它仍旧没事人似的，带着血水，喷起雪白的浪花——

"月儿是受了这血水的洗礼，被这血水浸透了，他带着血红的光，停在天上，微笑着，看他们做这样的工作。

"清洁！光明！原来就是如此，……"

奶娘拊着我的肩说："姑娘，晚了，我们也走罢。"

我慢慢地站了起来，从奶娘手里，接过竿子，提出水面来，——钩上忽然挂着金赤的一条鱼！

"'它在水里什么都吃'，它吃了那兵丁的手臂，它饮了从那兵丁伤处流下来的血，它在血水里养大了的！"我挑起竿子，摘下那鱼儿来，仍旧抛在水里。

奶娘却不理会，扶着我下了礁石，一手挂着竿子，一手拉着无精打采的我，走回家去。

月光之下，看见炮台上有些白衣的人，围着一架明亮夺目的东西，——原来是那些兵丁们，正练习开炮呢!

（最初发表于北京《晨报》1920 年 12 月 21 日，后收入《去国》）

梦

　　她回想起童年的生涯，真是如同一梦罢了！穿着黑色带金线的军服，佩着一柄短短的军刀，骑在很高大的白马上，在海岸边缓辔徐行的时候，心里只充满了壮美的快感，几曾想到现在的自己，是这般的静寂，只拿着一支笔儿，写她幻想中的情绪呢？

　　她男装到了十岁，十岁以前，她父亲常常带她去参与那军人娱乐的宴会。朋友们一见都夸奖说："好英武的一个小军人！今年几岁了？"父亲先一面答应着，临走时才微笑说："他是我的儿子，但也是我的女儿。"

　　她会打走队的鼓，会吹召集的喇叭。知道毛瑟枪里的机关。也会将很大的炮弹，旋进炮腔里。五六年父亲身畔无意中的训练，真将她做成很矫健的小军人了。

　　别的方面呢？平常女孩子所喜好的事，她却一点都不爱。这也难怪她，她的四围并没有别的女伴，偶然看见山下经过的几个村里的小姑娘，穿着大红大绿的衣裳，裹着很小的脚。匆匆一面里，她无从知道她们平居的生活。而且她也不把这些印象，放在心上。一把刀，一匹马，便堪过尽一生了！女孩子的事，是何等的琐碎烦腻呵！当探海的电灯射在浩浩无边的大海上，发出一片一片的寒光，灯影下，旗影下，两排儿沉豪英毅的军官，在剑佩锵锵的声里，整齐严肃的一同举起杯来，祝中国万岁的时候，这光景，是怎样地使人涌出慷慨的快乐眼泪呢？

她这梦也应当到了醒觉的时候了！人生就是一梦么？

十岁回到故乡去，换上了女孩子的衣服，在姊妹群中，学到了女儿情性：五色的丝线，是能做成好看的活计的；香的，美丽的花，是要插在头上的；镜子是妆束完时要照一照的；在众人中间坐着，是要说些很细腻很温柔的话的；眼泪是时常要落下来的。女孩子是总有点脾气，带点娇贵的样子的。

这也是很新颖，很能造就她的环境——但她父亲送给她的一把佩刀，还长日挂在窗前。拔出鞘来，寒光射眼，她每每呆住了。白马呵，海岸呵，荷枪的军人呵……模糊中有无穷的怅惘。姊妹们在窗外唤她，她也不出去了。站了半天，只掉下几点无聊的眼泪。

她后悔么？也许是，但有谁知道呢！军人的生活，是怎样地造就了她的性情呵！黄昏时营幕里吹出来的笳声，不更是抑扬凄婉么？世界上软款温柔的境地，难道只有女孩儿可以占有么？海上的月夜，星夜，眺台独立倚枪翘首的时候：沉沉的天幕下，人静了，海也浓睡了，——"海天以外的家！"这时的情怀，是诗人的还是军人的呢？是两缕悲壮的<u>丝</u>交纠之点呵！

除了几点无聊的英雄泪，还有什么？她安于自己的境地了！生命如果是圈儿般的循环，或者便从"将来"，又走向"过去"的道上去，但这也是无聊呵！

十年深刻的印象，遗留于她现在的生活中的，只是矫强的性质了——她依旧是喜欢看那整齐的步伐，听那悲壮的军笳。但与其说她是喜欢看，喜欢听，不如说她是怕看，怕听罢。

横刀跃马，和执笔沉思的她，原都是一个人，然而时代将这些事隔开了……

童年！只是一个深刻的梦么？

一九二一年十月一日

（最初发表于《燕大周刊》1923年3月10日第3期，后收入《往事》，开明书店，1930年1月初版）

第二辑　樱花赞

　　山路的两旁，簇拥着雨后盛开的几百树几千树的樱花！这樱花，一堆堆，一层层，好像云海似地，在朝阳下绯红万顷，溢彩流光。

樱花赞

　　樱花是日本的骄傲。到日本去的人，未到之前，首先要想起樱花；到了之后，首先要谈到樱花。你若是在夏秋之间到达的，日本朋友们会很惋惜地说："你错过了樱花季节了！"你若是冬天到达的，他们会挽留你说："多待些日子，等看过樱花再走吧！"总而言之，樱花和"瑞雪灵峰"的富士山一样，成了日本的象征。

　　我看樱花，往少里说，也有几十次了。在东京的青山墓地看，上野公园看，千鸟渊看……；在京都看，奈良看……；雨里看，雾中看，月下看……日本到处都有樱花，有的是几百棵花树拥在一起，有的是一两棵花树在路旁水边悄然独立。春天在日本就是沉浸在弥漫的樱花气息里！

　　我的日本朋友告诉我，樱花一共有三百多种，最多的是山樱、吉野樱和八重樱。山樱和吉野樱不像桃花那样的白中透红，也不像梨花那样的白中透绿，它是莲灰色的。八重樱就丰满红润一些，近乎北京城里春天的海棠。此外还有浅黄色的郁金樱，花枝低垂的枝垂樱，"春分"时节最早开花的彼岸樱，花瓣多到三百余片的菊樱……掩映重叠、争妍斗艳。清代诗人黄遵宪的樱花歌中有：

......

墨江泼绿水微波

万花掩映江之沱

倾城看花奈花何

人人同唱樱花歌

......

花光照海影如潮

游侠聚作萃渊薮

......

十日之游举国狂

岁岁欢虞朝复暮

......

这首歌写尽了日本人春天看樱花的举国若狂的盛况。"十日之游"是短促的,连阴之后,春阳暴暖,樱花就漫山遍地的开了起来,一阵风雨,就又迅速地凋谢了,漫山遍地又是一片落英!日本的文人因此写出许多"人生短促"的凄凉感喟的诗歌,据说樱花的特点也在"早开早落"上面。

也许因为我是个中国人,对于樱花的联想,不是那么灰暗。虽然我在一九四七年的春天,在东京的青山墓地第一次看樱花的时候,墓地里尽是些阴郁的低头扫墓的人,间以喝多了酒引吭悲歌的醉客,当我穿过圆穹似的莲灰色的繁花覆盖的甬道的时候,也曾使我起了一阵低沉的感觉。

今年春天我到日本,正是樱花盛开的季节,我到处都看了樱花,在东京,大阪,京都,箱根,镰仓……但是四月十三日我在金泽萝香山上所看到的樱花,却是我所看过的最璀璨、最庄严的华光四射的樱花!

四月十二日，下着大雨，我们到离金泽市不远的内滩渔村去访问。路上偶然听说明天是金泽市出租汽车公司工人罢工的日子。金泽市有十二家出租汽车公司，有汽车二百五十辆，雇用着几百名的司机和工人。他们为了生活的压迫，要求增加工资，已经进行过五次罢工了，还没有达到目的，明天的罢工将是第六次。

　　那个下午，我们在大雨的海滩上和内滩农民的家里，听到了许多工农群众为反对美军侵占农田做打靶场，奋起斗争终于胜利的种种可泣可歌的事迹。晚上又参加了一个情况热烈的群众欢迎大会，大家都兴奋得睡不好觉，第二天早起，匆匆地整装出发，我根本就把今天汽车司机罢工的事情，忘在九霄云外了。

　　早晨八点四十分，我们从旅馆出来，十一辆汽车整整齐齐地摆在门口。我们分别上了车，徐徐地沿着山路，曲折而下。天气晴明，和煦的东风吹着，灿烂的阳光晃着我们的眼睛……

　　这时我才忽然想起，今天不是汽车司机们罢工的日子么？他们罢工的时间不是从早晨八时开始么？为着送我们上车，不是耽误了他们的罢工时刻么？我连忙向前面和司机同坐的日本朋友询问究竟。日本朋友回过头来微微地笑说：“为着要送中国作家代表团上车站，他们昨夜开个紧急会议，决定把罢工时间改为从早晨九点开始了！”我正激动着要说一两句道谢的话的时候，那位端详稳静、目光注视着前面的司机，稍稍地侧着头，谦和地说：“促进日中人民的友谊，也是斗争的一部分呵！”

　　我的心猛然地跳了一下，像点着的焰火一样，从心灵深处喷出了感激的漫天灿烂的火花……

　　清晨的山路上，没有别的车辆，只有我们这十一辆汽车，沙沙地飞驰。这时我忽然看到，山路的两旁，簇拥着雨后盛开的几百树几千树的樱花！这樱花，一堆堆，一层层，好像云海似地，在朝阳下绯红万顷，溢彩流光。当曲折的山路被这无边的花云遮盖了的时候，我们就像坐在十一只首尾相接的轻舟之中，凌驾着骀荡的东风，两舷溅起哗哗的花浪，迅捷地向着初升的太阳前进！

下了山，到了市中心，街上仍没有看到其他的行驶的车辆，只看到街旁许多的汽车行里，大门敞开着，门内排列着大小的汽车，门口插着大面的红旗，汽车工人们整齐地站在门边，微笑着目送我们这一行车辆走过。

到了车站，我们下了车，以满腔沸腾的热情紧紧地握着司机们的手，感谢他们对我们的帮助，并祝他们斗争的胜利。

热烈的惜别场面过去了，火车开了好久，窗前拂过的是连绵的雪山和奔流的春水，但是我的眼前仍旧辉映着这一片我所从未见过的奇丽的樱花！

我回过头来，问着同行的日本朋友："樱花不消说是美丽的，但是从日本人看来，到底樱花美在哪里？"他搔了搔头，笑着说："世界上没有不美的花朵……至于对某一种花的喜爱，却是由于各人心中的感触。日本文人从美而易落的樱花里，感到人生的短暂，武士们就联想到捐躯的壮烈。至于一般人民，他们喜欢樱花，就是因为它在凄厉的冬天之后，首先给人民带来了兴奋喜乐的春天的消息。在日本，樱花就是多！山上、水边、街旁、院里，到处都是。积雪还没有消融，冬服还没有去身，幽暗的房间里还是春寒料峭，只要远远地一丝东风吹来，天上露出了阳光，这樱花就漫山遍地的开起！不管是山樱也好，吉野樱也好，八重樱也好……向它旁边的日本三岛上的人民，报告了春天的振奋蓬勃的消息。"

这番话，给我讲明了两个道理：一个是樱花开遍了蓬莱三岛，是日本人民自己的花，它永远给日本人民以春天的兴奋与鼓舞；一个是看花人的心理活动，形成了对于某些花卉的特别喜爱。金泽的樱花，并不比别处的更加美丽。汽车司机的一句深切动人的、表达日本劳动人民对于中国人民的深厚友谊的话，使得我眼中的金泽的漫山遍地的樱花，幻成一片中日人民友谊的花的云海，让友谊的轻舟，激箭似地，向着灿烂的朝阳前进！

深夜回忆，暖意盈怀，欣然提笔作樱花赞。

一九六一年五月十八日夜

（最初发表于《人民文学》1961 年 6 月号，后收入《樱花赞》）

一只木屐

　　淡金色的夕阳，像这条轮船一样，懒洋洋地停在这一块长方形的海水上。两边码头上仓库的灰色大门，已经紧紧地关起了。一下午的嘈杂的人声，已经寂静了下来，只有乍起的晚风，在吹卷着码头上零乱的草绳和尘土。

　　我默默地倚伏在船栏上，周围是一片的空虚——沉重，时间一分一分地过去，苍茫的夜色，笼盖了下来。

　　猛抬头，我看见在离船不远的水面上，漂着一只木屐，它已被海水泡成黑褐色的了。它在摇动的波浪上，摇着、摇着，慢慢地往外移，仿佛要努力地摇到外面大海上去似的！

　　啊！我苦难中的朋友！你怎么知道我要悄悄地离开？你又怎么知道我心里丢不下那些把你穿在脚下的朋友？你从岸上跳进海中，万里迢迢地在船边护送着我？

　　过去几年的、在东京的苦闷不眠的夜晚——相伴我的只有瓦檐上的雨声，纸窗外的月色，更多的是空虚——沉重的、黑魆魆的长夜；而每一个不眠的夜晚，我都听到嘎达嘎达的木屐声音，一阵一阵的从我楼前走过。这声音，踏在石子路上，清空而又坚实；它不像我从前听过的、引人憎恨的、北京东单操场上日本军官的军靴声，也不像北京饭店的大厅上日本官员、绅士的皮鞋声。这是日本劳动人民的、风里雨里寸步不离的、清空而又坚实的木屐的声音……

我把双手交叉起，枕在脑后，随着一阵一阵的屐声，在想象中从穿着木屐的双脚，慢慢地向上看，我看到悲哀憔悴的穿着外裌、套着白罩衣的老人、老妇的脸；我看到痛苦愤怒的穿着工裤、披着蓑衣的工人、农民的脸；我看到忧郁彷徨的戴着四角帽、穿着短裙的青年、少女的脸……这些脸，都是我白天在街头巷尾不断看到的，这时都汇合了起来，从我楼前嘎达嘎达地走过。

"苦难中的朋友！在这黑魆魆的长夜，希望在哪里？你们这样嘎达嘎达地往哪里走呢？"在失眠的辗转反侧之中，我总是这样痛苦地想。

但是鲁迅的几句话，也常常闪光似地刺进我黑暗的心头，"我想：希望本无所谓有，也无所谓无的。这正如地上的路；其实地上本没有路，走的人多了，也便成了路。"

就这样，这清空而又坚实的木屐声音，一夜又一夜地从我的乱石嶙峋的思路上踏过；一声一声、一步一步地替我踏出了一条坚实平坦的大道，把我从黑夜送到黎明！

事情过去十多年了，但是我还常常想起那日那时日本横滨码头旁边水上的那只木屐。对于我，它象征着日本劳动人民，也使我回忆起那几年居留日本的一段生活，引起我许多复杂的情感。

从那日那时离开日本后，我又去过两次。这时候，日本人民不但是我的苦难中的朋友，也是我的斗争中的朋友了，我心中的苦乐和十几年前已大不相同。但是，当同去的人们，珍重地带回了些与富士山或樱花有关的纪念品的时候，我却收集一些小小的、引人眷恋的玩具木屐……

一九六二年六月八日，北京

（本篇最初发表于《上海文学》1962 年 7 月号，后收入《樱花赞》）

一寸法师

在日本旅行的时候，常常会听到一些民间故事。在游览的大汽车里，总有一位女向导员，她指点着窗外的风景，告诉你这是什么山，什么水，什么桥，什么村，同时也给你讲些和这山、水、桥、村有关的故事，并唱些和这故事有关的民歌。

但是这一段特别有趣、特别动人的关于一寸法师的故事，却是我自己在琵琶湖边、石山寺的大黑天神殿里发现的！在神殿的阶下小摊上，摆着许多小小的纪念品，其中一种是只有一寸长的小木槌，把槌柄拔出，可以从槌身里面倒出米粒大小、纸片般薄的两个小金像来。这两个小金像，一个是僧家打扮，手里拿着一把槌子，一个是裙帔飘扬的宫妆美人。问起来知道是一寸法师的故事。因为这小木槌太小巧可爱了，我就买了一个，在下山的路上，便请同行的日本朋友，给我讲一寸法师的故事。

他笑说：这故事和其他的民间故事一样，有好几种说法。我所听到的是：一寸法师是古代日本津国难波地方农民家的孩子，他的父母到了四十岁还没有儿女，就到神庙里去祈求，回来母亲就怀了孕，等到孩子生下来，身长却只有一寸。但是他的父母仍是珍宝般地把他养活起来，因为孩子是在神前求来的，就给他起名叫一寸法师。一寸法师长到了十二三岁，身材仍不见长，父母就忧虑起来了。一寸法师是个很孝顺又有志气的孩子，就毅然地对父母说："让我自己出去闯一个天下吧，天地之大，还怕没有我生存的地方？"于是他从流着眼泪的父母手里接过了一只船形的酒杯，一双筷子，一把套在麦秆鞘里的小针刀，就向他们道别了。

一寸法师把那柄针刀挂在腰间，登上酒杯船，拿两只筷子作了桨，一直往京都划去。他到了京都的清水寺前，一直上门来求见方丈。方丈出来接见的时候，看见他从看门人的木屐底下走了出来，大大地吃了一惊！但是看他身材虽小，却是气宇轩昂，谈吐不凡，方丈十分喜爱，把他留下，让他在大殿里做些杂务。

有一天，有一位公主来到寺里烧香，引动了一个妖魔，想把公主抢走。妖魔来的时候，飞沙走石，天昏地暗，公主的侍从人员和庙中僧众都吓得四散奔逃。正当妖魔向公主伸出巨爪的时候，一寸法师从殿角钻出来了！他奋不顾身地拔出针刀向着妖魔刺去。妖魔看见一寸法师是那么渺小，他呵呵大笑着把一寸法师一把抓起吞在肚里。一寸法师沉着地滚到他心脏深处，举起针刀，向妖魔的五脏六腑乱刺起来。痛得那妖魔狂嗥着把一寸法师呕了出来，拼命奔逃，把手里的木槌也忘下了。公主惊魂初定，伸手去拾起木槌的时候，发现她的救命恩人一寸法师雄赳赳气昂昂地站在那里。公主是多么感激而且喜爱这个一寸长的少年呵！她俯下身去含羞而恳挚地说："你从妖魔手里救了我，我就是你的人了，让我们成为夫妇吧！"一寸法师羞得满面通红，说："公主，我救你也不是因为我要跟你结婚……而且，我长得这么细小，怎能做你的丈夫，你还是回宫去吧。"说着回身便走，公主伸手去挽留他时，手里的木槌掉在地下，在这魔槌的声响之中，一寸法师的身材便长了好几寸。公主惊喜地把魔槌连敲了几下，一寸法师便长得和平常人一样高了。这故事的结局，不消说，是一寸法师和公主结了婚，快快乐乐地过日子。

有一位朋友说：这段故事既是有趣又很动人。一寸长的小人儿，是儿童们所喜爱的形象，而且这小人儿又是这样奋不顾身地敢以一寸之躯来同妖魔斗争，这种舍己为人的高尚品质，也会引起儿童的尊敬。若把它用文学的手笔好好加工起来，一定会成为一段很好的童话。

在我一面听着这段故事一面走下山去的时候，我心里所想的却不是写童话，而是回忆我在行前所看到的一本书——《不怕鬼的故事》。那本书里的故事都是反映我国古代人民的大无畏的精神的。我觉得一寸法师的故事，也反映了日本古代人民的大无畏的精神！从故事里的力量对比来看，一寸法师只有普通人千百分之一的大小，而妖魔比飘忽阴森的鬼魂却更是神通广大。一寸法师在间不容发之顷，挺身而出，却又能利用自己身材细小的优点，机智地钻到妖魔的心里，用针刀去刺他的脏腑，终于击败了强敌，得到了木槌，也得到幸福。我相信日本人民是可以从这故事里得到加强反美爱国斗争的信心的作用的。

回到东京去，我们住进一家很幽雅的日本式旅馆——福田家。当我走进我的屋子的时候，抬头，便看见在"床之间"里挂的一幅画，这画是一张条幅，上面是个"福"字，下面就是和我从石山寺买回来的一样形状的木槌！"床之间"本是一种神龛，它的地位等于我们旧家庭里中堂上摆的供桌，日本人总在"床之间"里虔诚地挂起一幅好画，前面再摆上一瓶鲜花。这幅画把"福"字和木槌画在一起，而且供奉在"床之间"里面，足见日本人民是相信只有战胜妖魔才能得到幸福的。我一面放下行囊，脱下大衣，一面喜悦地微笑了起来。

（最初发表于《民间文学》1961 年 6 月号，后收入《樱花赞》）

第三辑　小橘灯

　　我提着这灵巧的小橘灯，慢慢地在黑暗潮湿的山路上走着。这朦胧的橘红的光，实在照不了多远，但这小姑娘的镇定、勇敢、乐观的精神鼓舞了我，我似乎觉得眼前有无限光明！

三 儿

三儿背着一个大筐子，拿着一个带钩的树枝儿，歪着身子，低着头走着，眼睛却不住地东张西望。天色已经不早了，再拾些破纸烂布，把筐子装满了，便好回家。

走着便经过一片广场，一群人都在场边站着，看兵丁们打靶呢，三儿便也走上前去。只见兵丁们一排儿站着，军官也在一边；前面一个兵丁，单膝跪着，平举着枪，瞄准了铁牌，当的一声，那弹子中在牌上，便跳到场边来。三儿忽然想到这弹子拾了去，倒可以卖几个铜子，比破纸烂布值钱多了。便探着身子，慢慢地用钩子拨过弹子来，那兵丁看他一眼，也不言语。三儿就蹲下去拾了起来，揣在怀里。

他一连地拾了七八个，别人也不理会，也没有人禁止他，他心里很喜欢。

一会儿，又有几个孩子来了，看见三儿正拾着弹子，便也都走拢来。三儿回头看见了，恐怕别人抢了他的，连忙跑到牌边去。

忽然听得一声哀叫，三儿中了弹了，连人带筐子，打了一个回旋，便倒在地上。

那兵官吃了一惊，却立刻正了色，很镇定地走到他身旁。

众人也都围上前来，有人便喊着说："三儿不好了！快告诉他家里去！”

不多时，他母亲一面哭着，便飞跑来了，从地上抱起三儿来。那兵官一脚踢开筐子，也低下头去。只见三儿面白如纸，从前襟的破孔里，不住地往外冒血。他母亲哭着说：“我们孩子不能活了！你们老爷们偿他的命罢！”兵官冷笑着，用刺刀指着场边立的一块木板说：“这牌上不是明明写着不让闲人上前么？你们孩子自己闯了祸，怎么叫我们偿命？谁叫他不认得字！”

正在不得开交，三儿忽然咬着牙，挣扎着站起来，将地上一堆的烂纸捧起，放在筐子里；又挣扎着背上筐子，拉着他母亲说：“妈妈我们家……家去！”他母亲却依旧哭着闹着，三儿便自己歪斜地走了，他母亲才连忙跟了来。

一进门，三儿放下筐子，身子也便坐在地下，眼睛闭着，两手揉着肚子，已经是出气多进气少了。这时门口站满了人，街坊们便都挤进来，有的说：“买块膏药贴上，也许就止了血。”有的说：“不如抬到洋人医院里去治，去年我们的叔叔……”

忽然众人分开了，走进一个兵丁来，手里拿着一小卷儿说：“这是二十块钱，是我们连长给你们孩子的！”这时三儿睁开了眼，伸出一只满了血的手，接过票子来，递给他母亲，说：“妈妈给你钱……”他母亲一面接了，不禁号啕痛哭起来。那兵丁连忙走出去，那时——三儿已经死了！

（最初发表于北京《晨报》1920 年 9 月 29 日，后收入《去国》）

一个兵丁

　　小玲天天上学，必要经过一个军营。他挟着书包儿，连跑带跳不住地走着，走过那营前广场的时候，便把脚步放迟了，看那些兵丁们早操。他们一排儿地站在朝阳之下，那雪亮的枪尖，深黄的军服，映着阳光，十分的鲜明齐整。小玲在旁边默默地看着，喜欢羡慕得了不得，心想："以后我大了，一定去当兵，我也穿着军服，还要捎着枪，那时我要细细地看枪里的机关，究竟是什么样子。"这个思想，天天在他脑中旋转。

　　这一天他按着往常的规矩，正在场前凝望的时候，忽然觉得有人附着他的肩头，回头一看，只见是看门的那个兵丁，站在他背后，微笑着看着他。小玲有些瑟缩，又不敢走开，兵丁笑问："小学生，你叫什么？"小玲道："我叫小玲。"兵丁又问道："你几岁了？"小玲说："八岁了。"兵丁忽然呆呆地两手挂着枪，口里自己说道："我离家的时候，我们的胜儿不也是八岁么？"

　　小玲趁着他凝想的时候，慢慢地挪开，数步以外，便飞跑了。回头看时，那兵丁依旧呆立着，如同石像一般。

　　晚上放学，又经过营前，那兵丁正在营前坐着，看见他来了，便笑着招手叫他。小玲只得过去了，兵丁叫小玲坐在他的旁边。小玲看他那黧黑的面颜，深沉的目光，却现出极其温蔼的样子，渐渐地也不害怕了，便慢慢伸手去拿他的枪。兵丁笑着递给他。小玲十分地喜欢，低着头只顾玩弄，一会儿抬起头来。那兵丁依旧凝想着，同早晨一样。

以后他们便成了极好的朋友，兵丁又送给小玲一个名字，叫作"胜儿"，小玲也答应了。他早晚经过的时候必去玩枪，那兵丁也必是在营前等着。他们会见了却不多谈话，小玲自己玩着枪，兵丁也只坐在一旁看着他。

小玲终竟是个小孩子，过了些时，那笨重的枪也玩得腻了，经过营前的时候，也不去看望他的老朋友了。有时因为那兵丁只管追着他，他觉得厌烦，连看操也不敢看了，远望见那兵丁出来，便急忙走开。

可怜的兵丁！他从此不能有这个娇憨可爱的孩子，和他做伴了。但他有什么权力，叫他再来呢？因为这个假定的胜儿，究竟不是他的儿子。

但是他每日早晚依旧在那里等着，他藏在树后，恐怕惊走了小玲。他远远地看着小玲连跑带跳地来了，又嬉笑着走过了，方才慢慢地转出来，两手拄着枪，望着他的背影，临风洒了几点酸泪——

他几乎天天如此，不知不觉的有好几个月了。

这一天早晨，小玲依旧上学，刚开了街门，忽然门外有一件东西，向着他倒来。定睛一看，原来是一杆小木枪，枪柄上油着红漆，很是好看，上面贴着一条白纸，写着，"胜儿收玩，爱你的老朋友——"

小玲拿定枪柄，来回地念了几遍，好容易明白了。忽然举着枪，追风似的，向着广场跑去。

这队兵已经开拔了，军营也空了——那时两手拄着枪，站在营前，含泪凝望的，不是那黧黑慈蔼的兵丁，却是娇憨可爱的小玲了。

（最初发表于北京《晨报》1920 年 6 月 10 日，后收入《去国》）

六一姊

这两天来，不知为什么常常想起六一姊。

她是我童年游伴之一，虽然在一块儿的日子不多，我却着实地喜欢她，她也尽心地爱护了我。

她的母亲是菩提的乳母——菩提是父亲朋友的儿子，和我的大弟弟同年生的，他们和我们是紧邻——菩提出世后的第三天，她的母亲便带了六一来。又过两天，我偶然走过菩提家的厨房，看见一个八九岁的姑娘，坐在门槛上。脸儿不很白，而双颊自然红润，双眼皮，大眼睛，看见人总是笑。人家说这是六一的姊姊，都叫她六一姊。那时她还是天足，穿一套压着花边的蓝布衣裳。很粗的辫子，垂在后面。我手里正拿着两串糖葫芦，不由地便递给她一串。她笑着接了，她母亲叫她道谢，她只看着我笑，我也笑了，彼此都觉得很腼腆。等我吃完了糖果，要将那竹签儿扔去的时候，她拦住我；一面将自己竹签的一头拗弯了，如同钩儿的样子，自己含在口里，叫我也这样做，一面笑说："这是我们的旱烟袋。"

我用奇异的眼光看着她——当然我也随从了，自那时起我很爱她。

她三天两天的便来看她母亲，我们见面的时候很多。她只比我大三岁，我觉得她是我第一个好朋友，我们常常有事没事地坐在台阶上谈话。——我知道六一是他爷爷六十一岁那年生的，所以叫作六一。但六一未生之前，他姊姊总该另有名字的。我屡次问她，她总含笑不说。以后我仿佛听得她母亲叫她铃儿，有一天冷不防我从她背后也叫了一声，她连忙答应。回头看见我笑了，她便低头去弄辫子，似乎十分羞涩。我至今还不解是什么缘故。当时只知道她怕听"铃儿"两字，便时常叫着玩，但她并不恼我。

水天相连的海隅，可玩的材料很少，然而我们每次总有些新玩艺儿来消遣日子。有时拾些卵石放在小铜锣里，当鸡蛋煮着。有时在沙上掘一个大坑，将我们的脚埋在里面。玩完了，我站起来很坦然的；她却很小心地在岩石上蹴踏了会子，又前后左右地看她自己的鞋，她说："我的鞋若是弄脏了，我妈要说我的。"

还有一次，我听人家说煤是树木积压变成的，偶然和六一姊谈起，她笑着要做一点煤冬天烧。我们寻得了一把生锈的切菜刀，在山下砍了些荆棘，埋在海边沙土里，天天去掘开看变成了煤没有。五六天过去了，依旧是荆棘，以后再有人说煤是树木积压成的，我总不信。

下雨的时候，我们便在廊下"跳远"玩，有时跳得多了，晚上睡时觉得脚跟痛，但我们仍旧喜欢跳。有一次我的乳娘看见了，隔窗叫我进去说："她是什么人？你是什么人？天天只管同乡下孩子玩，姑娘家跳跳钻钻的，也不怕人笑话！"我乍一听说，也便不敢出去，次数多了，我也有些气忿，便道："她是什么人？乡下孩子也是人呀！我跳我的，我母亲都不说我，要你来管做什么？"一面便挣脱出去。乳娘笑着拧我的脸说："你真个学坏了！"

以后六一姊长大了些，来的时候也少了。她十一岁那年来的时候，她的脚已经裹尖了，穿着一双青布扎红花的尖头高底鞋。女仆们都夸赞她说："看她妈不在家，她自己把脚裹的多小呀！这样的姑娘，真不让人费心。"我愕然，背后问她说："亏你怎么下手，你不怕痛么？"

她摇头笑说："不。"随后又说："痛也没有法子，不裹叫人家笑话。"

从此她来的时候，也不能常和我玩了，只挪过一张矮凳子，坐在下房里，替六一浆洗小衣服，有时自己扎花鞋。我在门外沙上玩，她只扶着门框站着看。我叫她出来，她说："我跑不动。"——那时我已起首学做句子，读整本的书了，对于事物的兴味，渐渐地和她两样。在书房窗内看见她来了，又走进下房里，我也只淡淡的，并不像从前那种着急，恨不得立时出去见她的样子。

菩提断了乳，六一姊的母亲便带了六一走了。从那时起，自然六一姊也不再来。——直到我十一岁那年，到金钩寨看社戏去，才又见她一面。

我看社戏，几乎是年例，每次都是坐在正对着戏台的席棚底下看的。这座棚是曲家搭的，他家出了一个副榜，村里要算他们最有声望了。从我们楼上可以望见曲家门口和祠堂前两对很高的旗杆，和海岸上的魁星阁。这都是曲副榜中了副榜以后，才建立起来的。金钩寨得了这些点缀，观瞻顿然壮了许多。

金钩寨是离我们营垒最近的村落，四时节庆，不免有馈赠往来。我曾在父亲桌上，看见曲副榜寄父亲的一封信，是五色信纸写的，大概是说沿海不靖，要请几名兵士保护乡村的话，内中有"谚云'……'足下乃今日之大树将军也，小草依依，尚其庇之……""谚云"底下是什么，我至终想不起来，只记得纸上龙蛇飞舞，笔势很好看的。

社戏演唱的时候，父亲常在被请参观之列。我便也跟了去，坐在父亲身旁看。我矮，看不见，曲家的长孙还因此出去，踢开了棚前土阶上列坐的乡人。

实话说，对于社戏，我完全不感兴味，往往看不到半点钟，便缠着要走，父亲也借此起身告辞。——而和六一姊会面的那一次，不是在棚里看，工夫却长了些。

那天早起，在书房里，已隐隐听见山下锣鼓喧天。下午放学出来，要回到西院去，刚走到花墙边，看见余妈抱着膝坐在下台阶上打盹。看见我便一把拉住笑说："不必过去了，母亲睡觉呢。我在这里等着，领你听社戏去，省得你一个人在楼上看海怪闷的。"我知道是她自己要看，却拿我做盾牌。但我在书房坐了一天，也正懒懒的，便任她携了我的手，出了后门，夕阳中穿过麦垄。斜坡上走下去，已望见戏台前黑压压的人山人海，卖杂糖杂饼的担子前，都有百十个村童围着，乱哄哄的笑闹；墙边一排一排的板凳上，坐着粉白黛绿，花枝招展的妇女们，笑语盈盈的不休。

我觉得瑟缩，又不愿挤过人丛，拉着余妈的手要回去。余妈俯下来指着对面叫我看，说："已经走到这里了——你看六一姊在那边呢，过去找她说话去。"我抬头一看，棚外左侧的墙边，穿着新蓝布衫子，大红裤子，盘腿坐在长板条的一端，正回头和许多别的女孩子说话的，果然是六一姊。

余妈半推半挽的把我撮上棚边去，六一姊忽然看见了，顿时满脸含笑地站起来让："余大妈这边坐。"一面紧紧地握我的手，对我笑，不说什么话。

一别三年，六一姊的面庞稍稍改了，似乎脸儿长圆了些，也白了些，样子更温柔好看了。我一时也没有说什么，只看着她微笑。她拉我在她身旁半倚地坐下，附耳含笑说："你也高了些——今天怎么又高兴出来走走？"

当我们招呼之顷，和她联坐的女孩们都注意我——这时我愿带叙一个人儿，我脑中常有她的影子，后来看书一看到"苎萝村"和"西施"字样，我立刻就联忆到她，也不知是什么缘故。她是那天和六一姊同坐的女伴中之一，只有十四五岁光景。身上穿着浅月白竹布衫儿，襟角上绣着卍字。绿色的裤子。下面是扎腿，桃红扎青花的小脚鞋。

头发不很青，却是很厚。水汪汪的一双俊眼。又红又小的嘴唇。净白的脸上，薄薄的搽上一层胭脂。她顾盼撩人，一颦一笑，都能得众女伴的附和。那种娟媚入骨的风度，的确是我过城市生活以前所见的第一美人儿！

到此我自己惊笑，只是那天那时的一瞥，前后都杳无消息，童稚烂漫流动的心，在无数的过眼云烟之中，不知怎的就捉得这一个影子，自然不忘的到了现在。——生命中原有许多"不可解"的事！

她们窃窃议论我的天足，又问六一姊，我为何不换衣裳出来听戏。众口纷纭，我低头听得真切，心中只怨余妈为何就这样地拉我出来！我身上穿的只是家常很素净的衣服，在红绿丛中，更显得非常的暗淡。

百般局促之中，只听得六一姊从容的微笑说："值得换衣服么？她不到棚里去，今天又没有什么大戏。"一面用围揽着我的手抚我的肩儿，似乎教我抬起头来的样子。

我觉得脸上红潮立时退去，心中十分感激六一姊轻轻地便为我解了围。我知道这句话的分量，一切的不宁都恢复了。我暗地惊叹，三年之别，六一姊居然是大姑娘了，她练达人情的话，居然能庇覆我！

恋恋的挨着她坐着，无聊的注目台上。看见两个婢女站在两旁，一个皇后似的，站在当中，摇头掩袖，咿咿地唱。她们三个珠翠满头，粉黛俨然，衣服也极其闪耀华丽，但裙下却都露着一双又大又破烂的男人单脸鞋。

金色的斜阳，已落下西山去，暮色逼人。余妈还舍不得走，我说："从书房出来，简直就没到西院去，母亲要问，我可不管。"她知道我万不愿再留滞了，只得站起来谢了六一姊，又和四围的村妇纷纷道别。上坡来时，她还只管回头望着台上，我却望着六一姊，她也望着我。我忽然后悔为何忘记吩咐她来找我玩，转过麦垄，便彼此看不见了。——到此我热烈的希望那不是最末次的相见！

回家来已是上灯时候，母亲并不会以不换衣裳去听社戏为意，只问我今天的功课。我却告诉母亲我今天看见了六一姊，还有一个美姑娘。美姑娘不能打动母亲的心，母亲只殷勤地说："真的，六一姊也有好几年没来了！"

十年来四围寻不到和她相似的人，在异国更没有起联忆的机会，但这两天来，不知为何，只常常想起六一姊！

她这时一定嫁了，嫁在金钩寨，或是嫁到山右的邻村去，我相信她永远是一个勤俭温柔的媳妇。

山坳海隅的春阴景物，也许和今日的青山，一般的凄黯消沉！我似乎能听到那呜呜的海风，和那暗灰色浩荡摇撼的波涛。我似乎能看到那阴郁压人的西南山影，和山半一层层枯黄不断的麦地。乍暖还寒时候，常使幼稚无知的我，起无名的怅惘的那种环境，六一姊也许还在此中。她或在推磨，或在纳鞋底，工作之余，她偶然抬头自篱隙外望海山，或不起什么感触。她决不能想起我，即或能想起我，也决不能知道这时的我，正在海外的海，山外的山的一角小楼之中，凝阴的廊上，低头疾书，追写十年前的她的嘉言懿行……

我一路拉杂写来，写到此泪已盈睫——总之，提起六一姊，我童年的许多往事，已真切活现的浮到眼前来了！

一九二四年三月二十六日黄昏。青山，沙穰

（最初发表于《小说月报》1924年6月第15卷第6号，后收入《往事》）

分

一个巨灵之掌，将我从忧闷痛楚的密网中打破了出来，我呱地哭出了第一声悲哀的哭。

睁开眼，我的一只腿仍在那巨灵的掌中倒提着，我看见自己的红到玲珑的两只小手，在我头上的空中摇舞着。

另一个巨灵之掌轻轻地托住我的腰，他笑着回头，向仰卧在白色床车上的一个女人说："大喜呵，好一个胖小子！"一面轻轻地放我在一个铺着白布的小筐里。

我挣扎着向外看：看见许多白衣白帽的护士乱哄哄的，无声地围住那个女人。她苍白着脸，脸上满了汗。她微呻着，仿佛刚从噩梦中醒来。眼皮红肿着，眼睛失神地半开着。她听见了医生的话，眼珠一转，眼泪涌了出来。放下一百个心似的，疲乏的微笑地闭上眼睛，嘴里说："真辛苦了你们了！"

我便大哭起来："母亲呀，辛苦的是我们呀，我们刚才都从死中挣扎出来的呀！"

白衣的护士们乱哄哄的，无声地将母亲的床车推了出去。我也被举了起来，出到门外。医生一招手，甬道的那端，走过一个男人来。他也是刚从噩梦中醒来的脸色与欢欣，两只手要抱又不敢抱似的，用着怜惜惊奇的眼光，向我注视，医生笑了："这孩子好罢？"他不好意思似的，嗫嚅着："这孩子脑袋真长。"这时我猛然觉得我的头痛极了，我又哭起来了："父亲呀，您不知道呀，我的脑壳挤得真痛呀。"

医生笑了："可了不得，这么大的声音！"一个护士站在旁边，微笑地将我接了过去。

进到一间充满了阳光的大屋子里。四周壁下，挨排地放着许多的小白筐床，里面卧着小朋友。有的两手举到头边，安稳地睡着；有的哭着说："我渴了呀！""我饿了呀！""我太热了呀！""我湿了呀！"抱着我的护士，仿佛都不曾听见似的，只飘速的，安详的，从他们床边走过，进到里间浴室去，将我头朝着水管，平放在水盆边的石桌上。

莲蓬管头里的温水，喷淋在我的头上，黏黏的血液全冲了下去。我打了一个寒噤，神志立刻清爽了。眼睛向上一看，隔着水盆，对面的那张石桌上，也躺着一个小朋友，另一个护士，也在替他洗着。他圆圆的头，大大的眼睛，黑黑的皮肤，结实的挺起的胸膛。他也在醒着，一声不响地望着窗外的天空。这时我已被举起，护士轻轻地托着我的肩背，替我穿起白白长长的衣裳。小朋友也穿着好了，我们欠着身隔着水盆相对着。洗我的护士笑着对她的同伴说："你的那个孩子真壮真大呵，可不如我的这个白净秀气！"这时小朋友抬起头来注视着我，似轻似怜地微笑着。

我羞怯地轻轻地说："好呀，小朋友。"他也谦和地说："小朋友好呀。"这时我们已被放在相挨的两个小筐床里，护士们都走了。

我说："我的周身好疼呀，最后四个钟头的挣扎，真不容易，你呢？"

他笑了，握着小拳："我不，我只闷了半个钟头呢。我没有受苦，我母亲也没有受苦。"

我默然，无聊地叹一口气，四下里望着。他安慰我说："你乏了，睡罢，我也要养一会儿神呢。"

我从浓睡中被抱了起来，直抱到大玻璃门边。门外甬道里站着好几个少年男女，鼻尖和两手都抵住门上玻璃，如同一群孩子，站在陈列圣诞节礼物的窗外，那种贪馋羡慕的样子。他们喜笑的互相指点谈论，说我的眉毛像姑姑，眼睛像舅舅，鼻子像叔叔，嘴像姨，仿佛要将我零碎吞并了去似的。

我闭上眼，使劲地想摇头，却发觉了脖子在痛着，我大哭了，说："我只是我自己呀，我谁都不像呀，快让我休息去呀！"

护士笑了，抱着我转身回来，我还望见他们三步两回头的，彼此笑着推着出去。

小朋友也醒了，对我招呼说："你起来了，谁来看你？"我一面被放下，一面说："不知道，也许是姑姑舅舅们，好些个年轻人，他们似乎都很爱我。"

小朋友不言语，又微笑了："你好福气，我们到此已是第二天了，连我的父亲我还没有看见呢。"

我竟不知道昏昏沉沉之中，我已睡了这许久。这时觉得浑身痛得好些，底下却又湿了，我也学着断断续续地哭着说："我湿了呀！我湿了呀！"果然不久有个护士过来，抱起我。我十分欢喜，不想她却先给我水喝。

大约是黄昏时候，乱哄哄的三四个护士进来，硬白的衣裙哗哗地响着。她们将我们纷纷抱起，一一的换过尿布。小朋友很欢喜，说："我们都要看见我们的母亲了，再见呀。"

小朋友是和大家在一起，在大床车上推出去的。我是被抱起出去的。过了玻璃门，便走入甬道右边的第一个屋子。母亲正在很高的白床上躺着，用着渴望惊喜的眼光来迎接我。护士放我在她的臂上，她很羞缩地解开怀。她年纪仿佛很轻，很黑的秀发向后拢着，眉毛弯弯的淡淡的像新月。没有血色的淡白的脸，衬着很大很黑的眼珠，在床侧暗淡的一圈灯影下，如同一个石像！

我开口吮咂着奶。母亲用面颊偎着我的头发，又摩弄我的指头，仔细地端详我，似乎有无限的快慰与惊奇。——

二十分钟过去了，我还没有吃到什么。我又饿，舌尖又痛，就张开嘴让奶头脱落出来，烦恼的哭着。母亲很恐惶的，不住地摇拍我，说："小宝贝，别哭，别哭！"一面又赶紧按了铃，一个护士走了进来。母亲笑说："没有别的事，我没有奶，小孩子直哭，怎么办？"护士也笑着说："不要紧的，早晚会有，孩子还小，他还不在乎呢。"一面便来抱我，母亲恋恋地放了手。

我回到我的床上时，小朋友已先在他的床上了，他睡得很香，梦中时时微笑，似乎很满足，很快乐。我四下里望着。许多小朋友都快乐地睡着了。有几个在半醒着，哼着玩似的，哭了几声。我饿极了，想到母亲的奶不知何时才来，我是很在乎的，但是没有人知道。看着大家都饱足的睡着，觉得又嫉妒，又羞愧，就大声地哭起来，希望引起人们的注意。我哭了有半点多钟，才有个护士过来，娇痴地撅着嘴，抚拍着我，说："真的！你妈妈不给你饱吃呵，喝点水罢！"她将水瓶的奶头塞在我嘴里，我哼哼地呜咽地含着，一面慢慢地也睡着了。

第二天洗澡的时候，小朋友和我又躺在水盆的两边谈话。他精神很饱满。在被按洗之下，他摇着头，半闭着眼，笑着说："我昨天吃了一顿饱奶！我母亲黑黑圆圆的脸，很好看的。我是她的第五个孩子呢。她和护士说她是第一次进医院生孩子，是慈幼会介绍来的，我父亲很穷，是个屠户，宰猪的。"——这时一滴硼酸水忽然洒上他的眼睛，他厌烦地喊了几声，挣扎着又睁开眼，说："宰猪的！多痛快，白刀子进去，红刀子出来！我大了，也学我父亲，宰猪，——不但宰猪，也宰那些猪一般地尽吃不做的人！"

我静静地听着，到了这里赶紧闭上眼，不言语。

小朋友问说："你呢？吃饱了罢？你母亲怎样？"

我也兴奋了："我没有吃到什么，母亲的奶没有下来呢，护士说一两天就会有的。我母亲真好，她会看书，床边桌上堆着许多书，屋里四面也摆满了花。"

"你父亲呢？"

"父亲没有来，屋里只她一个人。她也没有和人谈话，我不知道关于父亲的事。"

"那是头等室，"小朋友肯定地说，"一个人一间屋子么！我母亲那里却热闹，放着十几张床呢。许多小朋友的母亲都在那里，小朋友们也都吃得饱。"

明天过来，看见父亲了。在我吃奶的时候，他侧着身，倚在母亲的枕旁。他们的脸紧挨着，注视着我。父亲很清癯的脸。皮色淡黄。很长的睫毛，眼神很好。仿佛常爱思索似的，额上常有微微地皱纹。

父亲说："这回看的细，这孩子美得很呢，像你！"

母亲微笑着，轻轻地摩我的脸："也像你呢，这么大的眼睛。"

父亲立起来，坐到床边的椅上，牵着母亲的手，轻轻地拍着："这下子，我们可不寂寞了，我下课回来，就帮助你照顾他，同他玩；放假的时候，就带他游山玩水去。——这孩子一定要注意身体，不要像我。我虽不病，却不是强壮……"

母亲点头说："是的——他也要早早地学音乐，绘画，我自己不会这些，总觉得生活不圆满呢！还有……"

父亲笑了："你将来要他成个什么'家'？文学家？音乐家？"

母亲说："随便什么都好——他是个男孩子呢。中国需要科学，恐怕科学家最好。"

这时我正咂不出奶来，心里烦躁得想哭。可是听他们谈得那么津津有味，我也就不言语。

父亲说："我们应当替他储蓄教育费了，这笔款越早预备越好。"

母亲说："忘了告诉你，弟弟昨天说，等孩子到了六岁，他送孩子一辆小自行车呢！"

父亲笑说："这孩子算是什么都有了，他的摇篮，不是妹妹送的么？"

母亲紧紧地搂着我，亲我的头发，说："小宝贝呵，你多好，这么些个人疼你！你大了，要做个好孩子……"

挟带着满怀的喜气，我回到床上，也顾不得饥饿了，抬头看小朋友，他却又在深思呢。

我笑着招呼说："小朋友，我看见我的父亲了。他也极好。他是个教员。他和母亲正在商量我将来教育的事。父亲说凡他所能做到的，对于我有益的事，他都努力。母亲说我没有奶吃不要紧，回家去就吃奶粉，以后还吃橘子汁，还吃……"我一口气说了下去。

小朋友微笑了，似怜悯又似鄙夷："你好幸福呵，我是回家以后，就没有吃奶了。今天我父亲来了，对母亲说有人找她当奶妈去。一两天内我们就得走了！我回去跟着六十多岁的祖母。我吃米汤，糕干……但是我不在乎！"

我默然，满心的高兴都消失了，我觉得惭愧。

小朋友的眼里，放出了骄傲勇敢的光："你将永远是花房里的一盆小花，风雨不侵地在划一的温度之下，娇嫩地开放着。我呢，是道旁的小草。人们的践踏和狂风暴雨，我都须忍受。你从玻璃窗里，遥遥地外望，也许会可怜我。然而在我的头上，有无限阔大的天空；在我的四周，有呼吸不尽的空气。有自由的蝴蝶和蟋蟀在我的旁边歌唱飞翔。我的勇敢的卑微的同伴，是烧不尽割不完的。在人们脚下，青青地点缀遍了全世界！"

我窘得要哭，"我自己也不愿意这样的娇嫩呀！……"我说。

小朋友惊醒了似的，缓和了下来，温慰我说："是呀，我们谁也不愿意和谁不一样，可是一切种种把我们分开了，——看后来罢！"

　　窗外的雪不住地在下，扯棉搓絮一般，绿瓦上匀整地堆砌上几道雪沟。母亲和我是要回家过年的。小朋友因为他母亲要去上工，也要年前回去。我们只有半天的聚首了，茫茫的人海，我们从此要分头消失在一片纷乱的城市叫嚣之中，何时再能在同一的屋瓦之下，抵足而眠？

　　我们恋恋地互视着。暮色昏黄里，小朋友的脸，在我微晕的眼光中渐渐地放大了。紧闭的嘴唇，紧锁的眉峰，远望的眼神，微微突出的下颏，处处显出刚决和勇毅。"他宰猪——宰人？"我想着，小手在衾底伸缩着，感出自己的渺小！

　　从母亲那里回来，互相报告的消息，是我们都改成明天——一月一日——回去了！我的父亲怕除夕事情太多，母亲回去不得休息。小朋友的父亲却因为除夕自己出去躲债，怕他母亲回去被债主包围，也不叫她离院。我们平空又多出一天来！

　　自夜半起便听见爆竹，远远近近地连续不断。绵绵的雪中，几声寒犬，似乎告诉我们说人生的一段恩仇，至此又告一小小结束。在明天重戴起谦虚欢乐的假面具之先，这一夜，要尽量地吞噬，怨詈，哭泣。万千的爆竹声里，阴沉沉的大街小巷之中，不知隐伏着几千百种可怖的情感的激荡……

　　我栗然，回顾小朋友。他咬住下唇，一声儿不言语。——这一夜，缓流的水一般，细细地流将过去。将到天明，朦胧里我听见小朋友在他的床上叹息。

　　天色大明了。两个护士脸上堆着新年的笑，走了进来，替我们洗了澡。一个护士打开了我的小提箱，替我穿上小白绒紧子，套上白绒布长背心和睡衣。外面又穿戴上一色的豆青绒线褂子，帽子和袜子。穿着完了，她抱起我，笑说："你多美呵，看你妈妈多会打扮你！"

我觉得很软适，却又很热，我暴躁得想哭。

小朋友也被举了起来。我愣然，我几乎不认识他了！他外面穿着大厚蓝布棉袄，袖子很大很长，上面还有拆改补缀的线迹；底下也是洗得褪色的蓝布的围裙。他两臂直伸着，头面埋在青棉的大风帽之内，臃肿得像一只风筝！我低头看着地上堆着的，从我们身上脱下的两套同样的白衣，我忽然打了一个寒噤。我们从此分开了，我们精神上，物质上的一切都永远分开了！

小朋友也看见我了，似骄似惭地笑了一笑说："你真美呀，这身美丽温软的衣服！我的身上，是我的铠甲，我要到社会的战场上，同人家争饭吃呀！"

护士们匆匆地捡起地上的白衣，扔入筐内。又匆匆地抱我们出去。走到玻璃门边，我不禁大哭起来。小朋友也忍不住哭了，我们乱招着手说："小朋友呀！再见呀！再见呀！"一路走着，我们的哭声，便在甬道的两端消失了。

母亲已经打扮好了，站在屋门口。父亲提着小箱子，站在她旁边。看见我来，母亲连忙伸手接过我，仔细看我的脸，拭去我的眼泪，偎着我，说："小宝贝，别哭！我们回家去了，一个快乐的家，妈妈也爱你，爸爸也爱你！"

一个轮车推了过来，母亲替我围上小豆青绒毯，抱我坐上去。父亲跟在后面。和相送的医生护士们道过谢，说声再见，便一齐从电梯下去。

从两扇半截的玻璃门里，看见一辆汽车停在门口。父亲上前开了门，吹进一阵雪花，母亲赶紧遮上我的脸。似乎我们又从轮车中下来，出了门，上了汽车，车门砰的一声关上了。母亲掀起我脸上的毯子，我看见满车的花朵。我自己在母亲怀里，父亲和母亲的脸颊偎着我。

这时车已徐徐地转出大门。门外许多洋车拥挤着，在他们纷纷让路的当儿，猛抬头我看见我的十日来朝夕相亲的小朋友！他在他父亲的臂里。他母亲提着青布的包袱。两人一同侧身站在门口，背向着我们。他父亲头上是一顶宽檐的青毡帽，身上是一件大青布棉袍。就在这宽大的帽檐下，小朋友伏在他的肩上，面向着我，雪花落在他的眉间，落在他颊上。他紧闭着眼，脸上是凄傲的笑容……他已开始享乐他的奋斗！……

车开出门外，便一直地飞驰。路上雪花飘舞着。隐隐地听得见新年的锣鼓。母亲在我耳旁，紧偎着说："宝贝呀，看这一个平坦洁白的世界呀！"

我哭了。

一九三一年八月五日，海淀

（最初发表于 1931 年《新月》第 3 卷 11 期，后收入《姑姑》）

寂 寞

　　小小在课室里考着国文。他心里有事，匆匆地缀完了几个句子，便去交卷。刚递了上去，先生抬头看着他，说："你自己再看一遍有错字没有，还没有放学呢，忙什么的！"他只得回到位上来，眼光注在卷上，却呆呆地出神。

　　好容易放学了，赵妈来接他。他一见就问："婶婶和妹妹来了么？"赵妈笑说："来了，快些家去罢，你那妹妹好极了。"他听着便自己向前跑了，赵妈在后面连连地唤他，他只当没听见。

　　到家便跑上台阶去，听母亲在屋里唤说："小小快来，见一见婶婶罢。"他掀开竹帘子进去，母亲和一个年轻的妇人一同坐着。他连忙上去鞠了躬，婶婶将他揽在怀里，没有说什么，眼泪却落了下来。母亲便说："让婶婶歇一歇，你先出去和妹妹玩罢，她在后院看鱼呢。"小小便又出来，绕过廊子，看见妹妹穿着一身淡青色的衣裳，一头的黑发散垂着，结着一条很宽的淡青缎带；和赵妈站在鱼缸边，说着话儿。

　　赵妈推她说："哥哥来了。"她回头一看，便拉着赵妈的手笑着。赵妈说："小小哥！你们一起玩罢，我还有事呢。"小小便过去，赵妈自己走了。

　　小小说："妹妹，看我这几条鱼好不好？都是后面溪里钓来的。"

妹妹只看着他笑着。小小见她不答,也便伏在缸边,各自看鱼,再不说话。

饭桌上母亲,婶婶,和他兄妹两个人,很亲热地说着话儿,妹妹和他也渐渐地熟了。饭后母亲和婶婶在廊外乘凉,小小和妹妹却在屋里玩。小小搬出许多玩具来,灯下两个人玩着。小小的话最多,说说这个,说说那个,妹妹只笑着看着他。

母亲隔窗唤道:"你们早些睡罢,明天……"小小忙应道:"不要紧的,我考完了书了,明天便放假不上学去了。"妹妹却有了倦意,自己下了椅子,要睡觉去;小小只得也回到屋里,——床上他想明天一早和妹妹钓鱼去。

绝早他就起来,赵妈不让他去搅妹妹,他只得在院子里自己玩。一会儿才听得婶婶和母亲在屋里说话,又听得妹妹也起来了,便推门进去。妹妹正站在窗前,婶婶替她梳着头。看见小小进来,婶婶说:"小小真是个好学生,起得这样早!"他笑着上前道了晨安。

早饭后两人便要出去。母亲嘱咐小小说:"好生照应着妹妹,溪水深了,掉下去不是玩的,也小心不要弄湿了衣裳!"小小忙答应着,便和妹妹去了。

开了后门,一道清溪,横在面前;夹溪两行的垂柳,倒影在水里,非常的青翠。两个人先走着,拣着石子,最后便在水边拣一块大石头坐下,谈着话儿。

妹妹说:"我们那里没有溪水,开了门只是大街道,许多的车马,走来走去的,晚上满街的电灯,比这里热闹多了,只不如这里凉快。"小小说:"我最喜欢热闹;但我在这里好钓鱼,也有螃蟹。夏天看农夫们割麦子,都用大车拉着。夏天的晚上,母亲和我更常常坐在这里树下,听水流和蝉叫。"一面说着,小小便站起来,跳到水中一块大溪石上去。

那石块微微地动摇,妹妹说:"小心!要掉下去了。"小小笑道:

"我不怕，我掉下好几次了。你看我腿上的疤痕。"说着便褪下袜子，指着小腿给妹妹看。妹妹摇头笑说："我怕，我最怕晃摇的东西。在学校里我打秋千都不敢打得太高。"小小说："那自然，你是个女孩子。"妹妹道："那也未必！我的同学都打得很高。她们都不怕。"小小笑道："所以你更是一个怯弱的女孩子了。"妹妹笑了笑，无话可说。

小小四下里望着，忽然问道："昨天婶婶为什么落泪？"妹妹说："萱哥死了，你不知道么？若不是为母亲尽着难受，我们还不到这里来呢。"小小说："我母亲写信给叔叔，说要接婶婶和你来玩，我听见了——到底萱哥是为什么死的？"妹妹用柳枝轻轻地打着溪水，说："也不知道是什么病，头几天放学回来，还好好的，我们一块儿玩着。后来他晚上睡着便昏迷了，到医院里，不几天就死了。那天母亲从医院里回来，眼睛都红肿了，我才知道的。父亲去把他葬了，回来便把他的东西，都锁了起来，不叫母亲看见——有一天我因为找一本教科书，又翻出来了，母亲哭了，我也哭了半天……"妹妹说到这里，眼圈儿便红了。小小两手放在裤袋里，凝视着她，过了半天，说："不要紧的，我也是你的哥哥。"妹妹微笑说："但你不是我母亲生的，不是我的亲哥哥。"小小无可说，又道："横竖都是一样，你不要难过了！你看那边水上飞着好些蜻蜓，一会儿要下雨了，我捉几个给你玩。"

下午果然下雨，他们只在餐室里，找了好几条长线，两头都系上蜻蜓。放了手，蜻蜓便满屋里飞着，却因彼此牵来扯去的，只飞得不高。妹妹站在椅上，喜得拍手笑了。忽然有一个蜻蜓，飞到妹妹脸上，那端的一个便垂挂在袖子旁边，不住地鼓着翅儿，妹妹吓得只管喊叫。小小却只看着，不住地笑。妹妹急了，自己跳下椅子来。小小连忙上去，替她捉了下来；看妹妹似乎生气，便一面哄着她，一面开了门，扯断了线，把蜻蜓都放了。

一连下了几天的雨，不能出去，小小和妹妹只坐在廊下，看雨又说故事。小小将听过的故事都说完了，自己只得编了一段，想好了，便说："有一个老太太，有两个儿子，小的名叫猪八戒，大的名叫土行孙，……"妹妹笑道："不对了，猪八戒没有母亲，他的哥哥不叫什么土行孙，是孙行者；你当我没有听过《西游记》呢！"小小也笑道："我说的这是另一个猪八戒，不是《西游记》上的猪八戒。"妹妹摇头笑道："不用圆谎了，我知道你是胡编的。"小小无聊，便道："那么你说一个我听。"妹妹也想了一会儿，说："从前……从前有一个国王，他有一个女儿，叫雪花公主，长得非常好看……"小小道："以后有人来害她是不是？"妹妹看着他道："是的，你听见过，我就不说了。"小小忙道："没有听过，我猜着是那样，往下说罢！"妹妹又说："以后国王的王后死了，又娶了一个王后，名叫……那名字我忘记了……这新王后看雪花公主比自己好看，就生气了，将她送到空山里去，叫一个老太太拿有毒的苹果哄她吃……"小小连忙问："以后有人来救她没有？"妹妹笑道："你别忙，——后来也不知道怎样雪花公主也没有死。那国王知道新王后不好，便撵她出去。把雪花公主仍接了回来，大家很快乐地过日子。"妹妹停住了，小小还问："往后呢？"妹妹说："往后就是这样了，没有了。"

小小站了起来，伸一伸腰，说："我听故事，最怕听到快乐的时候，一快乐就完了。每次赵妈说故事，一说到做财主了，或是做官了，就是快完了，真没意思！"妹妹说："故事总是有完的时候，没有不完的，——反不如那结局不好的故事，能使我在心里想好几天……"小小忽然想起一段，便说："我有一个说不完的故事——有一个国王……"他张开两臂比着："盖了一间比天还大的仓房，攒了比天还多的米在里面。有一天有一阵麻雀经过，那麻雀多极了，成群结队地飞着，连太阳都遮住了。它们看见那些米粒，便寻出了一个小孔穴，一只一只地飞进去……"妹妹连忙笑道："我知道了！第一个麻雀进去，衔出一个米粒来；第二个麻雀又进去，又衔出一个米粒来；这样一只一只尽着说，是不是？我听见萱哥说过了。"小小道："是的，编这故事的人真巧，果是一段说不完的。"妹妹说："我就不信，我想比天还多的米，也不过有几万万粒，若黑夜白日不住地说，说几年也就完了。"小小正要答应，屋里母亲唤着，便止住了，一同进去。

夜里的雨更大了，还时时地听见轻雷。小小非常的懊丧：后门的小溪，是好几天没有去了，故事说尽了，家里没有什么好玩的，想来想去，渐渐入梦——梦见带着妹妹，走进很深的树林里，林中有一个大湖。湖边迎面走来一个白衣的女子，似乎是雪花公主。她手里提着一个大笼子，里面有许多麻雀，正要上前，眼前一亮，便不见了。

开了眼，阳光满室，天晴了，他还不信，起来一看，天青得很，枝上的小鸟不住地叫着；庭中注着很深的雨水，风吹得粼粼的，他心里喜欢，连忙穿起衣裳，匆匆地走出去——梦也忘了。

妹妹自己坐在廊上，揉着眼睛发怔，看见他便笑说："哥哥，天晴了！"小小拍手笑道："可不是！你看院子里这些雨水，——我敢下去。"妹妹笑着看他，他便脱鞋和袜子，轻轻地走入水里，一面笑道："凉快极了，只是底下有青苔，滑得很。"他慢慢地跑起来，只听见脚下水响。妹妹走到廊边道："真好玩，我也下去。"小小俯着身子，撩起裤脚，说："你敢你就下来，我们在水里跳圈儿。"妹妹笑着便坐在廊上，刚脱下一只袜子，母亲从屋里出来看见，便道："可了不得！小小，快上来罢，你只管带着妹妹淘气！"妹妹连忙又将袜子穿上。小小却笑着从廊上拿了鞋袜，赤着脚跑到浴室里去。

饭后母亲说大家出去散散心。婶婶只懒懒的，禁不住妹妹和小小的撺掇劝说，只得随同出去。先到了公园，母亲和婶婶进了一处"售品所"；小小和妹妹却远远地跑开去，在水边看了一会子的浴鸭，又上了小山。雨后的小山和树林都青润极了；山后篱内的野茉莉，开得崭齐，望去好似彩云一般。池里荷花也开遍了，水边系着一只小船。两个人商量着，要上船玩去；正往下走，只见母亲在山下亭中招手叫他。

到了亭前，只见婶婶无力地倚着亭柱坐着，眼中似有泪痕。妹妹连忙走过去，一声儿不响地倚在婶婶怀里。母亲悄声说："我们回去罢，婶婶又不好过了。"小小只得喏喏地随着一同出来。

车上小小轻轻地问："婶婶为什么又哭了？"母亲道："婶婶看见我替你买了一顶小草帽，看那式样很好，也想买一顶给萱哥。忽然想起萱哥死了，便又落泪，我们转身就出来了。——你看母亲爱子的心，是何等的深刻！"母亲说着深沉的叹了一口气，小小也默然无语。

前面婶婶的车，停在糖果公司门口，婶婶给妹妹买了两瓶糖，又给他两瓶。小小连忙谢了婶婶，自己又买了一瓶香蕉油。妹妹问："买这个作什么？"小小笑道："回家做冰激凌去！"

到家婶婶又只懒懒的。妹妹便跟婶婶睡觉去了。小小自己一人跑来跑去，寻出冰激凌的桶子来，预备着明天要做。

黄昏时妹妹醒了，睡得满脸是汗，只说热；母亲打发她洗了澡，又替她洗了头发，小小便拿过一把大扇子，站在廊上用力地替她扇着。妹妹一面撩开拂在脸上的头发，一面笑说："不要扇了，我觉得冷。"小小道："如此我们便到门外去，树下有风，吹一会儿就干了。"两个人便出来，坐在树根上。

暮色里，新月挂在柳梢——远远地走来一个绿衣的邮差。小小看见便放下扇子，跑着迎了上去，接过两封信来。妹妹忙问："谁来的信？"小小看了，道："一封是父亲的，一封许是叔叔的。你等着，我先送了去。"说着便进门去了。

一转身便又出来；妹妹说："我父亲来信，一定是要接我们走了。"

小小说："我不知道——你如走了，我一定写信给你，我写着'宋妹妹先生'，好不好？"妹妹笑说："我的学名也不是叫妹妹，而且我最不喜欢人称我'先生'，我喜欢人称'女士'。平日父亲从南边来信，都是寄给我，也是称我'女士'。"小小说："那也好，你的学名是什么？"妹妹不答。

小小两手弄着扇子的边儿，说："我父亲到英国去了一年多了，差不多两个礼拜就有一封信，有时好几封信一齐送来。信封上写着外国字，我不认得，但母亲说，上面也都是我的名字。"妹妹道："你为什么不跟伯伯到英国去？"小小摇头道："母亲不去，我也不去。我只爱我的国，又有树，又有水。我不爱英国，他们那里尽是些黄头发蓝眼睛的孩子！"妹妹说："我们的先生常常说，我们也应当爱外国，我想那是合理的。"小小道："你要爱你就爱，横竖我只有一个心，爱了我的国，就没有心再去爱别国。"妹妹一面抚着头发，说："一个心也可以分作多少份儿，就如我的一个心，爱了父亲，又爱了母亲，又爱了许多的……"这时小小忽然指着天上说："妹妹！快看！"妹妹止住了，抬头看时，一个很小的星，拖着一片光辉，横过天空，直飞向天末去了。

天渐渐地黑了，他们便进去。搬过两张矮凳子，和一张大椅子，在院子里吃着晚饭。母亲在后面替妹妹通开了头发，松松地编了两个辫子。小小便道："有头发多么麻烦！我天天早起就不用梳头，就是洗头也不费工夫。"妹妹一面吃饭，说："但母亲说头发有一种温柔的美。"小小点头说："也是，不过我这样子，即或是有头发，也不美的。"说得婶婶也笑了。

第二天早起，小小便忙着打发赵妈洗那桶子，买冰和盐要做冰激凌。母亲替他们调好了材料，两个便在院里树下摇着。

小小一会一会地便揭开盖子看看，说："好了！"一看仍是稀的。

妹妹笑道:"你不要性急,还没有凝上呢,尽着开盖,把盐都漏进去了!"小小又舀出一点来,尝了尝说:"没有味儿,太淡了,不如把我的糖,也拿几块来放上。"妹妹说,"好。"于是小小放上好些的橘子糖,又把那一瓶香蕉油都倒了进去。末了又怕太甜了,便又对上些开水。

妹妹扎煞着两只湿手,用袖子拭了脸上的汗,说:"热得很,我不摇了!"小小说:"等我来,你先坐在一边歇着。"

摇了半天,小小也乏了,便说:"一定好了,我们舀出来吃罢。"妹妹便盛了出来,尝了一口,半天不言语。小小也尝着,却问妹妹说:"好吃不好吃?"妹妹笑道:"不像我们平常吃的那味儿,带点酸又有些咸。"小小放下杯子,拍手笑道:"什么酸咸?简直是不好吃!算了罢,送给赵妈吃。"

胡乱地收拾起来,小小用衣襟自己扇着,说:"还是钓螃蟹去有意思,我们摇了这半天的冰激凌,也热了,正好树荫底下凉快去。"妹妹便拿了钓竿,挑上了饵,出到门外。小小说:"你看那边树下水里那一块大石头,正好坐着,水深也好钓;你如害怕,我扶你过去。"妹妹说:"我不怕。"说着便从水边踏着一块一块的石头,扶着钓竿,慢慢地走了上去。

雨后溪水涨了,石上好像小船一般,微风吹着流水,又吹着柳叶。蝉声聒耳。田垄和村舍一望无际。妹妹很快乐,便道:"这里真好,我不想回去了!"小小道:"这块石头就是我们的国,我做总统,你做兵丁。"妹妹道:"我不做兵丁,我不会放枪,也怕那响声。"小小说:"那么你做总统,我做兵丁——以后这石头随水漂到大海上去,就另成了一个世界。"妹妹道:"那不好,我要母亲,我自己不会梳头。"小小道:"不会梳头不要紧,把头发剪了去,和我一样。"妹妹道:"不但为梳头,另一个世界也不能没有母亲,没有了母亲就不成世界。"小小道:"既然这样,我也要母亲,但这块石头上容不下。"妹妹站了起来,用钓竿指着说:"我们可以再搬过那一块来……"

上面说着，不提防雨后石上的青苔滑得很，妹妹没有站稳，一跤跌了下去。小小赶紧起来拉住，妹妹已坐在水里，钓竿也跌折了。好容易扶着上来，衣裳已经湿透，两个人都吓住了。小小连忙问："碰着了哪里没有？"妹妹看着手腕说："这边手上擦去了一块皮！这倒不要紧，只是衣裳都湿了，怎么好？"小小看她惊惶欲涕，便连忙安慰她说："你别怕，我这里有手巾，你先擦一擦；我们到太阳底下晒着，一会子就干了。如回家换去，婶婶一定要说你。"妹妹想了一想，只得随着他到岸上来。

小小站在树荫下，看妹妹的脸，晒得通红。妹妹说："我热极，头都昏了。"小小说："你的衣裳干了没有？"妹妹扶着头便说："哪能这么快就干了！"小小道："我回家拿伞去，上面遮着，下面晒着就好了。"妹妹点一点头，小小赶紧又跑了回来。

四下里找不着伞，赵妈看见便说："小小哥！你找什么？妈妈和婶婶都睡着午觉，你不要乱翻了！"小小只得悄悄地说与赵妈，赵妈惊道："你出的好主意！晒出病来还了得呢！"说着便连忙出来，抱回妹妹去，找出衣裳来给她换上。摸她额上火热，便冲一杯绿豆汤给她喝了，挑些"解暑丹"给她闻了，抱着她在廊下静静地坐着，一面不住地抱怨小小。妹妹疲乏地倚在赵妈肩上，说："不干哥哥的事，是我自己摔下去的。"小小这时只待着。

晚上妹妹只是吐，也不吃饭。婶婶十分着急。母亲说一定是中了暑，明天一早请大夫去。赵妈没有说什么，小小只自己害怕。——明天早上，妹妹好了出来，小小才放了心。

他们不敢出去了，只在家里玩。将扶着牵牛花的小竹竿儿，都拔了出来，先扎成几面长方的篱子。然后一面一面地合了来，在树下墙阴里，盖了一个小竹棚，也安上个小门。两个人忙了一天，直到上了灯，赵妈催吃晚饭，才放下一齐到屋里来。

母亲笑说："妹妹来，小小可有了伴儿了，连饭也顾不得吃，看明天叔叔来接了妹妹去，你可怎么办？"小小只笑着，桌上两个人还不住地商议作棚子的事。

第二天恰好小小的学校里开了一个"成绩展览会"，早晨先有本校师生的集会，还练习唱校歌。许多同学来找小小，要和他一块儿去。小小惦着要和妹妹盖那棚子，只不肯去，同学一定要拉他走。他只得嘱咐了妹妹几句，又说："午后我就回来，你先把顶子编上。"妹妹答应着，他便和同学去了。

好容易先生们来了，唱过歌，又乱了半天；小小不等开完会，自己就溜了出来。从书店经过，便买了一把绸制的小国旗，兴兴头头地举着。进门就唤："妹妹！我买了国旗来了，我们好插在棚子上……"赵妈从自己屋里出来，笑道："妹妹走了。"小小瞪她一眼，说："你不必哄我！"一面跑上廊去，只见母亲自己坐在窗下写信，小小连忙问："妹妹呢？"母亲放下笔说："早晨叔叔自己来接，十点钟的车，婶婶和妹妹就走了。"小小呆了，说："怎么先头我没听见说？"母亲说："昨晚上不是告诉你了么？前几天叔叔来信，就说已经告了五天的假，要来把家搬到南边去——我也想不到他们走得这么快。妹妹原是不愿意走的，婶婶说日子太短促了，他们还得回去收拾去，我也留他们不住。"小小说："怎么赵妈也不到学校里去叫我回来？"母亲说："那时大家都忙着，谁还想起这些事！"说着仍自去写信。小小站了半天，无话可说，只得自己出来，呆呆地在廊下拿着国旗坐着。

下午小小睡了半天的觉，黄昏才起来；胡乱吃过饭，自己闷闷地坐在灯下——赵妈进来问："我的那把剪刀呢？"小小道："我没有看见！"赵妈说："不是昨天你和妹妹编篱子，拿去剪绳子么？"小小想起来，就说："在那边墙犄角的树枝上挂着呢，你自己去拿罢！"赵妈出去了，母亲便说："也没见你这样的淘气！不论什么东西，拿起来就走。怪道昨天那些牵牛花东倒西歪的，原来竹子都让你拔去了。再淘气连房子还都拆了呢！妹妹走了，你该温习温习功课了，整天里只顾玩，也不是事！"小小满心里惆怅抑郁，正无处着落，听了母亲这一番话，便借此伏在桌上哭了，母亲也不理他。

自己哭了一会，觉得无味，便起来要睡觉去。母亲跟他过来，替他收拾好了，便温和地抚着他说："好好地睡罢，明天早起，我教给你写一封信给妹妹，请她过年再来。"他勉强抑住抽咽答应着，便自己卧下。母亲在床边坐了一会，想他睡着，便捻暗了灯，自己出去。

他重新又坐了起来，——窗外好亮的月光呵！照见了庭院，照见满地的牵牛花，也照见了墙隅未成功的竹棚。小门还半开着，顶子已经编上了，是妹妹的工作……

他无聊地掩了窗帘，重行卧下。——隐隐地听见屋后溪水的流声淙淙，树叶儿也响着，他想起好些事。枕着手腕……看见自己的睡衣和衾枕，都被月光映得洁白如雪，微风吹来，他不禁又伏在枕上哭了。

这时月也没有了，水也没有了，妹妹也没有了，竹棚也没有了。这一切都不是——只宇宙中寂寞的悲哀，弥漫在他稚弱的心灵里。

一九二二年七月二十四日

（最初发表于《小说月报》1922年9月第13卷第9期，后收入《超人》）

别 后

舅母和他送他的姊姊到车站去。他心中常常摹拟着的离别，今天已临到了。然而舅舅和姊姊上车之后，他和姊姊隔着车窗，只流下几点泛泛的眼泪。

回去的车上，他已经很坦然的了，又像完了一件事似的。到门走入东屋，本是他和姊姊两个人同住的小屋子。姊姊一走，她的东西都带了去，显得宽绰多了。他四下里一看，便上前把糊在玻璃上，代替窗帘的，被炉烟熏得焦黄的纸撕了去，窗外便射进阳光来。平日放在窗前的几个用蓝布蒙着的箱子，已不在了，正好放一张书桌。他一面想着，一面把窗台上许多的空瓶子都捡了出去。——这原是他姊姊当初盛生发油雪花膏之类的——自己扫了地，端进一盆水来，挽起袖子，正要抹桌子。王妈进来说："大少爷，外边有电话找你呢。"

他便放下抹布，跑到客室里去。

"谁呀？"

"我是永明，你姊姊走了么？"

"走了，今天早车走的。"

"我想请你今天下午来玩玩。你姊姊走了，你必是很闷的，我们这里很热闹……"

他想了一会子。

"怎么样？你怎么不言语？"

"好罢，我吃完饭就去。"

"别忘了，就是这样，再见。"

他挂上耳机，走入上房，饭已摆好了。舅母和两个表弟都已坐下。他和舅母说下午要到永明家里去，舅母只说："早些回来。"此外，饭桌上就没有声响。

饭后待了一会子，搭讪着向舅母要了车钱，便回到自己屋里来。想换一件干净的长衫，开了柜子，却找不着；只得套上一件袖子很瘦很长的马褂，戴上帽子，匆匆地走出去。

他每天上学，是要从永明门口走过的。红漆的大门，墙上露出灰色石片的楼瓦，但他从来没有进去过。

到了门口，因为他太矮，按不着门铃，只得用手拍了几下，半天没有声息。他又拍了几下，便听得汪汪的小狗的吠声，接着就是永明的笑声，和急促的皮鞋声到了门前了。

开了门，仆人倒站在后面，永明穿着一套棕色绒绳的短衣服，抱着一只花白的小哈巴狗。

看见他就笑说："你可来了，我等你半天！"他说："哪有半天？我吃过饭就来的。"一面说，两人拉着便进去。

院子里砌着几个花台，上面都覆着茅草。墙根一行的树，只因冬天叶子都落了，看不出是什么树来。楼前的葡萄架也空了。到了架下，走上台阶，先进到长廊式的甬道里。墙上嵌着一面大镜子，旁边放着几个衣架。永明站住了，替他脱下帽子，挂在钩上，便和他进到屋里去。

这一间似乎是客室，壁炉里生着很旺的火。炉台上放着一对大磁花瓶，插满了梅花，靠墙一行紫檀木的椅桌。回过头来，那边窗下一个女子，十七八岁光景，穿着浅灰色的布衫，青色裙儿，正低头画那钢琴上摆着的一盆水仙。旁边一个带着轮子的摇篮正背着她。永明带他上前去，说："这是我的三姊澜姑。"他欠了欠身。澜姑看着他，略一点头，仍去画她的画。永明笑道："你等一等，我去知会我们那位了事的小姐去！"说着便开了左方的门，向后走了。

他只站着，看着壁上的字画，又看澜姑。侧面看去，觉得她很美，椭圆的脸，秋水似的眼睛。作画的姿势，极其闲散，左手放在膝上，一笔一笔慢慢地描，神情萧然。

他看着忽然觉得奇怪，她画的那盆水仙，却是已经枯残了的，他不觉注意起来。——澜姑如同不知道屋里有人似的，仍旧萧然地画她的画。

后面听见笑声，永明端着一碗浆糊，先走进来。后面跟着一个女子，穿着青莲紫的绸子长袍，襟前系着一条雪白的围裙，手里握着一大卷的五色纸。永明放下碗，便道："这是我的二姊宜姑。"他忙鞠躬。宜姑笑着让他坐下，一面挽起袍袖，走到窗前，取了一把裁纸刀；一面笑道："我们要预备些新年的点缀品，你也来帮我们的忙罢。"她自己便拉过一张椅子来，坐在中间长圆桌的旁边。

他忸怩地走过去，站在桌前。永明便将宜姑裁好了的纸条儿，红绿相间的粘成一条很长的练子。他也便照样地做着。

宜姑闲闲地和他谈话。他觉得她那紫衣，正衬她嫩白的脸。颊上很深的两个笑涡儿。浓黑的头发，很随便地挽一个家常髻。她和澜姑相似处，就是那双大而深的眼睛，此外竟全然是两样的。——他觉得从来不曾见过像宜姑这样美丽温柔的姊姊。

永明唤道："澜小姐不要尽着画了，也来帮我们！"澜姑只管低着头，说："你粘你的罢，我没有工夫。"宜姑看着永明道："你让她画罢，我们三个人做，就够了。"回头便问他，"听说你姊姊走了，谁送她去的？"他连忙答应说："是我舅舅送她去，等她结婚以后，舅舅就回来的。"永明笑问："早晨你哭了么？"他红了脸只笑着。宜姑看了永明一眼，微微地一笑，笑里含着禁止的意思。

他不觉感激起来。但永明这一句话，在他并没有什么大刺激，他便依旧粘着纸链子。

摇篮里的婴儿，忽然哭了，宜姑连忙去挪了过来，放在自己座旁。他看见里面卧着的孩子，用水红色的小被裹着，头上戴一顶白绒带缨的小帽，露出了很白的小脸。永明笑说："这是娃娃，你看他胖不胖？"他笑着点一点头。——宜姑口里轻轻地唱着，手里只管裁纸花，足却踏着摇篮，使它微微动摇。

他忽然想起，便低低地问道："你的大姊呢？"永明道："我没有大姊。"他看了宜姑又看澜姑，正要说话，永明会意，便说："我们弟兄姊妹在一块儿排的，所以我有大哥，二姊，三姊，我是四弟——娃娃是哥哥的女儿。"

娃娃的头转侧了几下，便又睡着了。他注目看着，觉那小样儿非常的可爱，便伸手去摩她嫩红的面颊。娃娃的眼皮微微地一动，他连忙缩回手去，宜姑看着他温柔的一笑。

一个仆妇从外面进来，说："二小姐，老太太那边来了电话了。"宜姑便站起，走了出去。

永明笑道："我们这位二小姐，就是一位宰相。上上下下的事，都是她一手经理。母亲又宠她……"澜姑正洗着笔，听见便说："别怪母亲宠她，她做事又周全又痛快，除了她，别人是办不来的！"永明笑道："你又向着她了！我不信我就不会接电话，更不信我们一家子捧凤凰似的，只捧着她一个！"澜姑抬头看着永明说："别说昧心话了，难道你就不捧？去年她病在医院里，是谁哭的一夜没有睡觉来着？——"永明笑道："我不知道——不要提那个了，我看除了她之外，也没有一个人能得你的心悦诚服……"

宜姑进来了，笑向澜姑说："外婆来了电话，说要接母亲和我们两个今晚去吃饭。我说嫂嫂不在家，娃娃没人照应，母亲说叫你跟着去呢。"澜姑皱眉道："我不喜欢去！外婆倒罢了，那些小姐派的表姊妹们，我实在跟她们说不到一块儿！"宜姑笑道："左右是应个景儿，谁请你去演说？一会儿琴姊和翠姊要亲自来接的。"永明忙问："请我了没有？"宜姑道："没有。"永明笑道："我一定问问外婆去，一到了请吃饭，就忘了我；到了我们学校里开游艺会，运动会，怎么不忘了问我要入场券？……"澜姑道："既如此，你去罢。"永明道："人家没有请我，怎好意思的！就是请我，我也不去，今晚我自己还请人吃饭呢！"说着便看他一笑。

宜姑又问："妹妹，你到底去不去？"澜姑放下笔，伸一伸懒腰，抱膝微笑道："忙什么的，她们还没来呢。"宜姑道："等到她们来，岂不晚了，母亲又要着急的。"澜姑慢慢地说："那你为什么不去？"宜姑坐下，仍旧剪着纸，一面说："我何曾不想去？娃娃的奶妈子又是新来的，交给她不放心。而且这两天往往有送年礼的，哪一家的该收下，哪一家的该璧回，你自己想如能了这些事，我就乐得去，你就留在家里，享你的清福。"澜姑想了一想，道："这样还是我去罢。"宜姑笑道："是不是！你原是名士小姐的角色，还是穿上衣服，在母亲身旁一坐，比什么都舒服……"

娃娃又哭了，这回眼睛张得很大，哭得也很急促。宜姑看一看手表，俯下去亲一亲她，说："真的，忘了叫娃娃吃奶了，别哭，抱你找奶妈去。"一面轻轻地将娃娃连被抱起，这时奶妈子已经进来，宜姑将娃娃递给她，替她开了门，说："到娃娃屋里去罢，别让她多吃了。"奶妈子连声答应着，就带上门出去。

话说未了，外面人来报道："老太太那边两位小姐来了。"宜姑连忙脱下围裙，迎了出去。——他十分瑟缩，要想躲开，永明笑道："你怕什么？我们坐在琴后，不理她们就是了。"说着两个人从长椅上提过两个靠枕，忙跑到琴后抱膝坐下。

她们一边说笑着进来，琴后望去不甚真切，只仿佛是两个头发烫得很卷曲，衣服极华丽的女子。又听得澜姑也起来招呼了。她们走到炉边，伸手向火，一面笑说："宜妹今天真俏皮呵！怎么想开了穿起这紫色的衣服？"宜姑笑道："可不是，母亲替我做的，因为她喜欢这颜色。去年做的，这还是头一次上身呢。"一面忙着按铃叫人倒茶。

那个叫翠姊的走到琴前——永明摇手叫他不要作声，——拿起澜姑的画来看，回头笑道："澜妹，你怎么专爱画那些颓败的东西？"澜姑只管收拾着画具，一面说："是呢，人家都画，我就不画了，人家都不画的，我才画呢！"琴姊也走过来，说："你的脾气还是不改——上次在我们家里，那位曾小姐要见你，你为什么不见她？"澜姑道："但至终也见了呵！"琴姊笑说："她以后对我们评论你了。"澜姑抬头道："她评论我什么？"翠姊过来倚在琴姊肩上，笑说："说了你别生气！——她说你真是满可爱的，只是太狷傲一点。"琴姊道："论她的地位，她又是生客，你还是应酬她一点好。"澜姑冷笑道："狷傲？可惜我就是这样的狷傲么！她说我可爱，谢谢她！人说我不好，不能贬损我的价值；人说我好，更不能增加我的身份！我生来又不会说话，我更犯不着为她的地位去应酬她……"

琴和翠相视而笑。宜姑端过茶来，笑说："姊姊们不要理她，那孩子太矫癖了，母亲在楼上等着你们呢。"她们端起杯来，喝了一口，就都上楼去。

永明和他从琴后出来，永明笑道："澜小姐真能辩论呵！连我听着都觉得痛快！那位曾小姐我可看见了，这种妖妖调调的样子，我要有三个眼睛，也要挖出一个去！"宜姑看了永明一眼，回头便对澜姑说："妹妹，不要太立崖岸了，同在人家作客，何苦来……"澜姑站了起来说："我不怪别人！只是翠琴二位太气人了，好好的又提起那天的事做什么？那天我也没有得罪她，她们以为我听说人批评我骄傲，我就必得应酬她们，岂知我更得意！"宜姑笑道："得了，上去打扮罢。母亲等着呢。"澜姑出去，又回来，右手握着门钮，说："今天热得很，我不穿皮袄，穿驼绒的罢。"宜姑一面坐下，拿起叠好的五色纸来，用针缝起，一面说："可别冻着玩，穿你的皮袄去是正经！"澜姑说："不，外婆屋里永远是暖的。只是一件事，我不穿我那件藕合色的，把你的那件鱼肚白的给我罢。"宜姑想了一想道："在我窗前的第二层柜屉里呢，你要就拿去罢——只是太素一点了，外婆不喜欢的。"说完又笑道："只要你乐意就好，否则你今天又不痛快。"永明笑道："你要盼望她顾念别人，就不对了，她是'拔一毛利天下而不为'的！"澜姑冷笑道："我便是杨朱的徒弟，你要做杨朱的徒弟，他还不要你呢！"说着便自己开门出去了。

宜姑目送着她出去，回头对永明说："她脾气又急，你又爱逗她……"永明连忙接过来说："说得是呢。她脾气又急，你又总顺着她，惯得她菩萨似的，只拿我这小鬼出气！"宜姑笑道："罢了！成天为着给你们劝架，落了多少不是！"一面拿起剪刀来，在那些已缝好的纸上，曲折地剪着，慢慢地伸开来，便是一朵朵很灿烂的大绣球花。

这时桌上的纸已尽，永明说："都完了，我该登山爬高地去张罗了！"一面说便挪过一张高椅来，放在屋角，自己站上，又回头对他说："你也别闲着，就给我传递罢！"他连忙答应着，将那些纸链子，都拿起挂在臂上，走近椅前。宜姑过来扶住椅子，一面仰着脸指点着，椅子渐渐地挪过四壁，纸链子都装点完了。然后宜姑将那十几个花球，都悬在纸链的交结处，和电灯的底下。

永明下来，两手叉着看着，笑道："真辉煌，电灯一亮，一定更好，……"这时听得笑语杂沓，从楼上到了廊下，宜姑向永明道："你们将这些零碎东西收拾了罢，我去送她们上车去。"说着又走出去。

他们两个忙着将桌上一切都挪开了，从琴后提过那两个靠枕来，坐在炉旁。刚坐好，宜姑已抱着小狗进来，永明又起来，替她拉过一张大沙发，说："事情都完了，你也该安生地坐一会子了。"宜姑笑着坐下，她似乎倦了，只懒懒地低头抚着小狗，暂时不言语。

天色渐渐地暗了下来，炉火光里，他和永明相对坐着，谈得很快乐。他尤其觉得这闪闪的火焰之中，映照着紫衣绛颊，这屋里一切，都极其绵密而温柔。这时宜姑笑着问他："永明在学校里淘气罢？你看他在家里跳荡的样子！"他笑着看着永明说："他不淘气，只是活泼，我们都和他好。"永明将头往宜姑膝上一倚，笑道："你看如何？你只要找我的错儿。可惜找不出来！"宜姑摩抚着永明的头发，说："别得意了！人家客气，你就居之不疑起来。"

这时有人推门进来，随手便将几盏电灯都捻亮了。灯光之下，一个极年轻的妇人，长身玉立。身上是一套浅蓝天鹅绒的衣裙，项下一串珠链，手里拿着一个白狐手笼。开了灯便笑道："这屋里真好看，你们怎么这样安静？——还有客人。"

一面说着已走到炉旁，永明和他都站起来。永明笑说："这是我大哥永琦的夫人，琦夫人今天省亲去了一天。"他又忸怩地欠一欠身。

宜姑仍旧坐着，拉住琦夫人的手，笑说："夫人省亲怎么这早就回来？你们这位千金，今天真好，除了吃就是睡，这会子奶妈伴着，在你的屋里呢。"琦夫人放下手笼，一面也笑说："我原是打电话打听娃娃来着，他们告诉我，娘和澜妹都到老太太那边去了，我怕你闷，就回来了。"

那边右方的一个门开了，一个仆人垂手站在门边，说："二小姐，晚饭开好了。"永明先站起来，说："做了半天工，也该吃饭了，"又向他说，"只是家常便饭，不配说请，不过总比学校的饭菜好些。"

大家说笑着便进入餐室。

餐桌中间摆着一盆水仙花，旁边四副匙箸。靠墙一个大玻璃柜子，里面错杂地排着挂着精致的杯盘。壁上几幅玻璃框嵌着的图画，都是小孩子，或睡或醒，或啼或笑。永明指给他看，说："这都是我三姊给娃娃描的影神儿，你看像不像？"他抬头仔细端详说："真像！"永明又关上门，指着门后用图钉钉着的，一张白橡皮纸，写着碗大的"靠天吃饭"四个八分大字，说："这是我写的。"他不觉笑了，就说："前几天习字课的李老师，还对我们夸你来着，说你天分高，学哪一体的字都行。"这时宜姑也走过来，一看笑说："我今天早起才摘下来，你怎么又钉上了？"永明道："你摘下来做什么？难道只有澜姑画的胖孩子配张挂？谁不是靠天吃饭？假如现在忽然地震，管保你饭吃不成！"琦夫人正在餐桌边，推移着盘碗，听见便笑道："什么地震不地震，过来吃饭是正经。"一面便拉出椅子来，让他在右首坐下。他再三不肯。永明说："客气什么？你不坐我坐。"说着便走上去，宜姑笑着推永明说："你怎么越大越没礼了！"一面也只管让他，他只得坐了。永明和他并肩，琦夫人和宜姑在他们对面坐下。

只是家常便饭，两汤四肴，还有两碟子小菜，却十分的洁净甘香。桌上随便地谈笑，大家都觉得快乐，只是中间连三接四的仆人进来回有人送年礼。宜姑便时时停箸出去，写回片，开发赏钱。永明笑说："这不是靠天吃饭么？天若可怜你，这些人就不这时候来，让你好好地吃一顿饭！"琦夫人笑说："人家忙得这样，你还拿她开心！"又向宜姑道，"我吃完了，你用你的饭，等我来罢。"末后的两次，宜姑便坐着不动。

饭后，净了手，又到客室里。宜姑给他们端过了两碟子糖果，自己开了琴盖，便去弹琴。琦夫人和他们谈了几句，便也过去站在琴边。永明忽然想起。便问说："大哥寄回的那本风景画呢？"琦夫人道："在我外间屋里的书架上呢，你要么？"永明起身道："我自己拿去。"

说着便要走。宜姑说："真是我也忘了请客人看画本。你小心不要搅醒了娃娃。"永明道："她在里间，又不碍我的事，你放心！"一面便走了。

琴侧的一圈光影里，宜姑只悠暇地弹着极低柔的调子，手腕轻盈地移动之间，目光沉然，如有所思。琦夫人很娇慵地，左手支颐倚在琴上，右手弄着项下的珠链。两个人低低地谈话，时时微笑。

他在一边默然地看着，觉得琦夫人明眸皓齿，也十分的美，只是她又另是一种的神情，——等到她们偶然回过头来，他便连忙抬头看着壁上的彩结。

永明抱着一个大本子进来，放在桌上说："这是我大哥从瑞士寄回来的风景画，风景真好！"说着便拉他过去，一齐俯在桌上，一版一版地往下翻。他见着每版旁都注着中国字，永明说："这是我大哥翻译给我母亲看的，他今年夏天去的，过年秋天就回来了。你如要什么画本，告诉我一声。我打算开个单子，寄给他，请他替我采办些东西呢。"他笑着，只说："这些风景真美，给你三姊做图画的蓝本也很好。"

听见那边餐室的钟，当当地敲了八下。他忽然惊觉，该回去了！这温暖甜适的所在，原不是他的家。这时那湫隘黯旧的屋子，以及舅母冷淡的脸，都突现眼前，姊姊又走了，使他实在没有回去的勇气。他踌躇片晌，只无心地跟着永明翻着画本……至终他只得微微地叹了一口气，站起身来，说："我该走了，太晚了家里不放心。"永明拉住他的臂儿，说："怕什么，看完了再走，才八点钟呢！"他说："不能了，我舅母吩咐过的。"宜姑站了起来，说："倒是别强留，宁可请他明天再来。"又对他说，"你先坐下，我吩咐我们家里的车送你回去。"他连忙说不必，宜姑笑说："自然是这样，太晚了，坐街上的车，你家里更不放心了。"说着便按了铃，自己又走出甬道去。

琦夫人笑对他说："明天再来玩，永明在家里也闷得慌，横竖你们年假里都没有事。"他答应着，永明笑道："你肯再坐半点钟，就请你明天来。否则明天你自己来了，我也不开门！"他笑了。

宜姑提着两个蒲包进来，笑对他说："车预备下了，这两包果点，送你带回去。"他忙道谢，又说不必。永明笑道："她拿母亲还没过目的年礼做人情，你还谢她呢，趁早儿给我带走！"琦夫人笑道："你真是张飞请客，大呼大喊的！"大家笑着，已出到廊上。

琦夫人和宜姑只站在阶边，笑着点头和他说："再见。"永明替他提了一个蒲包，小哈巴狗也摇着尾跳着跟着。门外车上的两盏灯已点上了。永明看着放好了蒲包，围上毡子，便说："明天再来，可不能放你早走！"他笑道："明天来了，一辈子不回去如何？"这时车已拉起，永明还在后面推了几步，才唤着小狗回去。

他在车上听见掩门的声音，忽然起了一个寒噤，乐园的门关了，将可怜的他，关在门外！他觉得很恍惚，很怅惘，心想：怪不得永明在学校里，成天那种活泼笑乐的样子，原来他有这么一个和美的家庭！他冥然地回味着这半天的经过，事事都极新颖，都极温馨……

车已停在他家的门外，板板的黑漆的门，横在眼前。他下了车，车夫替他提下两个蒲包，放在门边。又替他敲了门，便一面拭着汗，拉起车来要走。他忽然想应当给他赏钱，按一按长衫袋子，一个铜子都没有，踌躇着便不言语。

里面开了门，他自己提了两个蒲包，走过漆黑的门洞。到了院子里，略一思索，便到上房来。舅母正抽着水烟，看见他，有意无意地问，"付了车钱么？"他说："是永明家里的车送我来的。"舅母忙叫王妈送出赏钱去。王妈出去时，车夫已去远了，——舅母收了钱，说他糊涂。

他没有言语，过了一会，说："这两包果点是永明的姊姊给我的——留一包这里给表弟们吃罢。"他两个表弟听说，便上前要打开包儿。舅母拦住，说："你带下去罢，他们都已有了。"他只得提着又到厢房来。

王妈端进一盏油灯，又拿进些碎布和一碗浆糊，坐在桌对面，给他表弟们粘鞋底，一边和他做伴。他呆呆地坐着，望着这盏黯黯的灯，和王妈困倦的脸，只觉得心绪潮涌。转身取过纸笔，想写信寄他姊姊，他没有思索，便写：

亲爱的姊姊：

你撇下我去了，我真是无聊，我真是伤心！世界上只剩了我，四周都是不相干的冷淡的人！姊姊呵，家庭中没有姊妹，如同花园里没有香花，一点生趣都没有了！亲爱的姊姊，紫衣的姊姊呵！……

这时他忽然忆起他姊姊是没有穿过紫衣的，他的笔儿不觉颓然地放下了！他目前突然涌现了他姊姊的黄瘦的脸，颧骨高起，无表情的近视的眼睛。行前两三个月，匆匆地赶自己的嫁衣，只如同替人做女工似的，不见烦恼，也没有喜欢。她的举止，都如幽灵浮动在梦中。她对于任何人都很漠然，对他也极随便，难得牵着手说一两句嘘问寒暖的话。今早在车上，呆呆地望着他的那双眼睛，很昏然，很木然，似乎不解什么是别离，也不推想自己此别后的命运……

他更呆然了，眼珠一转，看见了紫衣的姊姊！雪白的臂儿，粲然的笑颊，澄深如水的双眸之中，流泛着温柔和爱……这紫衣的姊姊，不是他的，原是永明的呵！

他从来所绝未觉得的：母亲的早逝，父亲的远行，姊姊的麻木，舅家的淡漠，这时都兜上心来了！——就是这一切，这一切，深密纵横地织成了他十三年灰色的生命！

他慢慢将笔儿靠放在墨盒盖上。呆呆地从润湿的眼里，凝望着灯光。觉得焰彩都晕出三四重，不住地凄颤——至终他泪落在纸上。

王妈偶然抬起头来看见，一面仍旧理着碎布，一面说："你想你姊姊了！别难过，早些睡觉去罢，要不就找些东西玩玩。"他摇着头叹了一口气，站了起来，将那张纸揉了，便用来印了眼泪。无聊地站了一会，看见桌上的那碗浆糊，忽然也要糊些纸链子挂在屋里。他想和舅母要钱买五色纸，便开了门出去。

刚走到上房窗外，听得舅母在屋里，排揎着两个表弟，说："哪来这许多钱，买这个，买那个？一天只是吃不够玩不够的！"接着听见两个表弟咕咕唧唧的声音。他不觉站住了，想了一想，无精打采地低头回来。

一眼望见椅上的两个蒲包——他无言地走过去，两手按着，片晌，便取下那上面两张果店的招牌纸。回到桌上，拿起王妈的剪子，剪下四边来。又匀成极仄的条儿，也红绿相间的粘成一条纸链子。

不到三尺长，纸便没有了。他提着四顾，一转身踌躇着便挂在帐钩子上，自己也慢慢地卧了下去。

王妈不曾理会他，只睁着困乏的眼睛，疲缓地粘着鞋底。他右手托腮，歪在枕上。看着那黯旧的灰色帐旁，悬着那条细长的，无人赞赏的纸链子，自己似乎有一种凄凉中的怡悦。

　　林中散步归来，偶然打开诗经的布函，发现了一篇未竟的旧稿。百无聊赖之中，顿生欢喜心！前半是一九二一年冬季写的，不知怎样便搁下了。重看一遍之后，决定把它续完。笔意也许不连贯，但似乎不能顾及了。

一九二四年六月二日，沙穰

（最初发表于《小说月报》1924年9月第15卷第9号，后收入《往事》）

冬儿姑娘

"是呵，谢谢您，我喜，您也喜，大家同喜！太太，您比在北海养病，我陪着您的时候，气色好多了，脸上也显着丰满！日子过得多么快，一转眼又是一年了。提起我们的冬儿，可是有了主儿了，我们的姑爷在清华园当茶役，这年下就要娶。姑爷岁数也不大，家里也没有什么人。可是您说的'大喜'，我也不为自己享福，看着她有了归着，心里就踏实了，也不枉我吃了十五年的苦。

"说起来真像故事上的话，您知道那年庆王爷出殡，……那是哪一年？……我们冬儿她爸爸在海淀大街上看热闹，这么一会儿的工夫就丢了。那天我们两个人倒是拌过嘴，我还当是他赌气进城去了呢，也没找他。过了一天，两天，三天，还不来，我才慌了，满处价问，满处价打听，也没个影儿。也求过神，问过卜，后来一个算命的，算出说他是往西南方去了，有个女人绊住他，也许过了年会回来的。我稍微放点心，我想，他又不是小孩子，又是本地人，哪能说丢就丢了呢，没想到……如今已是十五年了！

"那时候我们的冬儿才四岁。她是'立冬'那天生的，我们就这么一个孩子。她爸爸本来在内务府当差，什么杂事都能做，糊个棚呀干点什么的，也都有碗饭吃。自从前清一没有了，我们就没了落儿了。我们十几年的夫妻，没红过脸，到了那时实在穷了，才有时急得彼此抱怨几句，谁知道这就把他逼走了呢？

　　"我抱着冬儿哭了三整夜，我哥哥就来了，说：'你跟我回去，我养活着你。'太太，您知道，我哥哥家那些个孩子，再加上我，还带着冬儿，我嫂子嘴里不说，心里还能喜欢么？我说：'不用了，说不定你妹夫他什么时候也许就回来，冬儿也不小了，我自己想想法子看。'我把他回走了。以后您猜怎么着，您知道圆明园里那些大柱子，台阶儿的大汉白玉，那时都有米铺里雇人来把它砸碎了，掺在米里，好添分量，多卖钱。我那时就天天坐在那漫荒野地里砸石头。一边砸着石头，一边流眼泪。冬天的风一吹，眼泪都冻在脸上。回家去，冬儿自己爬在炕上玩，有时从炕上掉下来，就躺在地下哭。看见我，她哭，我也哭，我那时哪一天不是眼泪拌着饭吃的！

　　"去年北海不是在'霜降'那天下的雪么？我们冬儿给我送棉袄来了，太太您记得？傻大黑粗的，眼梢有点往上吊着？这孩子可是厉害，从小就是大男孩似的，一直到大也没改。四五岁的时候，就满街上和人抓子儿，押摊，耍钱，输了就打人，骂人，一街上的孩子都怕她！可是有一样，虽然蛮，她还讲理。还有一样，也还孝顺，我说什么，她听什么，我呢，只有她一个，也轻易不说她。

　　"她常说：'妈，我爸爸撇下咱们娘儿俩走了，你还想他呢？你就靠着我得了。我卖鸡子，卖柿子，卖萝卜，养活着你，咱们娘儿俩厮守着，不比有他的时候还强么？你一天里淌眼抹泪的，当得了什么呀？'真的，她从八九岁就会卖鸡子，上清河贩鸡子去，来回十七八里地，挑着小挑子，跑得比大人还快。她不打价，说多少钱就多少钱，人和她打价，她挑起挑儿就走，头也不回。可是价钱也公道，海淀这街上，谁不是买她的？还有一样，买了别人的，她就不依，就骂。

　　"不卖鸡子的时候，她就卖柿子，花生。说起来还有可笑的事呢，您知道西苑常驻兵，这些小贩子就怕大兵，卖不到钱还不算，还常捱打受骂的。她就不怕大兵，一早晨就挑着柿子什么的，一直往西苑去，坐在那操场边上，专卖给大兵。一个大钱也没让那些大兵欠过。大兵凶，她更凶，凶的人家反笑了，倒都让着她。等会儿她卖够了，说走就走，人家要买她也不给。那一次不是大兵追上门来了？我在院子里洗衣裳，她前脚进门，后脚就有两个大兵追着，吓得我们一跳，我们一院子里住着的人，都往屋里跑。大兵直笑直嚷着说：'冬儿姑娘，冬儿姑娘，再卖给我们两个柿子。'她回头把挑儿一放，两只手往腰上一叉说：'不卖给你，偏不卖给你，买东西就买东西，谁和你们嘻皮笑脸的！你们趁早给我走！'我吓得直哆嗦！谁知道那两个大兵倒笑着走了。您瞧这孩子的胆！

"那一年她有十二三岁，张宗昌败下来了，他的兵就驻在海淀一带。这张宗昌的兵可穷着呢，一个个要饭的似的，袜子鞋都不全，得着人家儿就拍门进去，翻箱倒柜的，还管是住着就不走了。海淀这一带有点钱的都跑了，大姑娘小媳妇儿的，也都走空了。我是又穷又老，也就没走，我哥哥说：'冬儿倒是往城里躲躲罢。'您猜她说什么，她说：'大舅舅，您别怕，我妈不走，我也不走，他们吃不了我，我还要吃他们呢！'可不是她还吃上大兵么？她跟他们后头走队唱歌的，跟他们混得熟极了，她哪一天不吃着他们那大笼屉里蒸的大窝窝头？

"有一次也闯下祸——那年她是十六岁了，——有几个大兵从西直门往西苑拉草料，她叫人家把草料卸在我们后院里，她答应晚上请人家喝酒。我是一点也不知道，她在那天下午就躲开了。晚上那几个大兵来了，吓得我要死！知道冬儿溜了，他们恨极了，拿着马鞭子在海淀街上找了她三天。后来亏得那一营兵开走了，才算没事。

"冬儿是躲到她姨儿，我妹妹家去了。我的妹妹家住在蓝旗，有个菜园子，也有几口猪，还开个小杂货铺。那次冬儿回来了，我就说：'姑娘你岁数也不小了，整天价和大兵捣乱，不但我担惊受怕，别人看着也不像一回事，你说是不是？你倒是先住在你姨儿家去，给她帮帮忙，学点粗活，日后自然都有用处……'她倒是不刁难，笑嘻嘻地就走了。

　　"后来，我妹妹来说：'冬儿倒是真能干，真有力气，浇菜，喂猪，天天一清早上西直门取货，回来还来得及做饭。做事是又快又好，就是有一样，脾气太大！稍微地说她一句，她就要回家。'真的，她在她姨儿家住不上半年就回来过好几次，每次都是我劝着她走的。不过她不在家，我也有想她的时候。那一回我们后院种的几棵老玉米，刚熟，就让人拔去了，我也没追究。冬儿回来知道了，就不答应说：'我不在家，你们就欺负我妈了！谁拔了我的老玉米，快出来认了没事，不然，谁吃了谁嘴上长疔！'她坐在门槛上直直骂了一下午，末后有个街坊老太太出来笑着认了，说：'姑娘别骂了，是我拔的，也是闹着玩。'这时冬儿倒也笑了说：'您吃了就告诉我妈一声，还能不让您吃么？明人不做暗事，您这样叫我们小孩子瞧着也不好！'一边说着，这才站起来，又往她姨儿家里跑。

　　"我妹妹没有儿女。我妹夫就会耍钱，不做事。冬儿到他们家，也学会了打牌，白天做活，晚上就打牌，也有一两块钱的输赢。她打牌是许赢不许输，输了就骂。可是她打的还好，输的时候少，不然，我的这点儿亲戚，都让她给骂断了！

　　"在我妹妹家两年，我就把她叫回来了，那就是去年，我跟您到北海去，叫她回来看家。我不在家，她也不做活，整天里自己做了饭吃了，就把门锁上，出去打牌。我听见了，心里就不痛快。您从北海一回来，我就赶紧回家去，说了她几次，勾起胃口疼来，就躺下了。我妹妹来了，给我请了个瞧香的，来看了一次，她说是因为我那年为冬儿她爸爸许的愿，没有还，神仙就罚我病了。冬儿在旁边听着，一声儿也没言语。谁知道她后脚就跟了香头去，把人家家里神仙牌位一顿都砸了，一边还骂着说："还什么愿！我爸爸回来了么？就还愿！我砸了他的牌位，他敢罚我病了，我才服！"大家死劝着，她才一边骂着，走了回来。我妹妹和我知道了，又气，又害怕，又不敢去见香头。谁知后来我倒也好了，她也没有什么。真是，"神鬼怕恶人"……

"我哥哥来了，说：'冬儿年纪也不小了，赶紧给她找个婆家罢，"恶事传千里"，她的厉害名儿太出远了，将来没人敢要！'其实我也早留心了，不过总是高不成低不就的。有个公公婆婆的，我又不敢答应，将来总是麻烦，人家哪能像我似的，什么都让着她？那一次有人给提过亲，家里也没有大人，孩子也好，就是时辰不对，说是犯克。那天我合婚去了，她也知道，我去了回来，她正坐在家里等我，看见我就问：'合了没有？'我说：'合了，什么都好，就是那头命硬，说是克丈母娘。'她就说：'那可不能做！'一边说着又拿起钱来，出去打牌去了。我又气，又心疼。这会儿的姑娘都脸大，说话没羞没臊的！

"这次总算停当了，我也是一块石头落了地！

"谢谢您，您又给这许多钱，我先替冬儿谢谢您了！等办过了事，我再带他们来磕头。……您自己也快好好地保养着，刚好别太劳动了，重复了可不是玩的！我走了，您，再见。"

一九三三年十一月二十八日夜

（最初发表于《文学季刊》1934 年 1 月 1 日创刊号，后收入《冬儿姑娘》）

最后的安息

　　惠姑在城里整整住了十二年，便是自从她有生以来，没有领略过野外的景色。这一年夏天，她父亲的别墅刚刚盖好，他们便搬到城外来消夏。惠姑喜欢得什么似的，有时她独自一人坐在门口的大树底下，静静地听着农夫唱着秧歌；野花上的蝴蝶，栩栩地飞过她的头上。万绿丛中的土屋，栉比鳞次地排列着。远远地又看见驴背上坐着绿衣红裳的妇女，在小路上慢慢地走。她觉得这些光景，十分的新鲜有趣，好像是另换了一个世界。

　　这一天的下午，她午梦初回，自己走下楼来，院子里静悄悄地，没有一点的声息。在廊子上徘徊了片晌，忽然想起她的自行车来，好些日子没有骑坐了，今天闲着没事，她想拿出来玩一玩，便进去将自行车扶到门外，骑了上去，顺着那条小路慢慢地走着。转过了坡，只见有一道小溪，夹岸都是桃柳树，风景极其幽雅，一面赏玩，不知不觉地走了好远。不想溪水尽处，地势欹斜了许多，她的车便滑了下去，不住地飞走。惠姑害了怕，急忙想挽转回来，已来不及了，只觉得两旁树木，飞也似的往两边退去，眼看着便要落在水里，吓得惠姑只管喊叫。忽然觉得好像有人在后面拉着，那车便往旁倒了，惠姑也跌在地下。起来看时，却是一个乡下女子，在后面攀着轮子。惠姑定了神，拂去身上的尘土，回头向她道谢，只见她也只有十三四岁光景，脸色很黑，衣服也极其褴褛，但是另有一种朴厚可爱的态度。她笑嘻嘻地说："姑娘！刚才差一点没有滑下去，掉在水里，可不是玩的！"惠姑也笑说："可不是么，只为我路径不熟，幸亏你在后面拉着，要不然，就滚下去了。"她看了惠姑一会儿说："姑娘想是在山后那座洋楼上住着罢？"惠姑笑说："你怎么知道？"她道："前些日子听见人说山后洋楼的主人搬来了。我看姑娘不是我们乡下的打扮，所以我想，……"惠姑点头笑道："是了，你叫什么名字？家里还有谁？"她说："我名叫翠儿，家里有我妈，还有两个弟弟三个妹妹。我自从四岁上我爹妈死去以后，就上这边来的。"惠姑说："你这个妈，是你的大妈还是姊娘？"翠儿摇头道："都不是。"惠姑迟疑了一会，忽然想她一定是一个童养媳了，便道："你妈待你好不好？"翠儿不言语，眼圈红了。抬头看了一看日影说："天不早了，我要走了，要是回去的晚，我妈又要……"说着便用力提着水桶要走，惠姑看那水桶很高，内里盛着满满的水，便说："你一个人哪里搬得动，等我来帮助你抬罢。"翠儿说："不用了，姑娘更搬不动，回头把衣服弄湿了，等我自己来罢。"一面又挣扎着提起水桶，一步一步地挪着，径自去了。

惠姑凝立在溪岸上，看着她的背影，心里想："看她那种委屈的样子，不知她妈是怎样地苦待她呢！可怜她也只比我略大两岁，难为她成天里做这些苦工。上天生人也有轻重厚薄呵！"这时只听得何妈在后面叫道："姑娘原来在这里，叫我好找！"惠姑回头笑了，便扶着自行车，慢慢地转回去。何妈接过自行车，便说："姑娘几时出来的，也不叫我跟着。刚才太太下楼，找不见姑娘，急得什么似的。以后千万不要独自出来，要是……"惠姑笑着说："得了，我偶然出来一次，就招出你两车的话来。"何妈也笑了，一边拉着惠姑的手，一同走回家去。道上惠姑就告诉何妈说她自己遇见翠儿的事情，只把自行车几乎失险的事瞒过了。何妈叹口气说："我也听见那村里的大嫂们说了，她婆婆真是厉害，待她极其不好。因为她过来不到两个月，公公就病死了，她婆婆成天里咒骂她，说她命硬，把公公克死了，就百般地凌虐她，挨冻挨饿，是免不了的事情。听说那孩子倒是温柔和气，很得人心的。"这时已经到家。她父亲母亲都倚在楼头栏杆上，看见惠姑回来了，虽是喜欢，也不免说了几句，惠姑只陪笑答应着，心里却不住地想到翠儿所处的景况，替她可怜。

第二天早晨，惠姑又到溪边去找翠儿，却没有遇见，自己站了一会儿。又想这个时候或者翠儿不得出来，要多等一等，又恐怕母亲惦着，只得闷闷地回来。

下午的时候，惠姑就下楼告诉何妈说："我出去一会儿，太太要找我的话，你说我在山前玩耍就是了。"何妈答应了，她便慢慢地走到山前，远远地就看见翠儿低着头在溪边洗衣服，惠姑过去唤声"翠儿！"她抬起头来，惠姑看见她眼睛红肿，脸上也有一缕一缕的爪痕，不禁吃了一惊，走近前来问道："翠儿！你怎么了？"翠儿勉强说："没有怎么！"说话却带着哽咽的声音，一面仍用力洗她的衣服。惠姑也便不问，拣一块干净的石头坐下，凝神望着她，过了一会说："翠儿！还有那些衣服，等我替你洗了罢，你歇一歇好不好？"这满含着慈怜温蔼的言语，忽然使翠儿心中受了大大的感动——

可怜翠儿生在世上十四年了，从来没有人用着怜悯的心肠，温柔的言语，来对待她。她脑中所充满的只有悲苦恐怖，躯壳上所感受的，也只有鞭笞冻饿。她也不明白世界上还有什么叫作爱，什么叫作快乐，只昏昏沉沉地度那凄苦黑暗的日子。要是偶然有人同她说了一句稍为和善的话，她都觉得很特别，却也不觉得喜欢，似乎不信世界上真有这样的好人。所以昨天惠姑虽然很恳挚地慰问她的疾苦，她也只拿这疑信参半的态度，自己走开了。

今天早晨，她一清早起来，忙着生火做饭。她的两个弟弟也不知道为什么拌起嘴来，在院子里对吵，她恐将她妈闹醒了，又是她的不是，连忙出来解劝。他们便都拿翠儿来出气，抓了她一脸的血痕，一边骂道："你也配出来劝我们，趁早躲在厨房里罢，仔细我妈起来了，又得挨一顿打！"翠儿看更不得开交，连忙又走进厨房去，他们还追了进来。翠儿一面躲，一面哭着说："得了，你们不要闹，锅要干了！"他们掀开锅盖一看，喊道："妈妈！你看翠儿做饭，连锅都熬干了，她还躲在一边哭呢！"她妈便从那边屋里出来，蓬着头，掩着衣服，跑进厨房端起半锅的开水，望翠儿的脸上泼去，又骂道："你整天里哭什么，多会儿把我也哭死了，你就趁愿了！"这时翠儿脸上手上，都烫得起了大泡，刚哭着要说话，她弟弟们又用力推出她去。她妈气忿忿地自己做了饭，同自己儿女们吃了。翠儿只躲在院子里推磨，也不敢进去。午后她妈睡了，她才悄悄地把屋里的污秽衣服，捡了出来，坐在溪边去洗。手腕上的烫伤，一着了水，一阵一阵的麻木疼痛，她一面洗着衣服，只有哭泣。

惠姑来了，又叫了她一声，那时她还以为惠姑不过是来闲玩，又恐怕惠姑要拿她取笑，只淡淡地应了一声。不想惠姑却在一旁坐着不走，只拿着怜悯的目光看着她，又对她说要帮助她的话。她抬头看了片晌，忽然觉得如同有一线灵光，冲开了她心中的黑暗。这时她脑孔里充满了新意，只觉得感激和痛苦都怒潮似的，奔涌在一处，便哽咽着拿前襟掩着脸，渐渐地大哭起来，手里的湿衣服，也落在水里。惠姑走近她面前，拾起了湿衣，挨着她站着，一面将她焦黄蓬松的头发，向后掠了一掠，轻轻地摩抚着她。这时惠姑的眼里，也满了泪珠，只低头看着翠儿。一片慈祥的光气，笼盖在翠儿身上。她们两个的影儿，倒映在溪水里，虽然外面是贫，富，智，愚，差得天悬地隔，却从她们的天真里发出来的同情，和感恩的心，将她们的精神，连合在一处，造成了一个和爱神妙的世界。

　　从此以后，惠姑的活泼憨嬉的脑子里，却添了一种悲天悯人的思想。她觉得翠儿是一个最可爱最可怜的人。同时她又联想到世界上无数的苦人，便拿翠儿当作苦人的代表，去抚恤，安慰。她常常和翠儿谈到一切城里的事情，每天出去的时候，必是带些饼干糖果，或是自己玩过的东西，送给翠儿。但是翠儿总不敢带回家去，恐怕弟妹们要夺了去，也恐怕她妈知道惠姑这样好待她，以后不许她出来。因此玩完了，便由惠姑收起，明天再带出来，那糖饼当时也就吃了。她们每天有一点钟的工夫，在一块儿玩，现在翠儿也不拦阻惠姑来帮助她，有时她们一同洗着衣服，汲着水，一面谈话。惠姑觉得她在学堂里，和同学游玩的时候，也不能如此的亲切有味。翠儿的心中更渐渐地从黑暗趋到光明，她觉得世上不是只有悲苦恐怖，和鞭笞冻饿，虽然她妈依旧地打骂磨折她，她心中的苦乐，和从前却大不相同了。

　　快乐的夏天，将要过尽了，那天午后，惠姑站在楼窗前，看着窗外的大雨。对面山峰上，云气蒙蒙，草色越发的青绿了，楼前的树叶，被雨点打得不住地颤动。她忽然想起暑假要满了，学校又要开课了，又能会着先生和同学们了，心里很觉得喜欢。正在凝神的时候，她母亲从后面唤道："惠姑！你今天觉得闷了，是不是？"惠姑笑着回头走到她母亲跟前坐下，将头靠在母亲的膝上，何妈在一旁笑道："姑娘今天不能出去和翠儿玩，所以又闷闷地。"惠姑猛然想起来，如若回去，也须告诉翠儿一声。这时母亲笑道："到底翠儿是一个怎么可爱的孩子，你便和她这样的好！我看你两天以后，还肯不肯回去？"何妈说："太太不知道还有可笑的事。那一天我给姑娘送糖饼去了，她们两个都坐在溪边，又洗衣服，又汲水，说说笑笑的，十分有趣。我想姑娘在家里，哪里做过这样的粗活，偏和翠儿在一处，就喜欢做。"母亲笑道："也好，倒学了几样能耐。以后……"她父亲正坐在那边窗前看报，听到这里，便放下报纸说："惠姑这孩子是真有慈爱的心肠，她曾和我说过翠儿的苦况，也提到她要怎样地设法救助，所以我任凭她每天出去。我想乡下人没有受过教育，自然就会生出像翠儿她婆婆那种顽固残忍的妇人，也就有像翠儿那样可怜无告的女子。我想惠姑知道了这些苦痛，将来一定能以想法救助的。惠姑！你心里是这样想么？"这时惠姑一面听着，眼里却满了晶莹的眼泪，便站了起来，走到父亲面前，将膝上的报纸拿开了，挨着椅旁站着，默默地想了一会，便说："我回去了，不能常常出来的，翠儿岂不是更加吃苦？爹爹！我们将翠儿带回去，好不好？"她父亲笑了说："傻孩子！你想人家的童养媳，我们可以随随便便地带着走么？"惠姑说："可否买了她来？"何妈摇头说："哪有人家将童养媳卖出去的？她妈也一定不肯呵。"母亲说："横竖我们过年还来的，又不是以后就见不着了，也许她往后的光景，会好一点，你放心罢！"惠姑也不说什么，只靠在父亲臂上，过了一会，便道："妈妈！我们什么时候回去？"她母亲说："等到晴了天，我们就该走了。"惠姑笑说："我玩的日子多了，也想回去上学了。"何妈笑说："不要忙，有姑娘腻烦念书的日子在后头呢。"说得大家都笑了。

又过了两天，这雨才渐渐地小了，只有微尘似的雨点，不住地飞洒。惠姑便想出去看看翠儿。走到院子里，只觉得一阵一阵的轻寒，地上也滑得很，便又进去套上一件衣服，换了鞋，戴了草帽，又慢慢地走到溪边。溪水也涨了，不住地潺潺流着，往常她们坐的那几块石头，也被水没过去了，却不见翠儿！她站了一会，觉得太凉。刚要转身回去，翠儿却从那边提着水桶，走了过来，忽然看见惠姑，连忙放下水桶笑说："姑娘好几天没有出来了。"惠姑说："都是这雨给关住了，你这两天好么？"翠儿摇头说："也只是如此，哪里就好了！"说着话的时候，惠姑看见她头发上，都是水珠，便道："我们去树下躲一躲罢，省得淋着。"说着便一齐走到树底下。翠儿笑说："前两天姑娘教给我的那几个字，我都用树枝轻轻地画在墙上，念了几天，都认得了，姑娘再教给我新的罢。"惠姑笑说："好了，我再教给你罢。本来我自己认得的字，也不算多，你又学得快，恐怕过些日子，你便要赶上我了。"翠儿十分喜欢，说："不知道到什么时候，我才能够赶上呢，姑娘每天多教给我几个字，或者过一两年就可以……。"这时惠姑忽然皱眉说："我忘了告诉你了，我们——我们过两天要回到城里去了，哪里能够天天教你？"翠儿听着不觉呆了，似乎她从来没有想到这些，便连忙问道："是真的么？姑娘不要哄我玩！"惠姑道："怎么不真，我母亲说了，晴了天我们就该走了。"翠儿说："姑娘的家不是在这里么？"惠姑道："我们在城里还有房子呢，到这儿来不过是歇夏，哪里住得长久，而且我也须回去上学的。"翠儿说："姑娘什么时候再来呢？"惠姑说："大概是等过年夏天再来。你好好地在家里等着，过年我们再一块儿玩罢。"这时翠儿也顾不得汲水了，站在那里怔了半天，惠姑也只静静地看着她。过了一会儿，她忽然说："姑娘去了，我更苦了，姑娘能设法带我走么？"惠姑没有想到她会说这话，一时回答不出，便勉强说："你家里还有人呢，我们怎能带你走？"翠儿这时不禁哭了，呜呜咽咽地说："我家里的人，不拿我当人看待，姑娘也晓得的，我活着一天，是一天的事，哪里还能等到过年，姑娘总要救我才好！"惠姑看她这样，心中十分难过，便劝她说："你不要伤心，横竖我还要来的，要说我带你去，这事一定不成，你不如……"

翠儿的妈，看翠儿出来汲水，半天还不见回来，心想翠儿又是躲懒去了，就自己跑出来找。走到溪边，看见翠儿背着脸，和一个白衣女郎一同站着。她轻轻地走过来，她们的谈话，都听得明白，登时大怒起来，就一直跑了过去。翠儿和惠姑都吓了一跳，惠姑还不认得她是谁，只见翠儿面如白纸，不住地向后退缩。那妇人揪住翠儿的衣领，一面打一面骂道："死丫头！你倒会背地里褒贬人，还怪我不拿你当人看待！"翠儿痛的只管哭叫，惠姑不觉又怕又急，便走过来说："你住了手罢，她也并没有说……"妇人冷笑说："我们婆婆教管媳妇，用不着姑娘可怜，姑娘要把她带走，拐带人口可是有罪呵！"一面将翠儿拖了就走。可怜惠姑哪里受过这样的话，不禁双颊涨红，酸泪欲滴，两手紧紧地握着，看着翠儿走了。自己跑了回来，又觉得委屈，又替翠儿可怜，自己哭了半天，也不敢叫她父母知道，恐怕要说她和村妇拌嘴，失了体统。

第二天雨便停了，惠姑想起昨天的事，十分地替翠儿担心，也不敢去看。下午果然不见翠儿出来。自己只闷闷地在家里，看着仆人收拾物件。晚饭以后，坐了一会，便下楼去找何妈做伴睡觉，只见何妈和几个庄里的妇女，坐在门口说着话儿，猛听得有一个妇人说："翠儿这一回真是要死了，也不知道她妈为什么说她要跑，打得不成样子。昨夜我们还听见她哭，今天却没有声息，许是……"惠姑吃了一惊，连忙上前要问时，何妈回头看见惠姑来了，便对她们摆手，她们一时都不言语。这时惠姑的母亲在楼上唤着："何妈！姑娘的自行车呢？"何妈站了起来答应了，一面拉着惠姑说："我们上去罢，天不早了。"惠姑说："你先走罢，太太叫你呢，我再等一会儿。"何妈只得自己去了。惠姑赶紧问道："你们刚才说翠儿怎么了？"她们笑说："没有说翠儿怎么。"惠姑急着说："告诉我也不要紧的。"她们说："不过昨天她妈打了她几下，也没有什么大事情。"惠姑道："你们知道她的家在哪里？"她们说："就在山前土地庙隔壁，朝南的门，门口有几株大柳树。"这时何妈又出来，和她们略谈了几句，便带惠姑进去。

这一晚上，惠姑只觉得睡不稳，天色刚刚破晓，便悄悄地自己起来，轻轻走下楼来，开了院门，向着山前走去。草地上满了露珠，凉风吹袂，地平线边的朝霞，照耀得一片通红，太阳还没有上来，树头的雀鸟鸣个不住。走到土地庙旁边，果然有个朝南的门，往里一看，有两个女孩，在院子里玩，忽然看见惠姑，站在门口，便笑嘻嘻地走出来。惠姑问道："你们这里有一个翠儿么？"她们说："有，姑娘有什么事情？"惠姑道："我想看一看她。"她们听了便要叫妈。惠姑连忙摆手说："不用了，你们带我去看罢。"一面掏出一把铜圆，给了她们，她们欢天喜地接了，便带惠姑进去。惠姑低声问道："你妈呢？"她们说："我妈还睡着呢。"惠姑说："好了，你们不必叫醒她，我来一会就走的。"一面说着便到了一间极其破损污秽的小屋子，他们指着说："翠儿在里面呢。"惠姑说："你们去罢，谢谢你。"自己便推门走了进去，只觉得里面很黑暗，一阵一阵的臭味触鼻，也看不见翠儿在什么地方，便轻轻地唤一声，只听见房角里微弱的声音应着。惠姑走近前来，低下头仔细一看，只见翠儿蜷曲着卧在一个小土炕上，脸上泪痕模糊，脚边放着一堆烂棉花。惠姑心里一酸，便坐在炕边，轻轻地拍着她说："翠儿！我来了！"翠儿的眼睛，慢慢地睁开了，猛然看是惠姑，眉眼动了几动，只显出欲言无声欲哭无泪的样子。惠姑不禁滴下泪来，便拉着她的手，忍着泪坐着。翠儿也不言语，气息很微，似乎是睡着了。一会儿只听得她微微地说："姑娘……这些字我……我都认……"忽然又惊醒了说："姑娘！你听这溪水的声音……"惠姑只勉强微笑着点了点头，她也笑着合上眼，慢慢地将惠姑的手，拉到胸前。惠姑只觉得她的手愈握愈牢，似乎迸出冷汗。过了一会，她微微地转侧，口里似乎是唱着歌，却是听不清楚，以后便渺无声息。惠姑坐了好久，想她是睡着了，轻轻地站了起来，向她脸上一看，她憔悴鳞伤的面庞上，满了微笑，灿烂的朝阳，穿进黑暗的窗棂，正照在她的脸上，好像接她去到极乐世界，这便是可怜的翠儿，初次的安息，也就是她最后的安息！

（最初连载于北京《晨报》1920年3月11至13日，后收入《去国》）

小橘灯

这是十几年以前的事了。

在一个春节前一天的下午，我到重庆郊外去看一位朋友。她住在那个乡村的乡公所楼上。走上一段阴暗的仄仄的楼梯，进到一间有一张方桌和几张竹凳、墙上装着一架电话的屋子，再进去就是我的朋友的房间，和外间只隔一幅布帘。她不在家，窗前桌上留着一张条子，说是她临时有事出去，叫我等着她。

我在她桌前坐下，随手拿起一张报纸来看，忽然听见外屋板门吱地一声开了，过了一会，又听见有人在挪动那竹凳子。我掀开帘子，看见一个小姑娘，只有八九岁光景，瘦瘦的苍白的脸，冻得发紫的嘴唇，头发很短，穿一身很破旧的衣裤，光脚穿一双草鞋，正在登上竹凳想去摘墙上的听话器，看见我似乎吃了一惊，把手缩了回来。我问她："你要打电话么？"她一面爬下竹凳，一面点头说："我要 ×× 医院，找胡大夫，我妈妈刚才吐了许多血！"我问："你知道 ×× 医院的电话号码么？"她摇了摇头说："我正想问电话局……"我赶紧从机旁的电话本子里找到医院的号码，就又问她："找到了大夫，我请他到谁家去呢？"她说："你只要说王春林家里病了，她就会来的。"

我把电话打通了，她感激地谢了我，回头就走。我拉住她问："你的家远么？"她指着窗外说："就在山窝那棵大黄果树下面，一下子就走到的。"说着就噔、噔、噔地下楼去了。

　　我又回到里屋去，把报纸前前后后都看完了，又拿起一本《唐诗三百首》来，看了一半，天色越发阴沉了，我的朋友还不回来。我无聊地站了起来，望着窗外浓雾里迷茫的山景，看到那棵黄果树下面的小屋，忽然想去探望那个小姑娘和她生病的妈妈。我下楼在门口买了几个大红橘子，塞在手提袋里，顺着歪斜不平的石板路，走到那小屋的门口。

　　我轻轻地叩着板门，刚才那个小姑娘出来开了门，抬头看了我，先愣了一下，后来就微笑了，招手叫我进去。这屋子很小很黑，靠墙的板铺上，她的妈妈闭着眼平躺着，大约是睡着了，被头上有斑斑的血痕，她的脸向里侧着，只看见她脸上的乱发，和脑后的一个大髻。门边一个小炭炉，上面放着一个小沙锅，微微地冒着热气。这小姑娘把炉前的小凳子让我坐了，她自己就蹲在我旁边，不住地打量我。我轻轻地问："大夫来过了么？"她说："来过了，给妈妈打了一针……她现在很好。"她又像安慰我似地说："你放心，大夫明早还要来的。"我问："她吃过东西么？这锅里是什么？"她笑说："红薯稀饭——我们的年夜饭。"我想起了我带来的橘子，就拿出来放在床边的小矮桌上。她没有作声，只伸手拿过一个最大的橘子来，用小刀削去上面的一段皮，又用两只手把底下的一大半轻轻地揉捏着。

　　我低声问："你家还有什么人？"她说："现在没有什么人，我爸爸到外面去了……"她没有说下去，只慢慢地从橘皮里掏出一瓣一瓣的橘瓣来，放在她妈妈的枕头边。

　　炉火的微光，渐渐地暗了下去，外面变黑了。我站起来要走，她拉住我，一面极其敏捷地拿过穿着麻线的大针，把那小橘碗四周相对地穿起来，像一个小筐似的，用一根小竹棍挑着，又从窗台上拿了一段短短的蜡头，放在里面点起来，递给我说："天黑了，路滑，这盏小橘灯照你上山吧！"

我赞赏地接过，谢了她，她送我出到门外，我不知道说什么好，她又像安慰我似地说："不久，我爸爸一定会回来的。那时我妈妈就会好了。"她用小手在面前画一个圆圈，最后按到我的手上："我们大家也都好了！"显然地，这"大家"也包括我在内。

我提着这灵巧的小橘灯，慢慢地在黑暗潮湿的山路上走着。这朦胧的橘红的光，实在照不了多远，但这小姑娘的镇定、勇敢、乐观的精神鼓舞了我，我似乎觉得眼前有无限光明！

我的朋友已经回来了，看见我提着小橘灯，便问我从哪里来。我说："从……从王春林家来。"她惊异地说："王春林，那个木匠，你怎么认得他？去年山下医学院里，有几个学生，被当作共产党抓走了，以后王春林也失踪了，据说他常替那些学生送信……"

当夜，我就离开那山村，再也没有听见那小姑娘和她母亲的消息。

但是从那时起，每逢春节，我就想起那盏小橘灯。十二年过去了，那小姑娘的爸爸一定早回来了。她妈妈也一定好了吧？因为我们"大家"都"好"了！

（最初发表于《中国少年报》1957年1月31日，后收入《小橘灯》，作家出版社1960年4月初版）

第四辑　寄小读者

　　我愿终身在森林之中，我足踏枯枝，我静听树叶微语。清风从林外吹来，带着松枝的香气。白茫茫的雪中，除我外没有行人。我所见所闻，不出青松白雪之外，我就似可满意了！

寄小读者·通讯一

似曾相识的小朋友们：

　　我以抱病又将远行之身，此三两月内，自分已和文字绝缘；因为昨天看见《晨报》副刊上已特辟了《儿童世界》一栏，欣喜之下，便借着软弱的手腕，生疏的笔墨，来和可爱的小朋友，做第一次的通讯。

　　在这开宗明义的第一信里，请你们容我在你们面前介绍我自己。我是你们天真队里的一个落伍者——然而有一件事，是我常常用以自傲的：就是我从前也曾是一个小孩子，现在还有时仍是一个小孩子。为着要保守这一点天真直到我转入另一世界时为止，我恳切的希望你们帮助我，提携我，我自己也要永远勉励着，做你们的一个最热情最忠实的朋友！

　　小朋友，我要走到很远的地方去。我十分地喜欢有这次的远行，因为或者可以从旅行中多得些材料，以后的通讯里，能告诉你们些略为新奇的事情。——我去的地方，是在地球的那一边。我有三个弟弟，最小的十三岁了。他念过地理，知道地球是圆的。他开玩笑地和我说："姊姊，你走了，我们想你的时候，可以拿一条很长的竹竿子，从我们的院子里，直穿到对面你们的院子去，穿成一个孔穴。我们从那孔穴里，可以彼此看见。我看看你别后是否胖了，或是瘦了。"小朋友想这是可能的事情么？——我又有一个小朋友，今年四岁了。他有一天问我说："姑姑，你去的地方，是比前门还远么？"小朋友看是地球的那一边远呢？还是前门远呢？

我走了——要离开父母兄弟，一切亲爱的人。虽然是时期很短，我也已觉得很难过。倘若你们在风晨雨夕，在父亲母亲的膝下怀前，姊妹弟兄的行间队里，快乐甜柔的时光之中，能联想到海外万里有一个热情忠实的朋友，独在恼人凄清的天气中，不能享得这般浓福，则你们一瞥时的天真的怜念，从宇宙之灵中，已遥遥地付与我以极大无量的快乐与慰安！

小朋友，但凡我有工夫，一定不使这通讯有长期间的间断。若是间断的时候长了些，也请你们饶恕我。因为我若不是在童心来复的一刹那顷拿起笔来，我决不敢以成人烦杂之心，来写这通讯。这一层是要请你们体恤怜悯的。

这信该收束了，我心中莫可名状，我觉得非常的荣幸！

冰　心

一九二三年七月二十五日

寄小读者·通讯二

小朋友们:

　　我极不愿在第二次的通讯里，便劈头告诉你们一件伤心的事情。然而这件事，从去年起，使我的灵魂受了隐痛，直到现在，不容我不在纯洁的小朋友面前忏悔。

　　去年的一个春夜——很清闲的一夜，已过了九点钟了，弟弟们都已去睡觉，只我的父亲和母亲对坐在圆桌旁边，看书，吃果点，谈话。我自己也拿着一本书，倚在椅背上站着看。那时一切都很和柔，很安静的。

　　一只小鼠，悄悄地从桌子底下出来，慢慢地吃着地上的饼屑。这鼠小得很，它无猜的，坦然的，一边吃着，一边抬头看看我——我惊悦地唤起来，母亲和父亲都向下注视了。四面眼光之中，它仍是怡然地不走，灯影下照见它很小很小，浅灰色的嫩毛，灵便的小身体，一双闪烁的明亮的小眼睛。

　　小朋友们，请容我忏悔！一刹那顷我神经错乱地俯将下去，拿着手里的书，轻轻地将它盖上。——上帝！它竟然不走。隔着书页，我觉得它柔软的小身体，无抵抗地蜷伏在地上。

　　这完全出于我意料之外了！我按着它的手，方在微颤——母亲已连忙说:"何苦来!这么驯良有趣的一个小活物……"话犹未了,小狗虎儿从帘外跳将进来。父亲也连忙说:"快放手,虎儿要得着它了!"我又神经错乱地拿起书来,可恨呵!它仍是怡然地不动。——一声喜悦的微吼,虎儿已扑着它,不容我唤住,已衔着它从帘隙里又钻了出去。出到门外,只听得它在虎儿口里微弱凄苦地啾啾地叫了几声,此后便没有了声息。——前后不到一分钟,这温柔的小活物,使我心上飕地着了一箭!

我从惊惶中长吁了一口气。母亲慢慢也放下手里的书,抬头看着我说:"我看它实在小得很,无机得很。否则一定跑了。初次出来觅食,不见回来,它母亲在窝里,不定怎样地想望呢。"

小朋友,我堕落了,我实在堕落了!我若是和你们一般年纪的时候,听得这话,一定要慢慢地挪过去,突然地扑在母亲怀中痛哭。然而我那时……小朋友们恕我!我只装作不介意地笑了一笑。

安息的时候到了,我回到卧室里去。勉强地笑,增加了我的罪孽,我徘徊了半天,心里不知怎样才好——我没有换衣服,只倚在床沿,伏在枕上,在这种状态之下,静默了有十五分钟——我至终流下泪来。

至今已是一年多了,有时读书至夜深,再看见有鼠子出来,我总觉得忧愧,几乎要避开。我总想是那只小鼠的母亲,含着伤心之泪,夜夜出来找它,要带它回去。

不但这个,看见虎儿时想起,夜坐时也想起,这印象在我心中时时作痛。有一次禁受不住,便对一个成人的朋友,说了出来;我拼着受她一场责备,好减除我些痛苦。不想她却失笑着说:"你真是越来越孩子气了,针尖大的事,也值得说说!"她漠然的笑容,竟将我以下的话,拦了回去。从那时起,我灰心绝望,我没有向第二个成人,再提起这针尖大的事!

我小时曾为一头折足的蟋蟀流泪,为一只受伤的黄雀呜咽;我小

112

时明白一切生命，在造物者眼中是一般大小的；我小时未曾做过不仁爱的事情，但如今堕落了……

今天都在你们面前陈诉承认了，严正的小朋友，请你们裁判罢！

冰　心

一九二三年七月二十八日，北京

寄小读者·通讯三

亲爱的小朋友：

昨天下午离开了家，我如同入梦一般。车转过街角的时候，我回头凝望着——除非是再看见这绿满豆叶的棚下的一切亲爱的人，我这梦是不能醒的了！

送我的尽是小孩子——从家里出来，同车的也是小孩子，车前车后也是小孩子。我深深觉得凄恻中的光荣。冰心何福，得这些小孩子天真纯洁的爱，消受这甚深而不牵累的离情。

火车还没有开行，小弟弟冰季别到临头，才知道难过，不住地牵着冰叔的衣袖，说："哥哥，我们回去罢。"他酸泪盈眸，远远地站着。我叫过他来，捧住了他的脸，我又无力地放下手来，他们便走了。——我们至终没有一句话。

慢慢的火车出了站，一边城墙，一边杨柳，从我眼前飞过。我心沉沉如死，倒觉得廓然，便拿起国语文学史来看。刚翻到"卿云烂兮"一段，忽然看见书页上的空白处写着几个大字："别忘了小小"。我的心忽然一酸，连忙抛了书，走到对面的椅子上坐下——这是冰季的笔迹呵！小弟弟，如何还困弄我于别离之后？

夜中只是睡不稳，几次坐起，开起窗来，只有模糊的半圆的月，照着深黑无际的田野。——车在风驰电掣的，轮声轧轧里，奔向着无限的前途。明月和我，一步一步地离家远了！

今早过济南，我五时便起来，对窗整发。外望远山连绵不断，都没在朝霭里，淡到欲无。只浅蓝色的山峰一线，横亘天空。山坳里人家的炊烟，蒙蒙地屯在谷中，如同云起。朝阳极光明地照临在无边的整齐青绿的田畦上。我梳洗毕凭窗站了半点钟，在这庄严伟大的环境中，我只能默然低头，赞美万能智慧的造物者。

过泰安府以后，朝露还零。各站台都在浓荫之中，最有古趣，最清幽。到此我才下车稍稍散步，远望泰山，悠然神往。默诵"高山仰止，景行行止，虽不能至，心向往之"四句，反复了好几遍。

自此以后，站台上时闻皮靴拖踏声，刀枪相触声，又见黄衣灰衣的兵丁，成队的来往梭巡。我忽然忆起临城劫车的事，知道快到抱犊冈了，我切愿一见那些持刀背剑来去如飞的人。我这时心中只憧憬着梁山泊好汉的生活，武松林冲鲁智深的生活。我不是羡慕什么分金阁、剥皮亭，我羡慕那种激越豪放、大刀阔斧的胸襟！

因此我走出去，问那站在两车挂接处荷枪带弹的兵丁。他说快到临城了，抱犊冈远在几十里外，车上是看不见的。他和我说话极温和，说的是纯正的山东话。我如同远客听到乡音一般，起了无名的喜悦。——山东是我灵魂上的故乡，我只喜欢忠恳的山东人，听那生怯的山东话。

一站一站地近江南了，我旅行的快乐，已经开始。这次我特意定的自己一间房子，为的要自由一些，安静一些，好写些通讯。我靠在长枕上，近窗坐着。向阳那边的窗帘，都严严地掩上。对面一边，为要看风景，便开了一半。凉风徐来，这房里寂静幽阴已极。除了单调的轮声以外，与我家中的书室无异。窗内虽然没有满架的书，而窗外却旋转着伟大的自然。笔在手里，句在心里，只要我不按铃，便没有人进来搅我。龚定庵有句云："……都道西湖清怨极，谁分这般浓福？……"今早这样恬静喜悦的心境，是我所梦想不到的。书此不但自慰，并以慰弟弟们和记念我的小朋友。

冰　心

一九二三年八月四日，津浦道中

寄小读者·通讯四

小朋友：

好容易到了临城站，我走出车外。只看见一大队兵，打着红旗，上面写着"……第二营……"又放炮仗，又吹喇叭；此外站外只是远山田垄，更没有什么。我很失望，我竟不曾看见一个穿夜行衣服，带镖背剑，来去如飞的人。

自此以南，浮云蔽日。轨道旁时有小湫。也有小孩子，在水里洗澡游戏。更有小女儿，戴着大红花，坐在水边树底做活计，那低头穿线的情景，煞是温柔可爱。

过南宿州至蚌埠，轨道两旁，雨水成湖。湖上时有小舟来往。无际的微波，映着落日，那景物美到不可描画。——自此人民的口音，渐渐地改了，我也渐渐地觉得心怯，也不知道为什么。

过金陵正是夜间，上下车之顷，只见隔江灯火灿然。我只想象着城内的秦淮莫愁，而我所能看见的，只是长桥下微击船舷的黄波浪。

五日绝早过苏州。两夜失眠，烦困已极，而窗外风景，浸入我倦乏的心中，使我悠然如醉。江水伸入田垄，远远几架水车，一簇一簇的茅亭农舍，树围水绕，自成一村。水漾轻波，树枝低桠。当几个农妇挑着担儿，荷着锄儿，从那边走过之时，真不知是诗是画！

有时远见大江，江帆点点，在晓日之下，清极秀极。我素喜北方风物，至此也不得不倾倒于江南之雅澹温柔。

　　晨七时半到了上海，又有小孩子来接，一声"姑姑"，予我以无限的欢喜——到此已经四五天了，休息之后，俗事又忙个不了。今夜夜凉如水，灯下只有我自己。在此静夜极难得，许多姊妹兄弟，知道我来，多在夜间来找我乘凉闲话。我三次拿起笔来，都因门环响中止，凭阑下视，又是哥哥姊妹来看望我的。我慰悦而又惆怅，因为三次延搁了我所乐意写的通讯。

　　这只是沿途的经历，感想还多，不愿在忙中写过，以后再说。夜深了，容我说晚安罢！

冰　心

一九二三年八月九日，上海

寄小读者·通讯五

小朋友：

　　早晨五时起来，趁着人静，我清明在躬之时，来写几个字。

　　这次过蚌埠，有母女二人上车，茶房直引她们到我屋里来。她们带着好几个提篮，内中一个满圈着小鸡。那时车中热极，小鸡都纷纷地伸出头来喘气，那个女儿不住地又将它们按下去。她手脚匆忙，好似弹琴一般。那女儿二十上下年纪，穿着一套麻纱的衣服，一脸的麻子，又满扑着粉，头上手上戴满了簪子、耳珥、戒指、镯子之类，说话时善能作态。我那时也不知是因为天热，心中烦躁，还是什么别的缘故，只觉得那女孩儿太不可爱。我没有同她招呼，只望着窗外，一回头正见她们谈着话，那女孩儿不住撒娇撒痴地要汤要水；她母亲穿一套青色香云纱的衣服，五十岁上下，面目蔼然，和她谈话的态度，又似爱怜，又似斥责。我旁观忽然心里难过，趁有她们在屋，便走了出去——小朋友！我想起我的母亲，不觉凭在甬道的窗边，临风偷洒了几点酸泪。

　　请容我倾吐，我信世界上只有你们不笑话我！我自从去年得有远行的消息以后，我背着母亲，天天数着日子。日子一天一天地过了，我也渐渐地瘦了。大人们常常安慰我说："不要紧的，这是好事！"我何尝不知道是好事？叫我说起来，恐怕比他们说得还动听。然而我终竟是个弱者，弱者中最弱的一个。我时常暗恨我自己！临行之前，到姨母家里去，姨母一面张罗我就坐吃茶，一面笑问："你走了，舍得母亲么？"我也从容地笑说："那没有什么，日子又短，那边还有人照应。"——等到姨母出去，小表妹忽然走到我面前，两手按在我的膝上，仰着脸说："姊姊，是么？你真舍得母亲么？我那时忽然禁制不住，看着她那智慧诚挚的脸，眼泪直奔涌了出来。我好似要堕下深崖，求她牵援一般。我紧握着她的小手，低声说："不瞒你说，妹妹，我舍不得母亲，舍不得一切亲爱的人！"

小朋友！大人们真是可钦羡的，他们的眼泪是轻易不落下来的；他们又勇敢，又大方。在我极难过的时候，我的父亲母亲，还能从容不迫地劝我。虽不知背地里如何，那时总算体恤、坚忍，我感激至于无地！

我虽是弱者，我还有我自己的傲岸，我还不肯在不相干的大人前，披露我的弱点。行前和一切师长朋友的谈话，总是喜笑着说的。我不愿以我的至情，来受他们的讥笑。然而我却愿以此在上帝和小朋友面前乞得几点神圣的同情的眼泪！

窗外是斜风细雨，写到这时，我已经把持不住。同情的小朋友，再谈罢！

冰　心

一九二三年八月十二日，上海

寄小读者·通讯六

小朋友：

你们读到这封信时，我已离开了可爱的海棠叶形的祖国，在太平洋舟中了。我今日心厌凄恋的言词，再不说什么话，来撩乱你们简单的意绪。

小朋友，我有一个建议：《儿童世界》栏，是为儿童辟的，原当是儿童写给儿童看的。我们正不妨得寸进寸、得尺进尺的，竭力占领这方土地。有什么可喜乐的事情，不妨说出来，让天下小孩子一同笑笑；有什么可悲哀的事情，也不妨说出来，让天下小孩子陪着哭哭。只管坦然公然的，大人前无须畏缩。——小朋友，这是我们积蓄的秘密，容我们低声匿笑地说罢！大人的思想，竟是极高深奥妙的，不是我们所能以测度的。不知道为什么，他们的是非，往往和我们的颠倒。往往我们所以为刺心刻骨的，他们却雍容谈笑地不理；我们所以为是渺小无关的，他们却以为是惊天动地的事功。比如说罢，开炮打仗，死了伤了几万几千的人，血肉模糊地卧在地上。我们不必看见，只要听人说了，就要心悸，夜里要睡不着，或是说呓语的；他们却不但不在意，而且很喜欢操纵这些事。又如我们觉得老大的中国，不拘谁做总统，只要他老老实实，治抚得大家平平安安的，不妨碍我们的游戏，我们就心满意足了；而大人们却奔走辛苦的谈论这件事，他举他，他推他，乱个不了，比我们玩耍时举"小人王"还难。总而言之，他们的事，我们不敢管，也不会管；我们的事，他们竟是不屑管。所以我们大可畅胆地谈谈笑笑，不必怕他们笑话。——我的话完了，请小朋友拍手赞成！

我这一方面呢，除了一星期后，或者能从日本寄回信来之外，往后两个月中，因为道远信件迟滞的关系，恐怕不能有什么消息。秋风渐凉，最宜书写，望你们努力！

在上海还有许多有意思的事要报告给你们，可惜我太忙，大约要留着在船上，对着大海，慢慢地写。请等待着。

小朋友！明天午后，真个别离了！愿上帝无私照临的爱光，永远包围着我们，永远温慰着我们。

别了，别了，最后的一句话，愿大家努力做个好孩子！

冰 心

一九二三年八月十六日，上海

寄小读者·通讯七

亲爱的小朋友：

八月十七的下午，约克逊号邮船无数的窗眼里，飞出五色飘扬的纸带，远远地抛到岸上，任凭送别的人牵住的时候，我的心是如何的飞扬而凄恻！

痴绝的无数的送别者，在最远的江岸，仅仅牵着这终于断绝的纸条儿，放这庞然大物，载着最重的离愁，飘然西去！

船上生活，是如何的清新而活泼。除了三餐外，只是随意游戏散步。海上的头三日，我竟完全回到小孩子的境地中去了，套圈子，抛沙袋，乐此不疲，过后又绝然不玩了。后来自己回想很奇怪，无他，海唤起了我童年的回忆，海波声中，童心和游伴都跳跃到我脑中来。我十分地恨这次舟中没有几个小孩子，使我童心来复的三天中，有无猜畅好的游戏！

我自少住在海滨，却没有看见过海平如镜。这次出了吴淞口，一天的航程，一望无际尽是粼粼的微波。凉风习习，舟如在冰上行。到过了高丽界，海水竟似湖光。蓝极绿极，凝成一片。斜阳的金光，长蛇般自天边直接到阑旁人立处。上自穹苍，下至船前的水，自浅红至于深翠，幻成几十色，一层层，一片片地漾开了来。……小朋友，恨我不能画，文字竟是世界上最无用的东西，写不出这空灵的妙景！

八月十八夜，正是双星渡河之夕。晚餐后独倚阑旁，凉风吹衣。银河一片星光，照到深黑的海上。远远听得楼阑下人声笑语，忽然感到家乡渐远。繁星闪烁着，海波吟啸着，凝立悄然，只有惆怅。

十九日黄昏，已近神户，两岸青山，不时地有渔舟往来。日本的小山多半是圆扁的，大家说笑，便道是"馒头山"。这馒头山沿途点缀，直到夜里，远望灯光灿然，已抵神户。船徐徐停住，便有许多人上岸去。我因太晚，只自己又到最高层上，初次看见这般璀璨的世界，天上微月的光，和星光，岸上的灯光，无声相映。不时地还有一串光明从山上横飞过，想是火车周行。……舟中寂然，今夜没有海潮音，静极心绪忽起："倘若此时母亲也在这里……"。我极清晰地忆起北京来。

小朋友，恕我，不能往下再写了。

冰　心

一九二三年八月二十日，神户

朝阳下转过一碧无际的草坡，穿过深林，已觉得湖上风来，湖波不是昨夜欲睡如醉的样子了。——悄然地坐在湖岸上，伸开纸，拿起笔，抬起头来，四围红叶中，四面水声里，我要开始写信给我久违的小朋友。小朋友猜我的心情是怎样的呢？

水面闪烁着点点的银光，对岸意大利花园里亭亭层列的松树，都证明我已在万里外。小朋友，到此已逾一月了，便是在日本也未曾寄过一字。说是对不起呢，我又不愿！

我平时写作，喜在人静的时候。船上却处处是公共的地方，舱面阑边，人人可以来到。海景极好，心胸却难得清平。我只能在晨间绝早，船面无人时，随意写几个字，堆积至今，总不能整理，也不愿草草整理，便迟延到了今日。我是尊重小朋友的，想小朋友也能尊重原谅我！

许多话不知从哪里说起，而一声声打击湖岸的微波，一层层地没上杂立的潮石，直到我蔽膝的毡边来，似乎要求我将她介绍给我的小朋友。小朋友，我真不知如何地形容介绍她！她现在横在我的眼前。湖上的月明和落日，湖上的浓阴和微雨，我都见过了，真是仪态万千。小朋友，我的亲爱的人都不在这里，便只有她——海的女儿，能慰安我了。Lake Waban，谐音会意，我便唤她做"慰冰"。每日黄昏的游泛，舟轻如羽，水柔如不胜桨。岸上四围的树叶，绿的，红的，黄的，白的，一丛一丛的倒影到水中来，覆盖了半湖秋水。夕阳下极其艳冶，极其柔媚。将落的金光，到了树梢，散在湖面。我在湖上光雾中，低低地嘱咐它，带我的爱和慰安，一同和它到远东去。

小朋友！海上半月，湖上也过半月了，若问我爱哪一个更甚，这却难说。——海好像我的母亲，湖是我的朋友。我和海亲近在童年，和湖亲近是现在。海是深阔无际，不着一字，她的爱是神秘而伟大的，我对她的爱是归心低首的。湖是红叶绿枝，有许多衬托，她的爱是温和妩媚的，我对她的爱是清淡相照的。这也许太抽象，然而我没有别的话来形容了！

小朋友，两月之别，你们自己写了多少，母亲怀中的乐趣，可以说来让我听听么？——这便算是沿途书信的小序。此后仍将那写好的信，按序寄上，日月和地方，都因其旧；"弱游"的我，如何自太平洋东岸的上海绕到大西洋东岸的波士顿来，这些信中说得很清楚，请在那里看罢！

不知这几百个字，何时方达到你们那里，世界真是太大了！

冰　心

一九二三年十月十四日，慰冰湖畔，威尔斯利

寄小读者·通讯八

亲爱的弟弟们：

波士顿一天一天地下着秋雨，好像永没有开晴的日子。落叶红的黄的堆积在小径上，有一寸来厚，踏下去又湿又软。湖畔是少去的了，然而还是一天一遭。很长很静的道上，自己走着，听着雨点打在伞上的声音。有时自笑不知这般独往独来，冒雨迎风，是何目的！走到了，石矶上，树根上，都是湿的，没有坐处，只能站立一会，望着蒙蒙的雾。湖水白极淡极，四围湖岸的树，都隐没不见，看不出湖的大小，倒觉得神秘。

回来已是天晚，放下绿帘，开了灯，看中国诗词，和新寄来的晨报副镌，看到亲切处，竟然忘却身在异国。听得敲门，一声"请进"，回头却是金发蓝睛的女孩子，笑颊粲然的立于明灯之下，常常使我猛觉，笑而吁气！

正不知北京怎样，中国又怎样了？怎么在国内的时候，不曾这样的关心？——前几天早晨，在湖边石上读华兹华斯（Wordsworth）的一首诗，题目是《我在不相识的人中间旅行》（*I Travelled Among Unknown Men*）：

I travelled among unknown men,

In land beyond the sea.

Nor, England! did I know till then

What love I bore to thee.

大意是：

直至到了海外，

在不相识的人中间旅行。

英格兰！我才知道我付与你的

是何等样的爱。

读此使我恍然如有所得，又怅然如有所失。是呵，不相识的！湖畔归来，远远几簇楼窗的灯火，繁星般的灿烂，但不曾与我以丝毫慰藉的光气！

想起北京城里此时街上正听着卖葡萄，卖枣的声音呢！我真是不堪，在家时黄昏睡起，秋风中听此，往往凄动不宁。有一次似乎是星期日的下午，你们都到安定门外泛舟去了，我自己廊上凝坐，秋风侵衣。一声声卖枣声墙外传来，觉得十分黯淡无趣。正不解为何这般寂寞，忽然你们的笑语喧哗也从墙外传来，我的惆怅，立时消散。自那时起，我承认你们是我的快乐和慰安，我也明白只要人心中有了春气，秋风是不会引人愁思的。但那时却不曾说与你们知道。今日偶然又想起来，这里虽没有卖葡萄甜枣的声响，而窗外风雨交加。——为着人生，不得不别离，却又禁不起别离，你们何以慰我？……一天两次，带着钥匙，忧喜参半的下楼到信橱前去，隔着玻璃，看不见一张白纸。又近看了看，实在没有。无精打采地挪上楼来，不止一次了！明知万里路，不能天天有信，而这两次终不肯不走，你们何以慰我？

夜渐长了，正是读书的好时候，愿隔着地球，和你们一同勉励着在晚餐后一定的时刻用功。只恐我在灯下时，你们却在课室里——回家千万常在母亲跟前！这种光阴是贵过黄金的，不要轻轻抛掷过去，要知道海外的姊姊，是如何地羡慕你们！——往常在家里，夜中写字看书，只管漫无限制，横竖到了休息时间，父亲或母亲就会来催促的，搁笔一笑，觉得乐极。如今到了夜深人倦的时候，只能无聊地自己收拾收拾，去做那还乡的梦。弟弟！想着我，更应当尽量消受你们眼前欢愉的生活！

菊花上市，父亲又忙了。今年种得多不多？我案头只有水仙花，还没有开，总是含苞，总是希望，当常引起我的喜悦。

快到晚餐的时候了。美国的女孩子，真爱打扮，尤其是夜间。第一遍钟响，就忙着穿衣敷粉，纷纷晚妆。夜夜晚餐桌上，个个花枝招展的。"巧笑倩兮，美目盼兮，彼美人兮，西方之人兮。"我曾戏译这四句诗给她们听。横三聚五地凝神向我，听罢相顾，无不欢笑。

不多说什么了，只有"珍重"二字，愿彼此牢牢守着！

冰　心

一九二三年十月二十四日夜，闭璧楼

倘若你们愿意，不妨将这封信分给我们的小朋友看看。途中书信，正在整理，一两天内，不见得能写寄。将此塞责，也是慰情聊胜无呵！又书。

寄小读者·通讯九

这是我姊姊由病院寄给父亲的一封信，描写她病中的生活和感想，真是比日记还详。我想她病了，一定不能常写信给"儿童世界"的小读者。也一定有许多的小读者，希望得着她的消息。所以我请于父亲，将她这封信发表。父亲允许了，我就略加声明当作小引，想姊姊不至责我多事？

一九二四年一月二十二日，冰仲，北京交大

亲爱的父亲：

我不愿告诉我的恩慈的父亲，我现在是在病院里；然而尤不愿有我的任一件事，隐瞒着不叫父亲知道！横竖信到日，我一定已经痊愈，病中的经过，正不妨作记事看。

自然又是旧病了，这病是从母亲来的。我病中没有分毫不适，我只感谢上苍，使母亲和我的体质上，有这样不模糊的连结。血赤是我们的心，是我们的爱，我爱母亲，也并爱了我的病！

前两天的夜里——病院中没有日月，我也想不起来——S女士请我去晚餐。在她小小的书室里，灭了灯，燃着闪闪的烛，对着熊熊的壁炉的柴火，谈着东方人的故事。——一回头我看见一轮淡黄的月，从窗外正照着我们；上下两片轻绡似的白云，将她托住。S女士也回头惊喜赞叹，匆匆地饮了咖啡，披上外衣，一同走了出去。——原来不仅月光如水，疏星也在天河边闪烁。

她指点给我看：那边是织女，那个是牵牛，还有仙女星，猎户星，孪生的兄弟星，王后星，末后她悄然地微笑说："这些星星方位和名字，我一一牢牢记住。到我衰老不能行走的时候，我卧在床上，看着疏星从我窗外度过，那时便也和同老友相见一般的喜悦。"她说着起了微喟。月光照着她飘扬的银白的发，我已经微微地起了感触：如何的凄清又带着诗意的句子呵！

我问她如何会认得这些星辰的名字，她说是因为她的弟弟是航海家，这时父亲已横上我的心头了！

记否去年的一个冬夜，我同母亲夜坐，父亲回来得很晚。我迎着走进中门，朔风中父亲带我立在院里，也指点给我看：这边是天狗，那边是北斗，那边是箕星。那时我觉得父亲的智慧是无限的，知道天空缥缈之中，一切微妙的事，——又是一年了！

月光中S女士送我回去，上下的曲径上，缓缓地走着。我心中悄然不怡——半夜便病了。

早晨还起来，早餐后又卧下。午后还上了一课，课后走了出来，天气好似早春，慰冰湖波光荡漾。我慢慢地走到湖旁，临流坐下，觉得弱又无聊。晚霞和湖波的细响，勉强振起我的精神来，黄昏时才回去。夜里九时，她们发觉了，立时送我入了病院。

医院是在小山上学校的范围之中，夜中到来看不真切。医生和看护妇在灯光下注视着我的微微的笑容，使我感到一种无名的感觉。——一夜很好，安睡到了天晓。

早晨绝早，看护妇抱着一大束黄色的雏菊，是闭璧楼同学送来的。我忽然下泪忆起在国内病时床前的花了，——这是第一次。

这一天中睡的时候最多，但是花和信，不断地来，不多时便屋里满了清香。玫瑰也有，菊花也有，还有许多不知名的。每封信都很有趣味，但信末的名字我多半不认识。因为同学多了，只认得面庞，名字实在难记！

我情愿在这里病，饮食很精良，调理得又细心。我一切不必自己劳神，连头都是人家替我梳的。我的床一日推移几次，早晨便推近窗前。外望看见礼拜堂红色的屋顶和塔尖，看见图书馆，更隐隐地看见了慰冰湖对岸秋叶落尽，楼台也露了出来。近窗有一株很高的树，不知道是什么名字。昨日早上，我看见一只红头花翎的啄木鸟，在枝上站着，好一会才飞走。又看见一头很小的松鼠，在上面往来跳跃。

从看护妇递给我的信中，知道许多师长同学来看我，都被医生拒绝了。我自此便闭居在这小楼里，——这屋里清雅绝尘，有加无已的花，把我围将起来。我神志很清明，却又混沌，一切感想都不起，只停在"臣门如市，臣心如水"的状态之中。

何从说起呢？不时听得电话的铃声响：

"……医院……她么？……很重要……不许接见……眠食极好，最重要的是静养，……书等明天送来罢，……花和短信是可以的……"

差不多都是一样的话，我倚枕模糊可以听见。猛忆起今夏病的时候，电话也一样的响，冰仲弟说：

"姊姊么——好多了，谢谢！"

觉得我真是多事，到处叫人家替我忙碌——这一天在半醒半睡中度过。

第二天头一句问看护妇的话，便是"今天许我写字么？"她笑说："可以的，但不要写得太长。"我喜出望外，第一封便写给家里，报告我平安。不是我想隐瞒，因不知从哪里说起。第二封便给了闭璧楼九十六个"西方之人兮"的女孩子。我说：

"感谢你们的信和花带来的爱！——我卧在床上，用悠暇的目光，远远看着湖水，看着天空。偶然也看见草地上，图书馆，礼堂门口进出的你们。我如何的幸福呢？没有那几十页的诗，当功课的读。没有晨兴钟，促我起来。我闲闲地背着诗句，看日影渐淡，夜中星辰当着我的窗户；如不是因为想你们，我真不想回去了！"

信和花仍是不断地来。黄昏时看护妇进来，四顾室中，她笑着说："这屋里成了花窖了。"我喜悦地也报以一笑。

我素来是不大喜欢菊花的香气的，竟不知她和着玫瑰花香拂到我的脸上时，会这样的甜美而浓烈！——这时趁了我的心愿了！日长昼永，万籁无声。一室之内，唯有花与我。在天然的禁令之中，杜门谢客，过我的清闲回忆的光阴。

把往事一一提起，无一不使我生美满的微笑。我感谢上苍：过去的二十年中，使我一无遗憾，只有这次的别离，忆起有些儿惊心！

B夫人早晨从波士顿赶来，只有她闯入这清严的禁地里。医生只许她说，不许我说。她双眼含泪，苍白无主的面颜对着我，说："本想我们有一个最快乐的感恩节……然而不要紧的，等你好了，我们另有一个……"

我握着她的手，沉静地不说一句话。等她放好了花，频频回顾地出去之后，望着那"母爱"的后影，我潸然泪下——这是第二次。

夜中绝好，是最难忘之一夜。在众香国中，花气氤氲。我请看护妇将两盏明灯都开了，灯光下，床边四围，浅绿浓红，争妍斗媚，如低眉，如含笑。窗外严净的天空里，疏星炯炯，枯枝在微风中，颤摇有声。我凝然肃然，此时此心可朝天帝！

猛忆起两句：

消受白莲花世界，

风来四面卧中央。

这福是不能多消受的！果然，看护妇微笑地进来，开了窗，放下帘子，挪好了床，便一瓶一瓶地都抱了出去，回头含笑对我说："太香了，于你不宜，而且夜中这屋里太冷。"——我只得笑着点首，然终留下了一瓶玫瑰，放在窗台上。在黑暗中，她似乎知道现在独有她慰藉我，便一夜的温香不断——

"花怕冷，我便不怕冷么？"我因失望起了疑问，转念我原是不应怕冷的，便又寂然心喜。

日间多眠，夜里便十分清醒。到了连书都不许看时，才知道能背诵诗句的好处，几次听见车声隆隆走过，我忆起：

水调歌从邻院度，

雷声车是梦中过。

朋友们送来一本书，是 *Student's Book of Inspiration*，内中有一段恍惚说：

"世界上最难忘的是自然之美，……有人能增加些美到世上去，这人便是天之骄子。"

真的，最难忘的是自然之美！今日黄昏时，窗外的慰冰湖，银海一般的闪烁，意态何等清寒？秋风中的枯枝，丛立在湖岸上，何等疏远？秋云又是如何的幻丽？这广场上忽阴忽晴，我病中的心情，又是何等的飘忽无着？

沉黑中仍是满了花香，又忆起：

到死未消兰气息，

他生宜护玉精神！

父亲！这两句我不应写了出来，或者会使你生无谓的难过。但我欲其真，当时实是这样忽然忆起来的。

没有这般的孤立过，连朋友都隔绝了，但读信又是怎样的有趣呢？

一个美国朋友写着：

"从村里回来，到你屋去，竟是空空。我几乎哭了出来！看见你相片立在桌上，我也难过。告诉我，有什么我能替你做的事情，我十分乐意听你的命令！"

又一个写着说：

"感恩节近了，快康健起来罢！大家都想你，你长在我们的心里！"

但一个日本的朋友写着：

"生命是无定的，人们有时虽觉得很近，实际上却是很远。你和我隔绝了，但我觉得你是常常近着我！"

中国朋友说：

"今天怎么样，要看什么中国书么？"

都只寥寥数字，竟可见出国民性——一夜从杂乱的思想中度过。

清早的时候，扫除橡叶的马车声，辗破晓静。我又忆起：

马蹄隐隐声隆隆，
入门下马气如虹。

底下自然又连带到：

我今垂翅负天鸿，
他日不羞蛇作龙！

这时天色便大明了。

今天是感恩节，窗外的树枝都结上严霜，晨光熹微，湖波也凝而不流，做出初冬天气。——今天草场上断绝人行，个个都回家过节去了。美国的感恩节如同我们的中秋节一般，是家族聚会的日子。

父亲！我不敢说是"每逢佳节倍思亲"，因为感恩节在我心中，并没有什么甚深的观念。然而病中心情，今日是很惆怅的。花影在壁，花香在衣。锵锵的朝霭中，我默望窗外，万物无语，我不禁泪下。——这是第三次。

幸而我素来是不喜热闹的。每逢佳节，就想到幽静的地方去。今年此日避到这小楼里，也是清福。昨天偶然忆起辛幼安的《青玉案》：

众里寻他千百度——
蓦然回首，
那人却在，
灯火阑珊处。

我随手便记在一本书上，并附了几个字：

"明天是感恩节，人家都寻欢乐去了，我却闭居在这小楼里。然而忆到这孤芳自赏，别有怀抱的句子，又不禁喜悦地笑了。"

花香缠绕笔端，终日寂然。我这封信时作时辍，也用了一天工夫。医生替我回绝了许多朋友，我恍惚听见她电话里说：

"她今天看着中国的诗，很平静，很喜悦！"

我便笑了，我昨天倒是看诗，今天却是拿书遮着我的信纸。父亲！我又淘气了！

看护妇的严净的白衣，忽然现在我的床前。她又送一束花来给我——同时她发觉了我写了许多，笑着便来禁止，我无法奈她何。她走了，她实是一个最可爱的女子，当她在屋里踱踱之顷，无端有"身长玉立"四字浮上脑海。

当父亲读到这封信时，我已生龙活虎般在雪中游戏了，不要以我置念罢！——寄我的爱与家中一切的人！我记念着他们每一个！

这回真不写了，——父亲记否我少时的一夜，黑暗里跑到山上的旗台上去找父亲，一星灯火里，我们在山上下彼此唤着。我一忆起，心中就充满了爱感。如今是隔着我们挚爱的海洋呼唤着了！亲爱的父亲，再谈罢，也许明天我又写信给你！

女儿　莹倚枕

一九二三年十一月二十九日

寄小读者·通讯十

亲爱的小朋友：

我常喜欢挨坐在母亲的旁边，挽住她的衣袖，央求她述说我幼年的事。

母亲凝想地，含笑地，低低地说：

"不过有三个月罢了，偏已是这般多病。听见端药杯的人的脚步声，已知道惊怕啼哭。许多人围在床前，乞怜的眼光，不望着别人，只向着我，似乎已经从人群里认识了你的母亲！"

这时眼泪已湿了我们两个人的眼角！

"你的弥月到，穿着舅母送的水红绸子的衣服，戴着青缎沿边的大红帽子，抱出到厅堂前。因看你丰满红润的面庞，使我在姊妹姒娌群中，起了骄傲。

"只有七个月，我们都在海舟上，我抱你站在阑旁。海波声中，你已会呼唤'妈妈'和'姊姊'。"

对于这件事，父亲和母亲还不时地起争论。父亲说世上没有七个月会说话的孩子。母亲坚执说是的。在我们家庭历史中，这事至今是件疑案。

"浓睡之中猛然听得丐妇求乞的声音，以为母亲已被她们带去了。

冷汗被面的惊坐起来，脸和唇都青了，呜咽不能成声。我从后屋连忙进来，珍重地揽住，经过了无数的解释和安慰。自此后，便是睡着，我也不敢轻易地离开你的床前。"

这一节，我仿佛记得，我听时写时都重新起了呜咽！

"有一次你病得重极了。地上铺着席子，我抱着你在上面膝行。正是暑月，你父亲又不在家。你断断续续说的几句话，都不是三岁的孩子所能够说的。因着你奇异的智慧，增加了我无名的恐怖。我打电报给你父亲，说我身体和灵魂上都已不能再支持。忽然一阵大风雨，深忧的我，重病的你，和你疲乏的乳母，都沉沉地睡了一大觉。这一番风雨，把你又从死神的怀抱里，接了过来。"

我不信我智慧，我又信我智慧！母亲以智慧的眼光，看万物都是智慧的，何况她的唯一挚爱的女儿？

"头发又短，又没有一刻肯安静。早晨这左右两个小辫子，总是梳不起来。没有法子，父亲就来帮忙：'站好了，站好了，要照相了！'父亲拿着照相匣子，假作照着。又短又粗的两个小辫子，好容易天天这样的将就地编好了。"

我奇怪我竟不懂得向父亲索要我每天照的相片！

"陈妈的女儿宝姐，是你的好朋友。她来了，我就关你们两个人在屋里，我自己睡午觉。等我醒来，一切的玩具，小人小马，都当作船，漂浮在脸盆的水里，地上已是水汪汪的。"

宝姐是我一个神秘的朋友，我自始至终不记得，不认识她。然而从母亲口里，我深深地爱了她。

"已经三岁了，或者快四岁了。父亲带你到他的兵舰上去，大家匆匆地替你换上衣服，你自己不知什么时候，把一只小木鹿，放在小靴子里。到船上只要父亲抱着，自己一步也不肯走。放到地上走时，只有一跛一跛的。大家奇怪了，脱下靴子，发现了小木鹿。父亲和他的许多朋友都笑了。——傻孩子！你怎么不会说？"

母亲笑了，我也伏在她的膝上羞愧地笑了。——回想起来，她的质问，和我的羞愧，都是一点理由没有的。十几年前事，提起当面前事说，真是无谓。然而那时我们中间弥漫了痴和爱！

"你最怕我凝神，我至今不知是什么缘故。每逢我凝望窗外，或是稍微地呆了一呆，你就过来呼唤我，摇撼我，说：'妈妈，你的眼睛怎么不动了？'我有时喜欢你来抱住我，便故意地凝神不动。"

我自己也不知道是什么缘故。也许母亲凝神，多是忧愁的时候，我要搅乱她的思路，也未可知。——无论如何，这是个隐谜！

"然而你自己却也喜凝神。天天吃着饭，呆呆地望着壁上的字画，桌上的钟和花瓶，一碗饭数米粒似的，吃了好几点钟。我急了，便把一切都挪移开。"

这件事我记得，而且很清楚，因为独坐沉思的脾气至今不改。

当她说这些事的时候，我总是脸上堆着笑，眼里满了泪，听完了用她的衣袖来印我的眼角，静静地伏在她的膝上。这时宇宙已经没有了，只母亲和我，最后我也没有了，只有母亲；因为我本是她的一部分！

这是如何可惊喜的事，从母亲口中，逐渐地发现了，完成了我自己！她从最初已知道我，认识我，喜爱我，在我不知道不承认世界上有个我的时候，她已爱了我了。我从三岁上，才慢慢地在宇宙中寻到了自己，爱了自己，认识了自己；然而我所知道的自己，不过是母亲意念中的百分之一，千万分之一。

小朋友！当你寻见了世界上有一个人，认识你，知道你，爱你，都千百倍地胜过你自己的时候，你怎能不感激，不流泪，不死心塌地地爱她，而且死心塌地地容她爱你？

有一次，幼小的我，忽然走到母亲面前，仰着脸问说："妈妈，你到底为什么爱我？"母亲放下针线，用她的面颊，抵住我的前额，温柔地，不迟疑地说："不为什么，——只因你是我的女儿！"

小朋友！我不信世界上还有人能说这句话！"不为什么"这四个字，从她口里说出来，何等刚决，何等无回旋！她爱我，不是因为我是"冰心"，或是其他人世间的一切虚伪的称呼和名字！她的爱是不附带任何条件的，唯一的理由，就是我是她的女儿。总之，她的爱，是屏除一切，拂拭一切，层层地麾开我前后左右所蒙罩的，使我成为"今我"的原素，而直接地来爱我的自身！

假使我走至幕后，将我二十年的历史和一切都更变了，再走出到她面前，世界上纵没有一个人认识我，只要我仍是她的女儿，她就仍用她坚强无尽的爱来包围我。她爱我的肉体，她爱我的灵魂，她爱我前后左右，过去，将来，现在的一切！

天上的星辰，骤雨般落在大海上，嗤嗤繁响。海波如山一般的汹涌，一切楼屋都在地上旋转，天如同一张蓝纸卷了起来。树叶子满空飞舞，鸟儿归巢，走兽躲到它的洞穴。万象纷乱中，只要我能寻到她，投到她的怀里……天地一切都信她！她对于我的爱，不因着万物毁灭而更变！

她的爱不但包围我，而且普遍地包围着一切爱我的人；而且因着爱我，她也爱了天下的儿女，她更爱了天下的母亲。小朋友！告诉你一句小孩子以为是极浅显，而大人们以为是极高深的话，"世界便是这样的建造起来的！"

世界上没有两件事物，是完全相同的，同在你头上的两根丝发，也不能一般长短。然而——请小朋友们和我同声赞美！只有普天下的母亲的爱，或隐或显，或出或没，不论你用斗量，用尺量，或是用心灵的度量衡来推测；我的母亲对于我，你的母亲对于你，她的和他的母亲对于她和他；她们的爱是一般的长阔高深，分毫都不差减。小朋友！我敢说，也敢信古往今来，没有一个敢来驳我这句话。当我发觉了这神圣的秘密的时候，我竟欢喜感动得伏案痛哭！

我的心潮，沸涌到最高度，我知道于我的病体是不相宜的，而且我更知道我所写的都不出乎你们的智慧范围之外。——窗外正是下着紧一阵慢一阵的秋雨，玫瑰花的香气，也正无声地赞美她们的"自然母亲"的爱！

我现在不在母亲的身畔，——但我知道她的爱没有一刻离开我，她自己也如此说！——暂时无从再打听关于我的幼年的消息；然而我会写信给我的母亲。我说："亲爱的母亲，请你将我所不知道的关于我的事，随时记下寄来给我。我现在正是考古家一般的，要从深知我的你口中，研究我神秘的自己。"

被上帝祝福的小朋友！你们正在母亲的怀里。——小朋友！我教给你，你看完了这一封信，放下报纸，就快快跑去找你的母亲——若是她出去了，就去坐在门槛上，静静地等她回来——不论在屋里或是院中，把她寻见了，你便上去攀住她，左右亲她的脸，你说："母亲！若是你有工夫，请你将我小时候的事情，说给我听！"等她坐下了，你便坐在她的膝上，倚在她的胸前，你听得见她心脉和缓地跳动，你仰着脸，会有无数关于你的，你所不知道的美妙的故事，从她口里天乐一般地唱将出来！

然后，——小朋友！我愿你告诉我，她对你所说的都是什么事。

我现在正病着，没有母亲坐在旁边，小朋友一定怜念我，然而我有说不尽的感谢！造物者将我交付给我母亲的时候，竟赋予了我以记忆的心才；现在又从忙碌的课程中替我匀出七日夜来，回想母亲的爱。我病中光阴，因着这回想，寸寸都是甜蜜的。

小朋友，再谈罢，致我的爱与你们的母亲！

你的朋友　冰　心

一九二三年十二月五日晨，圣卜生疗养院，威尔斯利

寄小读者·通讯十一

小朋友:

　　从圣卜生医院寄你们一封长信之后,又是二十天了。十二月十三之晨,我心酸肠断,以为从此要尝些人生失望与悲哀的滋味,谁知却有这种柳暗花明的美景。但凡有知,能不感谢!

　　小朋友们知道我不幸病了,我却没有想到这病是须休息的,所以当医生缓缓地告诉我的时候,我几乎神经错乱。十三、十四两夜,凄清的新月,射到我的床上,瘦长的载霜的白杨树影,参错满窗。——我深深地觉出了宇宙间的凄楚与孤立。一年来的计划,全归泡影,连我自己一身也不知是何底止。秋风飒然,我的头垂在胸次。我竟恨了西半球的月,一次是中秋前后两夜,第二次便是现在了,我竟不知明月能伤人至此!

　　昏昏沉沉地过了两日,十五早起,看见遍地是雪,空中犹自飞舞,湖上凝阴,意态清绝。我肃然倚窗无语,对着慰冰纯洁的饯筵,竟麻木不知感谢。下午一乘轻车,几位师长带着心灰意懒的我,雪中驰过深林,上了青山(The Blue Hills)到了沙穰疗养院。

　　如今窗外不是湖了,是四围山色之中,丛密的松林,将这座楼圈将起来。清绝静绝,除了一天几次火车来往,一道很浓的白烟从两重山色中串过，隐隐地听见轮声之外，轻易没有什么声息。单弱的我，拼着颓然地在此住下了！

一天一天地过去觉得生活很特别。十二岁以前半玩半读的时候不算外，这总是第一次抛弃一切，完全来与"自然"相对。以读书，凝想，赏明月，看朝霞为日课。有时夜半醒来，万籁俱寂，皓月中天，悠然四顾，觉得心中一片空灵。我纵欲修心养性，哪得此半年空闲，幕天席地的日子，百忙中为我求安息，造物者！我对你安能不感谢？

日夜在空旷之中，我的注意就有了更动。早晨朝霞是否相同？夜中星辰曾否转移了位置？都成了我关心的事。在月亮左侧不远，一颗很光明的星，是每夜最使我注意的。自此稍右，三星一串，闪闪照人，想来不是"牵牛"就是"织女"。此外秋星窈窕，都罗列在我的枕前。就是我闭目宁睡之中，它们仍明明在上临照我，无声地环立，直到天明，将我交付与了朝霞，才又无声地历落隐入天光云影之中。

说到朝霞，我要搁笔，只能有无言地赞美。我所能说的就是朝霞颜色的变换，和晚霞恰恰相反。晚霞的颜色是自淡而浓，自金红而碧紫。朝霞的颜色是自浓而深，自青紫而深红，然后一轮朝日，从松岭捧将上来，大地上一切都从梦中醒觉。

便是不晴明的天气，夜卧听檐上夜雨，也是心宁气静。头两夜听雨的时候，忆起什么"……第一是难听夜雨！天涯倦旅，此时心事良苦……""洒空阶更阑未休……似楚江暝宿，风灯零乱，少年羁旅……""……可惜流年，忧愁风雨，树犹如此……""……细雨梦回鸡塞远，小楼吹彻玉笙寒……"等句，心中很惆怅的，现在已好些了。小朋友！我笔不停挥，无意中写下这些词句。你们未必看过，也未必懂得，然而你们尽可不必研究。这些话，都在人情之中，你们长大时，自己都会写的，特意去看，反倒无益。

山中虽不大记得日月，而圣诞的观念，却充满在同院二十二个女孩的心中。二十四夜在楼前雪地中间的一棵松树上，结些灯彩，树巅一颗大星星，树下更挂着许多小的。那夜我照常卧在廊下，只有十二点钟光景，忽然柔婉的圣诞歌声，沉沉地将我从浓睡中引将出来。开眼一看，天上是月，地下是雪，中间一颗大灯星，和一个猛醒的人。这一切完全了一个透彻晶莹的世界！想起一千九百二十三年前，一个纯洁的婴孩，今夜出世，似他的完全的爱，似他的完全的牺牲，这个彻底光明柔洁的夜，原只是为他而有的。我侧耳静听，忆起旧作《天婴》中的两节：

　　　　马槽里可能睡眠？
　　　　凝注天空——
　　　　这清亮的歌声，
　　　　珍重的诏语，
　　　　催他思索，
　　　　想只有泪珠盈眼，
　　　　热血盈腔。

　　　　奔赴着十字架，
　　　　奔赴着荆棘冠，
　　　　想一生何曾安顿？
　　　　繁星在天，
　　　　夜色深深，
　　　　开始的负上罪担千钧！

　　此时心定如冰，神清若水，默然肃然，直至歌声渐远，隐隐地只余山下孩童奔逐欢笑祝贺之声，我渐渐又入梦中。梦见冰仲肩着四弦琴，似愁似喜地站在我面前拉着最熟的调子是"我如何能离开你？"声细如丝，如不胜清怨，我凄惋而醒。天幕沉沉，正是圣诞日！

　　朝阳出来的时候，四围山中松梢的雪，都映出粉霞的颜色。一身似乎拥在红云之中，几疑自己已经仙去。正在凝神，看护妇已出来将我的床从廊上慢慢推到屋里，微笑着道了"圣诞大喜"，便捧进几十个红丝缠绕，白纸包裹的礼物来，堆在我的床上。一包一包地打开，五光十色的玩具和书，足足地开了半点钟。我喜极了，一刹那顷童心来复，忽然想要跑到母亲床前去，摇醒她，请她过目。猛觉一身在万里外！……只无聊地随便拿起一本书来，颠倒的，心不在焉地看。

　　这座楼素来没有火，冷清清地如同北冰洋一般。难得今天开了一天的汽管，也许人坐在屋里，觉得适意一点。果点和玩具和书，都堆叠在桌上，而弟弟们以及小朋友们却不能和我同乐。一室寂然，窗外微阴，雪满山中。想到如这回不病，此时正在纽约或华盛顿，尘途热闹之中，未必能有这般的清福可享，又从失意转成喜悦。

　　晚上院中也有一个庆贺的会，在三层楼下。那边露天学校的小孩子们也都来了，约有二十个。——那些孩子都是居此治疗的，那学校也是为他们开的。我还未曾下楼，不得多认识他们。想再有几天，许我游山的时候，一定去看他们上课游散的光景，再告诉你些西半球带病行乐的小朋友们的消息——厅中一棵装点的极其辉煌的圣诞树，上面系着许多的礼物。医生一包一包地带下去，上面注有各人的名字，附着滑稽诗一首，是互相取笑的句子，那礼物也是极小却极有趣味的东西。我得了一支五彩漆管的铅笔，一端有个橡皮帽子，那首诗是：

　　　　亲爱的，你天天在床上写字，写字，
　　　　必有一日犯了医院的规矩，
　　　　墨水沾污了床单。

给你这一支铅笔，还有橡皮，

好好地用罢，

可爱的孩子！

医生看护以及病人，把那厅坐满了。集合八国的人，老的少的，唱着同调的曲，也倒灯火辉煌，歌声嘹亮地过了一个完全的圣诞节。

二十六夜大家都觉乏倦了，鸦雀无声的都早去安息。雪地上那一颗灯星，却仍是明明远射。我关上了屋里的灯，倚窗而立，灯光入户，如同月光一般。忆起昨夜那些小孩子，接过礼物攒三集五，聚精凝神，一层层打开包裹的光景，正在出神。外间敲门，进来了一个希腊女孩子，她从沉黑中笑道："好一个诗人呵！我不见灯光，以为你不在屋里呢！"我悄然一笑，才觉得自己是在山间万静之中。

自那时又起了乡愁——恕我不写了。此信到日，正是故国的新年，祝你们快乐平安！

冰　心

一九二三年十二月二十六日，沙穰疗养院

寄小读者·通讯十二

小朋友：

　　满廊的雪光，开读了母亲的来信，依然不能忍地流下几滴泪。——四围山上的层层的松枝，载着白绒般的很厚的雪，沉沉下垂。不时地掉下一两片手掌大的雪块，无声地堆在雪地上。小松呵！你受造物的滋润是过重了！我这过分的被爱的心，又将何处去交卸！

　　小朋友，可怪我告诉过你们许多事，竟不曾将我的母亲介绍给你。——她是这么一个母亲：她的话句句使做儿女的人动心，她的字，一点一划都使做儿女的人下泪！

　　我每次得她的信，都不曾预想到有什么感触的，而往往读到中间，至少有一两句使我心酸泪落。这样深浓，这般诚挚，开天辟地的爱情呵！愿普天下一切有知，都来颂赞！

　　以下节录母亲信内的话，小朋友，试当她是你自己的母亲，你和她相离万里，你读的时候，你心中觉得怎样？

　　　　我读你《寄母亲》的一首诗，我忍不住下泪，此后你多来信，我就安慰多了！

十月十八日

我心灵是和你相连的。不论在做什么事情，心中总是想起你来……

十月二十七日

我们是相依为命的。不论你在什么地方，做什么事情，你母亲的心魂，总绕在你的身旁，保护你抚抱你，使你安安稳稳一天一天地过去。

十一月九日

我每遇晚饭的时候，一出去看见你屋中电灯未熄，就仿佛你在屋里，未来吃饭似的，就想叫你，猛忆你不在家，我就很难过！

十一月二十二日

你的来信和相片，我差不多一天看了好几次，读了好几回。到夜中睡觉的时候，自然是梦魂飞越在你的身旁，你想做母亲的人，哪个不思念她的孩子？……

十一月二十六日

经过了几次的酸楚我忽发悲愿，愿世界上自始至终就没有我，永减母亲的思念。一转念纵使没有我，她还可有别的女孩子做她的女儿，她仍是一般的牵挂，不如世界上自始至终就没有母亲。——然而世界上古往今来百千万亿的母亲，又当如何？且我的母亲已经彻底地告诉我："做母亲的人，哪个不思念她的孩子！"

为此我透彻地觉悟，我死心塌地地肯定了我们居住的世界是极乐的。"母亲的爱"打千百转身，在世上幻出人和人，人和万物种种一切的互助和同情。这如火如荼的爱力，使这疲缓的人世，一步一步地移向光明！感谢上帝！经过了别离，我反复思寻印证，心潮几番动荡起落，自我和我的母亲，她的母亲，以及他的母亲接触之间，我深深地证实了我年来的信仰，绝不是无意识的！

真的，小朋友！别离之前，我不曾懂得母亲的爱动人至此，使人一心一念，神魂奔赴……我不须多说，小朋友知道的比我更彻底，我只愿这一心一念，永住永存，尽我在世的光阴，来讴歌颂扬这神圣无边的爱！圣保罗在他的书信里说过一句石破天惊的话，是："我为这福音的奥秘，做了带锁链的使者。"一个使者，却是带着奥妙的爱的锁链的！小朋友，请你们监察我，催我自强不息地来奔赴这理想的最高的人格！

这封信不是专为介绍我母亲的自身，我要提醒的是"母亲"这两个字。谁无父母，谁非人子？母亲的爱，都是一般；而你们天真中的经验，却千百倍的清晰浓挚于我！母亲的爱，竟不能使我在人前有丝毫的得意和骄傲，因为普天下没有一个没有母亲的孩子。小朋友，谁道上天生人有厚薄？无贫富，无贵贱，造物者都预备一个母亲来爱他。又试问鸿蒙初辟时，又哪里有贫富贵贱，这些人造的制度阶级？遂令当时人类在母亲的爱光之下，个个自由，个个平等！

你们有这个经验么？我往往有爱世上其他物事胜过母亲的时候。为着兄弟朋友，为着花鸟虫鱼，甚至于为着一本书一件衣服，和母亲违拗争执。当时只弄娇痴，就是母亲，也未曾介意。如今病榻上寸寸回想，使我有无限的惊悔。小朋友！为着我，你们自此留心，只有母亲是真爱你的。她的劝诫，句句有天大的理由。花鸟虫鱼的爱是暂时的，母亲的爱是永远的！

时至今日，我偶然觉悟到，因着母亲，使我承认了世间一切其他的爱，又冷淡了世间一切其他的爱。

青山雪霁，意态十分清冷。廊上无人，只不时地从楼下飞到一两声笑语，真是幽静极了。造物者的意旨，何等的深沉呵！把我从岁暮的尘嚣之中，提将出来，叫我在深山万静之中，来辗转思索。

说到我的病，本不是什么大症候，也就无所谓痊愈，现在只要慢慢地休息着。只是逃了几个月的学，其中也有幸有不幸。

这是一九二三年的末一日，小朋友，我祝你们的进步。

冰　心

一九二三年十二月三十一日，青山沙穰

寄小读者·通讯十三

亲爱的母亲：

　　这封信母亲看到时，不知是何情绪。——曾记得母亲有一个女儿，在母亲身畔二十年，曾招母亲欢笑，也曾惹母亲烦恼。六个月前，她竟横海去了。她又病了，在沙穰休息着。这封信便是她写的。

　　如今她自己寂然的在灯下，听见楼下悠扬凄婉的音乐，和阑旁许多女孩子的笑声，她只不出去。她刚复了几封国内朋友的信，她忽然心绪潮涌，是她到沙穰以来，第一次的惊心。人家问她功课如何？圣诞节曾到华盛顿纽约否？她不知所答。光阴从她眼前飞过，她一事无成，自己病着玩。

　　她如结的心，不知交给谁慰安好。——她倦弱的腕，在碎纸上纵横写了无数的"算未抵人间离别！"直到写了满纸，她自己才猛然惊觉，也不知这句从何而来！

　　母亲呵！我不应如此说，我生命中只有"花"，和"光"，和"爱"，我生命中只有祝福，没有咒诅。——但些时的怅惘，也该觉着罢！些时的悲哀而平静的思潮，永在祝福中度生活的我，已支持不住。看！小舟在怒涛中颠簸，失措的舟子，抱着樯竿，哀唤着"天妃"的慈号。我的心舟在起落万丈的思潮中震荡时，母亲！纵使你在万里外，写到"母亲"两个字在纸上时，我无主的心，已有了着落。

　　　　　　　　　　　　　　　　　　　　　　　一月十日夜

昨夜写到此处，看护进来催我去睡。当时虽有无限的哀怨，而一面未尝不深幸有她来阻止我，否则尽着我往下写，不宁的思潮之中，不知要创造出怎样感伤的话来！

母亲！今日沙穰大风雨，天地为白，草木低头。晨五时我已觉得早霞不是一种明媚的颜色，惨绿怪红，凄厉得可怖！只有八时光景，风雨漫天而来，大家从廊上纷纷走进自己屋里，拼命地推着关上门窗。白茫茫里，群山都看不见了。急雨打进窗纱，直击着玻璃，从窗隙中溅进来。狂风循着屋脊流下，将水洞中积雨，吹得喷泉一般地飞洒。我的烦闷，都被这惊人的风雨，吹打散了。单调的生活之中，原应有个大破坏。——我又忽然想到此时如在约克逊舟上，太平洋里定有奇景可观。

我们的生活是太单词了，只天天随着钟声起卧休息。白日的生涯，还不如梦中热闹。松树的绿意总不改，四围山景就没有变迁了。我忽然恨松柏为何要冬青，否则到底也有个红白绿黄的更换点缀。

为着止水般无聊的生活，我更想弟弟们了！这里的女孩子，只低头刺绣。静极的时候，连针穿过布帛的声音都可以听见。我有时也绣着玩，但不以此为日课；我看点书，写点字，或是倚阑看村里的小孩子，在远处林外溜冰，或推小雪车。有一天静极忽发奇想，想买几挂大炮仗来放放，震一震这寂寂的深山，叫它发空前的回响。——这里，做梦也看不见炮仗。我总想得个发响的东西玩玩。我每每幻想有一管小手枪在手里，安上子弹，抬起枪来，一扳，砰的一声，从铁窗纱内穿将出去！要不然小汽枪也好，……但这至终都是潜伏在我心中的幻梦。世界不是我一个人的，我不能任意的破坏沙穰一角的柔静与和平。

母亲！我童心已完全来复了。在这里最适意的，就是静悄悄地过个性的生活。人们不能随便来看，一定的时间和风雪的长途都限制了他们。于是我连一天两小时的无谓的周旋，有时都不必做。自己在门窗洞开，阳光满照的屋子里，或一角回廊上，三岁的孩子似的，一边忙忙地玩，一边呜呜地唱，有时对自己说些极痴的话。休息时间内，偶然睡不着，就自己轻轻地为自己唱催眠的歌。——一切都完全了，只没有母亲在我旁边！

一切思想，也都照着极小的孩子的径路奔放发展：每天卧在床上，看护把我从屋里推出廊外的时候，我仰视着她，心里就当她是我的乳母，这床是我的摇篮。我凝望天空。有三颗最明亮的星星。轻淡的云，隐起一切的星辰的时候，只有这三颗依然吐着光芒。其中的一颗距那两颗稍远，我当他是我的大弟弟，因为他稍大些，能够独立了。那两颗紧挨着，是我的二弟弟和小弟弟，他两个还小一点，虽然自己奔走游玩，却时时注意到其他的一个，总不敢远远跑开，他们知道自己的弱小，常常是守望相助。

这三颗星总是第一班从暮色中出来，使我最先看见；也是末一班在晨曦中隐去，在众星之后，和我道声"暂别"；因此发起了我的爱怜系恋，便白天也能忆起他们来。起先我有意在星辰的书上，寻求出他们的名字，时至今日，我不想寻求了，我已替他们起了名字，他们的总名是"兄弟星"，他们各颗的名字，就是我的三个弟弟的名字。

> 小弟弟呵，
> 我灵魂里三颗光明喜乐的星。
> 温柔的，
> 无可言说的，
> 灵魂深处的孩子呵！
> ——《繁星》四

如今重忆起来，不知是说弟弟，还是说星星！——自此推想下去，静美的月亮，自然是母亲了。我半夜醒来，开眼看见她，高高地在天上，如同俯着看我，我就欣慰，我又安稳地在她的爱光中睡去。早晨勇敢的灿烂的太阳，自然是父亲了。他从对山的树梢，雍容尔雅地上来，他又温和又严肃地对我说："又是一天了！"我就欢欢喜喜地坐起来，披衣从廊上走到屋里去。

此外满天的星宿，那是我的一切亲爱的人。这样便同时爱了星星，也爱了许多姊妹朋友。——只有小孩子的思想是智慧的，我愿永远如此想；我也愿永远如此信！

窗外仍是狂风雨，我偶然忆起一首诗：题目是《小神秘家》，是Louis Untermeyer 做的，我录译于下；不知当年母亲和我坐守风雨的时候，我也曾说过这样如痴如慧的话没有？

The Young Mystic

We sat together close and warm,

My little tired boy and I—

Watching across the evening sky

The coming of the storm.

No rumblings rose, no thunders crashed,

The west-wind scarcely sang loud;

But from a huge and solid cloud

The summer lightning flashed,

And then he whispered "Father, Watch;

I think God's going to light His moon"

"And When, my boy"—"Oh very soon:

I saw Him strike a match!"

大意是：

我的困倦的儿子和我，

很暖和地相挨地坐着，

凝望着薄暮天空，

风雨正要来到。

没有隆隆的雷响，

西风也不着意地吹；

只在屯积的浓云中，

有电光闪烁。

这时他低声对我说："父亲，看看；

我想上帝要点上他的月亮了——"

"孩子，什么时候呢……""呀，快了。

我看见他划了取灯儿！"

风雨仍不止。山上的雪，雨打风吹，完全融化了。下午我还要写点别的文字，我在此停住了。母亲，这封信我想也转给小朋友们看一看，我每忆起他们，就觉得欠他们的债。途中通讯的碎稿，都在闭璧楼的空屋里锁着呢。她们正百计防止我写字，我不敢去向她们要。我素不轻许愿，无端破了一回例，遗我以日夜耿耿的心；然而为着小孩子，对于这次的许愿，我不曾有半星儿的追悔。只恨先忙后病的我对不起他们。——无限的乡心，与此信一齐收束起，母亲，真个不写了，海外山上养病的女儿，祝你万万福！

冰　心

一九二四年一月十一日，青山沙穰

寄小读者·通讯十四

我的小朋友：

　　黄昏睡起，闲走着绕到西边回廊上，看一个病的女孩子。站在她床前说着话儿的时候，抬头看见松梢上一星朗耀，她说："这是你今晚第一颗见到的星儿，对它祝说你的愿望罢！"——同时她低低地度着一支小曲，是：

　　　　Star light

　　　　Star bright

　　　　First star I see tonight

　　　　Wish I may

　　　　Wish I might

　　　　Have the wish I wish to might

　　小朋友：这是一支极柔媚的儿歌。我不想翻译出来。因为童谣完全以音韵见长，一翻成中国字，念出来就不好听，大意也就是她对我说的那两句话。——倘若你们自己能念，或是姊姊哥哥，姑姑母亲，能教给你们念，也就更好。——她说到此，我略不思索，我合掌向天说：

"我愿万里外的母亲，不太为平安快乐的我忧虑！"

扣计今天或明天，就是我母亲接到我报告抱病入山的信之日，不知大家如何商量谈论，长吁短叹；岂知无知无愁的我，正在此过起止水浮云的生活来了呢！

去年十二月十九日，我寄给国内朋友一封信，我说："沙穰疗养院，冷冰冰如同雪洞一般。我又整天的必须在朔风里。你们围炉的人，怎知我正在冰天雪地中，与造化挣命！"如今想起，又觉得那话说得太无谓，太怨望了，未曾听见挣命有如今这般温柔的挣法！

生，老，病，死，是人生很重大而又不能避免的事。无论怎样高贵伟大的人，对此切己的事，也丝毫不能为力。这时节只能将自己当作第三者，旁立静听着造化的安排。小朋友，我凝神看着造化轻舒慧腕，来安排我的命运的时候，我忍不住失声赞叹他深思和玄妙。

往常一日几次匆匆走过慰冰湖，一边看晚霞，一边心里想着功课。偷闲划舟，抬头望一望滟滟的湖波，低头看滴答滴答消磨时间的手表，心灵中真是太苦了，然而万没有整天地放下正事来赏玩自然的道理。造物者明明在上，看出了我的隐情，眉头一皱，轻轻地赐与我一场病，这病乃是专以抛撇一切，游泛于自然海中为治疗的。

如今呢？过的是花的生活，生长于光天化日之下，微风细雨之中；过的是鸟的生活，游息于山巅水涯，寄身于上下左右空气环围的巢床里；过的是水的生活，自在地潺潺流走；过的是云的生活，随意地袅袅卷舒。几十页几百页绝妙的诗和诗话，拿起来流水般当功课读的时候，是没有的了。如今不再干那愚拙煞风景的事，如今便四行六行的小诗，也慢慢地拿起，反复吟诵，默然深思。

我爱听碎雪和微雨，我爱看明月和星辰，从前一切世俗的烦忧，占积了我的灵府。偶然一举目，偶然一倾耳，便忙忙又收回心来，没有一次任它奔放过。如今呢，我的心，我不知怎样形容它，它如蛾出茧，如鹰翔空……

碎雪和微雨在檐上，明月和星辰在阑旁，不看也得看，不听也得听，何况病中的我，应以它们为第二生命。病前的我，愿以它们为第二生命而不能的呢？

这故事的美妙，还不止此，——"一天还应在山上走几里路"，这句话从滑稽式的医士口中道出的时候，我不知应如何地欢呼赞美他！小朋友！漫游的生涯，从今开始了！

山后是森林仄径，曲曲折折地在日影掩映中引去，不知有多少远近。我只走到一端，有大岩石处为止。登在上面眺望，我看见满山高高下下的松树。每当我要缥缈深思的时候，我就走这一条路。独自低首行来，我听见干叶枯枝，喊喊喳喳在树巅相语。草上的薄冰，踏着沙沙有声，这时节，林影沉荫中，我凝然黯然，如有所戚。

山前是一层层的大山地，爽阔空旷，无边无限的满地朝阳。层场的尽处，就是一个大冰湖，环以小山高树，是此间小朋友们溜冰处。我最喜在湖上如飞地走过。每逢我要活泼天机的时候，我就走这一条路。我沐着微暖的阳光，在树根下坐地，举目望着无际的耀眼生花的银海。我想天地何其大，人类何其小。当归途中冰湖在我足下溜走的时候，清风过耳，我欣然超然，如有所得。

三年前的夏日在北京西山，曾写了一段小文字，我不十分记得了，大约是：

> 只有早晨的深谷中，
> 可以和自然对语。
> 计划定了，
> 岩石点头，
> 草花欢笑。

造物者！

在我们星驰的前途，

路站上，

再遥遥地安置下，

几个早晨的深谷！

原来，造物者为我安置下的几个早晨的深谷，却在离北京数万里外的沙穰，我何其"无心"，造物者何其"有意"？——我还忆起，有"空谷足音"，和杜甫的"绝代有佳人，幽居在空谷"的一首诗，小朋友读过么？我翻来覆去地背诵，只忆得"绝代有佳人，幽居在空谷。自云良家子，零落依草木……摘花不插发，采柏动盈掬。天寒翠袖薄，日暮倚修竹。"这八句来。黄昏时又去了。那时想起的，有"前不见古人，后不见来者，念天地之悠悠，独怆然而涕下。"归途中又诵"云无心以出岫，鸟倦飞而知还。景翳翳以将入，抚孤松而盘桓。"小朋友，愿你们用心读古人书，它们常在一定的环境中，说出你心中要说的话！

春天已在云中微笑，将临到了。那时我更有温柔的消息，报告你们。我逐日远走开去，渐渐又发现了几处断桥流水。试想看，胸中无一事留滞，日日南北东西，试揭自然的帘幕，蹑足走入仙宫……

这样的病，这样的人生，小朋友，请为我感谢。我的生命中是只有祝福，没有咒诅！

安息的时候已到，卧看星辰去了。小朋友，我以无限欢喜的心，祝你们多福。

冰　心

一九二四年一月十五日夜，沙穰

广厅上，四面绿帘低垂。几个女孩子，在一角窗前长椅上，低低笑语。一角话匣子里奏着轻婉的提琴。我在当中的方桌上，写这封信。一个女孩子坐在对面为我画像，她时时唤我抬头看她。我听一听提琴和人家的笑语，一面心潮缓缓流动，一面时时停笔凝神。写完时重读一过，觉得太无次序了，前言不对后语的。然而的确是欢乐的心泉流过的痕迹，不复整理，即付晚邮。

寄小读者·通讯十五

仁慈的小朋友：

若是在你们天大的爱心里，还有空隙，我愿介绍几个可爱的女孩子，愿你们加以怜念！

M住在我的隔屋，是个天真漫烂又是完全神经质的女孩子。稍大的惊和喜，都能使她受极大的激刺和扰乱。她卧病已经四年半了，至今不见十分差减，往往刚觉得好些，夜间热度就又高起来，看完体温表，就听得她伏枕呜咽。她有个完全美满的家庭，却因病隔离了。——我的童心，完全是她引起的。她往往坐在床上自己喃喃地说："我父亲爱我，我母亲爱我，我爱……"我就倾耳听她底下说什么，她却是说"我爱自己"。我不觉笑了，她也笑了。她的娇憨凄苦的样子，得了许多女伴的爱怜。

R又在M的隔屋，她被一切人所爱，她也爱了一切的人。又非常的技巧，用针用笔，能做许多奇巧好玩的东西。这些日子，正跟着我学中国文字。我第一天教给她"天""地""人"三字。她说："你们中国人太玄妙了，怎么初学就念这样高大的字，我们初学，只是'猫''狗'之类"。我笑了，又觉得她说得有理。她学得极快，口音清楚，写的字也很方正。此外医院中天气表是她测量，星期日礼拜是她弹琴，病人阅看的报纸，是她照管，图书室的钥匙，也在她手里。她短发齐颈，爱好天然，她住院已经六个月了。

E只有十八岁，昨天是她的生日。她没有父母，只有哥哥。十九个月前，她病得很重，送到此处。现在可谓好一点，但还是很瘦弱。她喜欢叫人"妈妈"或"姊姊"。她急切地想望人家的爱念和同情，却又能隐忍不露，常常在寂寞中竭力地使自己活泼欢悦。然而每次在医生注射之后，屋门开处，看见她埋首在高枕之中，宛转流涕——这样的华年！这样的人生！

D是个爱尔兰的女孩子，和我谈话之间常常问我的家庭状况，尤其常要提到我的父亲，我只是无心的问答。后来旁人告诉我，她的父亲纵酒狂放，醉后时时虐待他的儿女。她的家庭生活，非常的凄苦不幸。她因躲避父亲，和祖母住在一处，听到人家谈到亲爱时，往往流泪。昨天我得到家书，正好她在旁边，她似羡似叹地问道："这是你父亲写的么，多么厚的一封信呵！"幸而她不认得中国字，我连忙说："不是，这是我母亲写的，我父亲很忙，不常写信给我"她脸红微笑，又似释然。其实每次我的家书，都是父母弟弟每人几张纸！我以为人生最大的不幸，就是失爱于父母。我不能闭目推想，也不敢闭目揣想。可怜的带病而又心灵负着重伤的孩子！

A住在院后一座小楼上，我先不常看见她。从那一次在餐室内偶然回首，无意中她顾我微微一笑，很长的睫毛之下，流着幽娴贞静的眼光，绝不是西方人的态度。出了餐室，我便访问她的名字，和住处。那天晚上，在她的楼里，谈了半点钟的话，惊心于她的腼腆与温柔；谈到海景，她竟赠我一张灯塔的图画。她来院已将两年，据别人说没有什么起色。她终日卧在一角小廊上，廊前是曲径深林，廊后是小桥流水。她告诉我每遇狂风暴雨，看着凄清的环境，想到"人生"，两字，辄惊动不怡。我安慰她，她也感谢，然而彼此各有泪痕！

痛苦的人，岂止这几个？限于精神，我不能多述了！

今早黎明即醒。晓星微光，万松淡雾之中，我披衣起坐。举眼望到廊的尽处，我凝注着短床相接，雪白的枕上，梦中转侧的女孩子。只觉得奇愁黯黯，横空而来。生命中何必有爱，爱正是为这些人而有！这些痛苦的心灵，需要无限的同情与怜念。我一人究竟太微小了，仰祷上天之外，只能求助于万里外的纯洁伟大的小朋友！

小朋友！为着跟你们通讯，受了许多友人严峻的责问，责我不宜只以悱恻的思想，贡献你们。小朋友不宜多看这种文字，我也不宜多写这种文字。为小朋友和我两方精神上的快乐与安平，我对于他们的忠告，只有惭愧感谢。然而人生不止欢乐滑稽一方面，病患与别离，只是带着酸汁的快乐之果。沉静的悲哀里，含有无限的庄严。伟大的人生中，是需要这种成分的。范仲淹说："先天下之忧而忧。"佛说："我不入地狱，谁入地狱？"何况这一切本是组成人生的原素，耳闻，眼见，身经，早晚都要了解知道的，何必要隐瞒着可爱的小朋友？我偶然这半年来先经历了这些事，和小朋友说说，想来也不是过分的不宜。

我比她们强多了，我有快乐美满的家庭，在第一步就没有摧伤思想的源路。我能自在游行，寻幽访胜，不似她们缠绵床褥，终日对着恹恹一角的青山。我横竖已是一身客寄，在校在山，都是一样；有人来看，自然欢喜，没有人来，也没有特别的失望与悲哀。她们乡关咫尺，却因病抛离父母，亲爱的人，每每因天风雨雪，山路难行，不能相见，于是怨嗟悲叹。整年整月，置身于怨望痛苦之中，这样的人生！

一而二，二而三地推想下去，世界上的幼弱病苦，又岂止沙穰一隅？小朋友，你们看见的，也许比我还多，扶持慰藉，是谁的责任？见此而不动心呵！空负了上天付与我们的一腔热烈的爱！

所以，小朋友，我们所能做到的，一朵鲜花，一张画片，一句温和的慰语，一回殷勤的访问，甚至于一瞥哀怜的眼光，在我们是不觉得用了多少心，而在单调的枯苦生活，度日如年的病者，已是受了如天之赐。访问已过，花朵已残，在我们久已忘却之后，他们在幽闲的病榻上，还有无限的感谢，回忆与低徊！

我无庸多说，我病中曾受过几个小朋友的赠与。在你们完全而浓烈的爱心中，投书馈送，都能锦上添花，做到好处。小朋友，我无有言说，我只合掌赞美你们的纯洁与伟大。

如今我请你们纪念的这些人，虽然都在海外，但你们忆起这许多苦孩子时，或能以意会意，以心会心地体恤到眼前的病者。小朋友，莫道万里外的怜悯牵萦，没有用处，"以伟大思想养汝精神"！日后帮助你们建立大事业的同情心，便是从这零碎的怜念中练达出来的。

风雪的廊上，写这封信，不但手冷，到此心思也冻凝了。无端拆阅了波士顿中国朋友的一封书，又使我生无穷的感慨。她提醒了我！今日何日，正是故国的岁除，红灯绿酒之间，不知有多少盈盈的笑语。这里却只有寂寂风雪的空山……不写了，你们的热情忠实的朋友，在此遥祝你们有个完全欢庆的新年！

冰 心

一九二四年二月四日，沙穰

寄小读者·通讯十六

二弟冰叔：

接到你两封冗长而恳挚的信，使我受了无限的安慰。是的！"从松树隙间穿过的阳光，就是你弟弟问安的使者；晚上清凉的风，就是骨肉手足的慰语！"好弟弟！我喜爱而又感激你的满含着诗意的慰安的话！

出乎意外地又收到你赠我的历代名人词选，我喜欢到不可言说。父亲说恐怕我已有了，我原有一部古今词选，放在闭璧楼的书架上了。可恨我一写信要中国书，她们便有百般地阻拦推托。好像凡是中国书都是充满着艰深的哲理，一看就费人无限的脑力似的。

不忍十分地违反她们的好意，我终于反复地只看些从病院中带来的短诗了。我昨夜收到词选，珍重地一页一页地看着，一面想，难得我有个知心的小弟弟。

这部词，选得似乎稍偏于纤巧方面，错字也时时发现。但大体说起来，总算很好。

你问我去国前后，环境中诗意哪处更足？我无疑地要说："自然是去国后！"在北京城里，不能晨夕与湖山相对，这是第一条件。再一事，就是客中的心情，似乎更容易融会诗句。

离开黄浦江岸，在太平洋舟中，青天碧海，独往独来之间，我常常忆起"海水直下万里深，谁人不言此离苦"两句。因为我无意中看到同舟众人，当倚阑俯视着船头飞溅的浪花的时候，眉宇间似乎都含着轻微的凄恻的意绪。

到了威尔斯利，慰冰湖更是我的唯一的良友。或是水边，或是水上，没有一天不到的。母亲寿辰的前一日，又到湖上去了，临水起了乡思，忽然忆起左辅的《浪淘沙》词：

> 水软橹声柔，草绿芳洲，碧桃几树隐红楼。者是春山魂一片，招入孤舟。 乡梦不曾休，惹甚闲愁？忠州过了又涪州。掷与巴江流到海，切莫回头！

觉得情景悉合，随手拾起一片湖石，用小刀刻上："乡梦不曾休，惹甚闲愁？"两句，远远地抛入湖心里，自己便头也不回地走转来。这片小石，自那日起，我信它永在湖心，直到天地的尽头。只要湖水不枯，湖石不烂，我的一片寄托此中的乡心，也永古不能磨灭的！

美国人家，除城市外，往往依山傍水，小巧精致，窗外篱旁，杂种着花草，真合"是处人家，绿深门户"词意。只是没有围墙，空阔有余，深邃不足。路上行人，隔窗可望见翠袖红妆，可听见琴声笑语。词中之"斜阳却照深深院""庭院深深深几许""不卷珠帘，人在深深处""墙内秋千墙外道""银汉是红墙，一带遥相隔"等句，在此都用不着了！

田野间林深树密，道路也依着山地的高下，曲折蜿蜒地修来，天趣盎然。想春来野花遍地之时，必是更幽美的。只是逾山越岭的游行，再也看不见一带城墙僧寺。"曲径通幽处，禅房草木深""花宫仙梵远微微，月隐高城钟漏稀""一片孤城万仞山""饮将闷酒城头睡""长烟落日孤城闭""帘卷疏星庭户悄，隐隐严城钟鼓"等句，在此又都用不着了！

总之，在此处处是"新大陆"的意味，遍地看出鸿蒙初辟的痕迹。国内一片苍古庄严，虽然有的只是颓废剥落的城垣宫殿，却都令人起一种"仰首欲攀低首拜"之思，可爱可敬的五千年的故国呵！回忆去夏南下，晨过苏州，火车与城墙并行数里。城里湿烟蒙蒙，护城河里系着小舟，层塔露出城头，竟是一幅图画。那时我已想到出了国门，此景便不能再见了！

说到山中的生活，除了看书游山，与女伴谈笑之外，竟没有别的日课。我家灵运公的诗，如"寝瘵谢人徒，绝迹入云峰，岩壑寓耳目，欢爱隔音容"，以及"昔余游京华，未尝废丘壑，矧乃归山川，心迹双寂寞……卧疾丰暇豫，翰墨时间作，怀抱观古今，寝食展戏谑……万事难并欢，达生幸可托"等句，竟将我的生活描写尽了，我自己更不须多说！

又猛忆起杜甫的"思家步月清宵立，忆弟看云白日眠"和苏东坡的"因病得闲殊不恶，安心是药更无方"，对我此时生活而言，直是一字不可移易！青山满山是松，满地是雪，月下景物清幽到不可描画，晚餐后往往至楼前小立，寒光中自不免小起乡愁。又每日午后三时至五时是休息时间，白天里如何睡得着？自然只卧看天上云起，尤往往在此时复看家书，联带地忆到诸弟。——冰仲怕我病中不能多写通讯，岂知我病中较闲，心境亦较清，写得倒比平时多。又我自病后，未曾用一点药饵，真是"安心是药更无方"了。

多看古人句子，令自己少写好些。一面欣与古人契合，一面又有"恨不踊身千载上，趁古人未说吾先说"之叹。——说的已多了，都是你一部词选，引我掉了半天书袋，是谁之过呢？一笑！

青山真有美极的时候。二月七日，正是五天风雪之后，万株树上，

167

都结上一层冰壳。早起极光明的朝阳从东方捧出，照得这些冰树玉枝，寒光激射。下楼微步雪林中曲折行来，偶然回顾，一身自冰玉丛中穿过。小楼一角，隐隐看见我的帘幕。虽然一般的高处不胜寒，而此琼楼玉宇，竟在人间，而非天上。

九日晨同女伴乘雪橇出游。双马飞驰，绕遍青山上下。一路林深处，冰枝拂衣，脆折有声。白雪压地，不见寸土，竟是洁无纤尘的世界。最美的是冰珠串结在野樱桃枝上，红白相间，晶莹向日，觉得人间珍宝，无此璀璨！

途中女伴遥指一发青山，在天末起伏。我忽然想真个离家远了，连青山一发，也不是中原了。此时忽觉悠然意远。——弟弟！我平日总想以"真"为写作的唯一条件，然而算起来，不但是去国以前的文字不"真"，就是去国以后的文字，也没有尽"真"的能事。

我深确的信不论是人情，是物景，到了"尽头"处，是万万说不出来，写不出来的。纵然几番提笔，几番欲说，而语言文字之间，只是搜寻不出配得上形容这些情绪景物的字眼，结果只是搁笔，只是无言。十分不甘泯没了这些情景时，只能随意描摹几个字，稍留些印象。甚至于不妨如古人之结绳记事一般，胡乱画几条墨线在纸上。只要他日再看到这些墨迹时，能在模糊缥缈的意境之中，重现了一番往事，已经是满足有余的了。

去国以前，文字多于情绪。去国以后，情绪多于文字。环境虽常是清丽可写，而我往往写不出。辛幼安的一支《罗敷媚》说：

少年不识愁滋味，爱上层楼；爱上层楼，为赋新词强说愁。

而今识尽愁滋味，欲说还休；欲说还休，却道天凉好个秋。

真看得我寂然心死。他虽只说"愁"字，然已盖尽了其他种种一

168

切！——真不知文字情绪不能互相表现的苦处，受者只有我一个人，或是人人都如此？

北京谚语说："八月十五云遮月，正月十五雪打灯。"去年中秋，此地不曾有月。阴历十四夜，月光灿然。我正想东方谚语，不能适用于西方天象，谁知元宵夜果然雨雪霏霏。十八夜以后，夜夜梦醒见月。只觉空明的枕上，梦与月相续。最好是近两夜，醒时将近黎明，天色碧蓝，一弦金色的月，不远对着弦月凹处悬着一颗大星。万里无云的天上，只有一星一月，光景真是奇丽。

元夜如何？——听说醉司命夜，家宴席上，母亲想我难过，你们几个兄弟倒会一人一句的笑话慰藉，真是灯草也成了拄杖了！喜笑之余，并此感谢。

纸已尽，不多谈。——此信我以为不妨转小朋友一阅。

冰　心

一九二四年三月一日，青山沙穰

寄小读者·通讯十七

小朋友：

健康来复的路上，不幸多歧，这几十天来懒得很；雨后偶然看见几朵浓黄的蒲公英，在匀整的草坡上闪烁，不禁又忆起一件事。

一月十九晨，是雪后浓阴的天。我早起游山，忽然在积雪中，看见了七八朵大开的蒲公英。我俯身摘下握在手里，——真不知这平凡的草卉，竟与梅菊一样地耐寒。我回到楼上，用条黄丝带将这几朵缀将起来，编成王冠的形式。人家问我做什么，我说："我要为我的女王加冕。"说着就随便地给一个女孩子戴上了。

大家欢笑声中，我只无言地卧在床上——我不是为女王加冕，竟是为蒲公英加冕了。蒲公英虽是我最熟识的一种草花，但从来是被人轻忽，从来是不上美人头的。今日因着情不可却，我竟让她在美人头上，照耀了几点钟。

蒲公英是黄色，叠瓣的花，很带着菊花的神意，但我也不曾偏爱她。我对于花卉是普遍的爱怜。虽有时不免喜欢玫瑰的浓郁，和桂花的清远，而在我忧来无方的时候，玫瑰和桂花也一样的成粪土。在我心情怡悦的一刹那顷，高贵清华的菊花，也不能和我手中的蒲公英来占夺位置。

世上的一切事物，只是百千万面大大小小的镜子，重叠对照，反射又反射；于是世上有了这许多璀璨辉煌，虹影般的光彩。没有蒲公英，显不出雏菊，没有平凡，显不出超绝。而且不能因为大家都爱雏菊，世上便消灭了蒲公英；不能因为大家都敬礼超人，世上便消灭了庸碌。即使这一切都能因着世人的爱憎而生灭，只恐到了满山谷都是菊花和超人的时候，菊花的价值，反不如蒲公英，超人的价值，反不及庸碌了。

所以世上一物有一物的长处，一人有一人的价值。我不能偏爱，也不肯偏憎。悟到万物相衬托的理，我只愿我心如水，处处相平。我愿菊花在我眼中，消失了她的富丽堂皇，蒲公英也解除了她的局促羞涩，博爱的极端，翻成淡漠。但这种普遍淡漠的心，除了博爱的小朋友，有谁知道？

书到此，高天萧然，楼上风紧得很，再谈了，我的小朋友！

冰　心

一九二四年五月九日，沙穰疗养院

寄小读者·通讯十八

小朋友:

久违了,我亲爱的小朋友! 记得许多日子不曾和你们通讯,这并不是我的本心。只因寄回的邮件,偶有迟滞遗失的时候。我觉得病中的我,虽能必写,而万里外的你们,不能必看。医生又劝我尽量休息,我索性就歇了下去。

自和你们通信,我的生涯中非病即忙。如今不得不趁病已去,忙未来之先,写一封长信给你们,补说从前许多的事。

愿意我从去年说起么? 我知道小朋友是不厌听旧事的。但我也不能说得十分详细,只能就模糊记忆所及,说个大概,无非要接上这条断链。否则我忽然从神户飞到威尔斯利来,小朋友一定觉得太突兀了!

一九二三年八月二十日 神 户

二十早晨就同许多人上岸去。远远地看见锚山上那个青草栽成的大锚,压在半山,青得非常的好看。

神户街市和中国的差的不多。两旁的店铺,却比较的矮小。窗户间陈列的玩具和儿童的书,五光十色,极其夺目。许多小朋友围着看。日本小孩子的衣服,比我们的华灿,比较的引人注意。他们的圆白的小脸，乌黑的眼珠，浓厚的黑发，衬映着十分可爱。

几个山下的人家，十分幽雅，木墙竹窗，繁花露出墙头，墙外有小桥流水。——我们本想上山去看雌雄两谷，——是两处瀑布。往上走的时候，遇见奔走下山的船上的同伴，说时候已近了。我们恐怕船开，只得回到船上来。

上岸时大家纷纷到邮局买邮票寄信。神户邮局被中国学生塞满了。牵不断的离情！去国刚三日，便有这许多话要同家人朋友说么？

回来有人戏笑着说："白话有什么好处！我们同日本人言语不通，说英文有的人又不懂。写字罢，问他们'哪里最热闹？'他们瞠目莫知所答。问他们'何处最繁华？'却都恍然大悟，便指点我们以热闹的去处，你看！"我不觉笑了。

二十一日　横　滨

黄昏时已近横滨。落日被白云上下遮住，竟是朱红的颜色，如同一盏日本的红纸灯笼，——这原是联想的关系。

不断的山，倚阑看着也很美。此时我曾用几个盛快镜胶片的锡筒，装了几张小纸条，封了口，投下海去，任它漂浮。纸上我写着：

> 不论是哪个渔人捡着，都祝你幸运。我以东方人的至诚，祈神祝福你东方水上的渔人！

以及"我欲乘风归去，又恐琼楼玉宇，高处不胜寒！"等话。

到了横滨，只算是一个过站，因为我们一直便坐电车到东京去。我们先到中国青年会，以后到一个日本饭店吃日本饭。那店名仿佛是"天香馆"，也记不清了。脱鞋进门，我最不惯，大家都笑个不住。侍女们都赤足，和她们说话又不懂，只能相视一笑。席地而坐，仰视墙壁窗户，都是木板的，光滑如拭。窗外阴沉，洁净幽雅得很。我们只吃白米饭，牛肉，干粉，小菜，很简单的。饭菜都很硬，我只吃一点就放下了。

饭后就下了很大的雨，但我们的游览，并不因此中止，却也不能从容，只汽车从雨中飞驰。如日比谷公园，靖国神社，博物馆等处，匆匆一过。只觉得游了六七个地方，都是上楼下楼，入门出门，一点印象也留不下。走马看花，雾里看花，都是看不清的，何况是雨中驰车，更不必说了。我又有点发热，冒雨更不可支，没有心力去浏览，只有两处，我记得很真切。

一是二重桥皇宫，隆然的小桥，白石的阑干，一带河流之后，立着宫墙。忙中的脑筋，忽觉清醒，我走出车来拍照，远远看见警察走来，知要干涉，便连忙按一按机，又走上车去。——可惜是雨中照的，洗不出风景来，但我还将这胶片留下。听说地震后皇宫也颓坏了，我竟得于灾前一瞥眼，可怜焦土！

还有是游就馆中的中日战胜纪念品和壁上的战争的图画，周视之下，我心中军人之血，如泉怒沸。小朋友，我是个弱者，从不会抑制我自己感情之波动。我是没有主义的人，更显然的不是国家主义者，我虽那时竟血沸头昏，不由自主地坐了下去。但在同伴纷纷叹恨之中，我仍没有说一句话。

我十分歉仄，因为我对你们述说这一件事。我心中虽丰富地带着军人之血，而我常是喜爱日本人，我从来不存着什么屈辱与仇视。只是为着"正义"，我对于以人类欺压人类的事，我似乎不能忍受！

我自然爱我的弟弟，我们原是同气连枝的。假如我有吃不了的一块糖饼，他和我索要时，我一定含笑地递给他。但他若逞强，不由分说地和我争夺，为着"正义"，为着要引导他走"公理"的道路，我就要奋然的，怀着满腔的热爱来抵御，并碎此饼而不惜！

请你们饶恕我，对你们说这些神经兴奋的话！让这话在你们心中旋转一周罢。说与别人我担着惊怕，说与你们，我却千放心万放心，因为你们自有最天真最圣洁的断定。

五点钟的电车，我们又回到横滨舟上。

二十三日　舟　中

发烧中又冒雨，今天觉得不舒服。同船的人大半都上岸去，我自己坐着守船。甲板上独坐，无头绪地想起昨天车站上的繁杂的木屐声，和前天船上礼拜，他们唱的"上帝保佑我母亲"之曲，心绪很杂乱不宁。日光又热，下看码头上各种小小的贸易，人声嘈杂，觉得头晕。

同伴们都回来了，下午船又启行。从此渐渐地不见东方的陆地了，再到海的尽头，再见陆地时，人情风土都不同了，为之怅然。

曾在此时，匆匆地写了一封信，要寄与你们，写完匆匆地拿着走出舱来，船已徐徐离岸。"此误又是十余日了！我黯然地将此信投在海里。

那夜梦见母亲来，摸我的前额，说："热得很，——吃几口药罢。"她手里端着药杯叫我喝，我看那药是黄色的水，一口气地喝完了，梦中觉得是橘汁的味儿。醒来只听得圆窗外海风如吼，翻身又睡着了。第二天热便退尽。

二十四日以后　舟　中

四围是海的舟岛生活，很迷糊恍惚的，不能按日记事了，只略略说些罢。

同行二等三等舱中，有许多自俄赴美的难民，男女老幼约有一百多人。俄国人是天然的音乐家，每天夜里，在最高层上，静听着他们在底下弹着琴儿。在海波声中，那琴调更是凄清错杂，如泣如诉。同是离家去国的人呵，纵使我们不同文字，不同言语，不同思想，在这凄美的快感里，恋别的情绪，已深深地交流了！

那夜月明，又听着这琴声，我迟迟不忍下舱去。披着毡子在肩上，聊御那泱泱的海风。船儿只管乘风破浪的一直的走，走向那素不相识的他乡。琴声中的哀怨，已问着我们这般辛苦的载着万斛离愁同去同逝，为名？为利？为着何来？"问君何事轻离别，一年能几团圞月？"我自问已无话可答了！若不是人声笑语从最高层上下来，搅碎了我的情绪，恐怕那夜我要独立到天明！

同伴中有人发起聚敛食物果品，赠给那些难民的孩子。我们从中国学生及别的乘客之中，收敛了好些，送下二等舱去。他们中间小孩子很多，女伴们有时抱几个小的上来玩，极其可爱。但有一次，因此我又感到哀戚与不平。

有一个孩子，还不到两岁光景，最为娇小乖觉。他原不肯叫我抱，好容易用糖和饼，和发响的玩具，慢慢地哄了过来。他和我熟识了，放下来在地下走，他从软椅中间，慢慢走去，又回来扑到我的膝上。我们正在嬉笑，一抬头他父亲站在广厅的门边。想他不能过五十岁，而他的白发和脸上的皱纹，历历地写出了他生命的颠顿与不幸，看去似乎不止六十岁了。他注视着他的儿子，那双慈怜的眼光中，竟若含着眼泪。小朋友，从至情中流出的眼泪，是世界上最神圣的东西。晶莹的含泪的眼，是最庄严尊贵的画图！每次看见处女或儿童，悲哀或义愤的泪眼，妇人或老人，慈祥和怜悯的泪眼，两颗莹莹欲坠的泪珠之后，竟要射出凛然的神圣的光！小朋友，我最敬畏这个，见此时往往使我不敢抬头！

这一次也不是例外，我只低头扶着这小孩子走。头等舱中的女看护——是看护晕船的人们的——忽然也在门边发现了。她冷酷的目光，看着那俄国人，说："是谁让你到头等舱里来的，走，走，快下去！"

这可怜的老人踟蹰了。无主仓皇的脸，勉强含笑，从我手中接过小孩子来，以屈辱抱谦的目光，看一看那看护，便抱着孩子疲缓地从扶梯下去。

176

是谁让他来的？任一个慈爱的父亲，都不肯将爱子交付一个陌生人，他是上来照看他的儿子的。我抱上这孩子来，却不能护庇他的父亲！我心中忽然非常的抑塞不平。只注视着那个胖大的看护，我脸上定不是一种怡悦的表情，而她却服罪地看我一笑。我四顾这厅中还有许多人，都像不在意似的。我下舱去，晚餐桌上，我终席未曾说一句话！

中国学生开了两次的游艺会，都曾向船主商量要请这些俄国人上来和我们同乐，都被船主拒绝了。可敬的中国青年，不愿以金钱为享受快乐的界限，动机是神圣的。结果虽毫不似预想，而大同的世界，原是从无数的尝试和奋斗中来的！

约克逊船中的侍者，完全是中国广东人。这次船中头等乘客十分之九是中国青年，足予他们以很大的喜悦。最可敬的是他们很关心于船上美国人对于中国学生的舆论。船抵西雅图之前一两天，他们曾用全体名义，写一篇勉励中国学生为国家争气的话，揭帖在甲板上。文字不十分通顺，而词意真挚异常，我只记得一句，是什么："漂洋过海广东佬"，是诉说他们自己的漂流，和西人的轻视。中国青年自然也很恳挚地回了他们一封信。

海上看不见什么，看落日其实也够有趣的了，不过这很难描写。我看见飞鱼，背上两只蝗虫似的翅膀。我看见两只大鲸鱼，看不见鱼身，只远远看见它们喷水。

此外还有什么可说的呢，船上生活，只像聚什么冬令会，夏令会一般，许多同伴在一起，走来走去，总走不出船的范围。除了几个游艺会演说会之外，谈谈话，看看海，写写信，一天一天地渐渐过尽了。

横渡太平洋之间，平空多出一日，就是有两个八月二十八日。自此以后，我们所度的白日，和故国的不同了！乡梦中的乡魂，飞回故国的时候，我们的家人骨肉，正在光天化日之下，忙忙碌碌。别离的人！连魂来魂往，都不能相遇么？

九月一日之后

早晨抵维多利亚（Victoria），又看见陆地了。感想纷起！那日早晨的海上日出，美到极处。沙鸥群飞，自小岛边，绿波之上，轻轻地荡出小舟来。一夜不曾睡好，海风一吹，觉得微微怅惘。船上已来了摄影的人，逼我们在烈日下坐了许久，又是国旗，又是国歌地闹了半日。到了大陆上，就又有这许多世事！

船徐徐泛入西雅图（Seattle）。码头上许多金发的人，来回奔走，和登舟之日，真是不同了！大家匆匆地下得船来，到扶桥边，回头一望，约克逊号邮船凝默地泊在岸旁。我无端黯然！从此一百六十几个青年男女，都成了漂泊地风萍。也是一番小小的酒阑人散！

西雅图是三山两湖围绕点缀的城市。连街衢的首尾，都起伏不平，而景物极清幽。这城五十年前还是荒野，如今竟修整得美好异常，可觇国民元气之充足。

匆匆地游览了湖山，赴了几个欢迎会，三号的夜车，便向芝加哥进发。这串车是专为中国学生预备的，车上没有一个外人，只听得处处乡音。

九月三日以后

最有意思的是火车经过落基山，走了一日。四面高耸的乱山，火车如同一条长蛇，在山半徐徐蜿蜒。这时车后挂着一辆敞车，供我们坐眺。看着巍然的四围青郁的崖石，使人感到自己的渺小。我总觉得看山比看水滞涩些，情绪很抑郁的。

途中无可记，一站一站风驰电掣的过去，更留不下印象。只是过米西西比（Mississippi）河桥时，微月下觉得很玲珑伟大。

七日早到芝加哥（Chicago），从车站上就乘车出游。那天阴雨，只觉得满街汽油的气味。街市繁盛处多见黑人。经过几个公园和花屋，是较清雅之处，绿意迎人。我终觉得芝加哥不如西雅图。而芝加哥的空旷处，比北京还多些青草！

夜住女青年会干事舍。夜中微雨，落叶打窗，令我抚然，寄家一片，我说："几片落叶，报告我以芝加哥城里的秋风！今夜曾到电影场去，灯光骤明时，大家纷纷立起。我也想回家去，猛觉一身万里，家还在东流的太平洋之外呢！"

八日晨又匆匆登车，往波士顿进发。这时才感到离群。这辆车上除了我们三个中国女学生外，都是美国人了。

仍是一站一站匆匆地过去，不过此时窗外多平原，有时看见山畔的流泉，穿过山石野树之间，其声潺潺。

九日近午，到了春野（Spring field）时，连那两个女伴也握手下车去。小朋友，从太平洋西岸，绕到大西洋西岸的路程之末。女伴中只剩我一人了。

九月九日以后

九日午到了所谓美国文化中心的波士顿（Boston）。半个多月的旅行，才略告休息。

在威尔斯利大学（Wellesley College）开学以前，我还旅行了三天，到了绿野（Green field）春野等处，参观了几个男女大学，如侯立欧女子大学（Holyoke College），斯密司女子大学（Smith College），依默和司德大学（Amberst College）等，假期中看不见什么，只看了几座伟大的学校建筑。

途中我赞美了美国繁密的树林，和平坦的道路。

麻撒出色省（Massachusetts）多湖，我尤喜在湖畔驰车。树影中湖光掩映，极其明媚。又有一天到了大西洋岸，看见了沙滩上游戏的孩子和海鸥，回来做了一夜的童年的梦。的确的，上海登舟，不见沙岸，神户横滨停泊，不见沙岸，西雅图终止，也不见沙岸。这次的海上，对我终是陌生的。反不如大西洋岸旁之一瞬，层层卷荡的海波，予我以最深的回忆与伤神！

九月十七日以后　威尔斯利

从此过起了异乡的学校生活。虽只过了两个多月，而慰冰湖有新的环境和我静中常起的乡愁，将我两个多月的生涯，装点得十分浪漫。

说也凑巧，我住在闭璧楼（Beebe Hall），闭璧楼和海竟有因缘！这座楼是闭璧约翰船主（Captain John Beebe）捐款所筑。因此厅中，及招待室，甬道等处，都悬挂的是海的图画。初到时久不得家书，上下楼之顷，往往呆立平时堆积信件的桌旁，望了无风起浪的画中的海波，聊以慰安自己。

学校如同一座花园，一个个学生便是花朵。美国女生的打扮，确比中国的美丽。衣服颜色异常的鲜艳，在我这是很新颖的。她们的性情也活泼好交，不过交情更浮泛一些，这些天然是"西方的"！

功课的事，对你们说很无味。其余的以前都说过了。

小朋友，忽忽又已将周年，光阴过得何等的飞速？明知追写这些事时，要引起我的惆怅，但为着小朋友，我是十分情愿。而且不久要离此，在重受功课的束缚以前，我想到别处山陬海角，过一过漫游流转的生涯，以慰我半年闭居的闷损。趁此宁静的山中，只凭回忆，理清了欠你们的信债。叙事也许不真不详，望你们体谅我是初愈时的心思和精神，没有轻描淡写的力量。

此外曾寄《山中杂记》十则，与我的弟弟，想他们不久就转给你们。再见了，故国故乡的小朋友！再给你们写信的时候，我想已不在青山了。

愿你们平安！

冰　心

一九二四年六月二十八日，沙穰

山中杂记

——遥寄小朋友

大夫说是养病，我自己说是休息，只觉得在拘管而又浪漫的禁令下，过了半年多。这半年中有许多在童心中可惊可笑的事，不足为大人道。只盼他们看到这几篇的时候，唇角下垂，鄙夷地一笑，随手地扔下。而有两三个孩子，拾起这一张纸，渐渐地感起兴味，看完又彼此嬉笑，讲说，传递；我就已经有说不出的喜欢！本来我这两天有无限的无聊。天下许多事都没有道理，比如今天早起那样的烈日，我出去散步的时候，热得头昏。此时近午，却又阴云密布，大风狂起。廊上独坐，除了胡写，还有什么事可做呢？

一九二四年六月二十三日，沙穰

一、我怯弱的心灵

我小的时候，也和别的孩子一样，非常的胆小。大人们又爱逗我，我的小舅舅说什么《聊斋》，什么《夜谈随录》，都是些僵尸、白面的女鬼，等等。在他还说着的时候，我就不自然的惴惴地四顾，塞坐在大人中间，故意地咳嗽。睡觉的时候，看着帐门外，似乎出其不意地也许伸进一只鬼手来。我只这样想着，便用被将自己的头蒙得严严地，结果是睡得周身是汗！

十三四岁以后，什么都不怕了。在山上独自中夜走过丛冢，风吹草动，我只回头凝视。满立着狰狞的神像的大殿，也敢在阴暗中小立。母亲屡屡说我胆大，因为她像我这般年纪的时候，还是怯弱的很。

我白日里的心，总是很宁静，很坚强，不怕那些看不见的鬼怪。只是近来常常在梦中，或是在将醒未醒之顷，一阵悚然，从前所怕的牛头马面，都积压了来，都聚围了来。我呼唤不出，只觉得怕得很，手足都麻木，灵魂似乎蜷曲着。挣扎到醒来，只见满山的青松，一天地明月。洒然自笑，——这样怯弱的梦，十年来已绝不做了，做这梦时，又有些悲哀！童年的事都是有趣的，怯弱的心情，有时也极其可爱。

二、埋存与发掘

山中的生活，是没有人理的。只要不误了三餐和试验体温的时间，你爱做什么就做什么，医生和看护都不来拘管你。正是童心乘时再现的时候，从前的爱好，都拿来重温一遍。

美国不是我的国，沙穰不是我的家。偶以病因缘，在这里游戏半年，离此后也许此生不再来。不留些纪念，觉得有点过意不去，于是我几乎每日做埋存与发掘的事。

我小的时候，最爱做这些事：墨鱼脊骨雕成的小船，五色纸粘成的小人等，无论什么东西，玩够了就埋起来。树叶上写上字，掩在土里。石头上刻上字，投在水里。想起来时就去发掘看看，想不起来，也就让它悄悄地永久埋存在那里。

病中不必装大人，自然不妨重做小孩子！游山多半是独行，于是随时随地留下许多纪念，名片，西湖风景画，用过的纱巾等，几乎满山中星罗棋布。经过芍药花下，流泉边，山亭里，都使我微笑，这其中都有我的手泽！兴之所至，又往往去掘开看看。

有时也遇见人，我便扎煞着泥污的手，不好意思地站了起来。本来这些事很难解说。人家问时，说又不好，不说又不好，迫不得已只有一笑。因此女伴们更喜欢追问，我只有躲着她们。

那一次一位旧朋友来，她笑说我近来更孩子气，更爱脸红了。童心的再现，有时使我不好意思是真的，半年的休养，自然血气旺盛，脸红那有什么爱不爱的可言呢？

三、古国的音乐

去冬多有风雪。风雪的时候，便都坐在广厅里，大家随便谈笑，开话匣子，弹琴，编绒织物等，只是消磨时间。荣是希腊的女孩子，年纪比我小一点，我们常在一处玩。

她以古国国民自居，拉我做伴，常常和美国的女孩子戏笑口角。

我不会弹琴，她不会唱，但闷来无事，也就走到琴边胡闹。翻来覆去地只是那几个简单的熟调子。于是大家都笑道："趁早停了罢，这是什么音乐？"她傲然地叉手站在琴旁说："你们懂得什么？这是东西两古国，合奏的古乐，你们哪里配领略！"琴声仍旧不断，歌声愈高，别人的对话，都不相闻。于是大家急了，将她的口掩住，推到屋角去，从后面连椅子连我，一齐拉开，屋里已笑成一团！

最妙的是连"印第阿那的月"等的美国调子，一经我们用过，以后无论何时，一听得琴声起，大家都互相点头笑说："听古国的音乐呵！"

四、雨雪时候的星辰

寒暑表降到冰点下十八度的时候，我们也是在廊下睡觉。

每夜最熟识的就是天上的星辰了。也不过只是点点闪烁的光明，而相看惯了，偶然不见，也有些想望与无聊。

连夜雨雪，一点星光都看不见。荷和我拥衾对坐，在廊子的两角，遥遥谈话。

荷指着说："你看维纳司（Venus）升起了！"我抬头望时，却是山路转折处的路灯。我怡然一笑，也指着对山的一星灯火说："那边是周彼得（Jupiter）呢！"

愈指愈多，松林中射来零乱的风灯，都成了满天星宿。真的，雪花隙里，看不出天空和山林的界限，将繁灯当作繁星，简直是抵得过。

一念至诚的将假作真，灯光似乎都从地上飘起。这幻成的星光，都不移动，不必半夜梦醒时，再去追寻它们的位置。

于是雨雪寂寞之夜，也有了慰安了！

五、她得了刑罚了

休息的时间，是万事不许作的。每天午后的这两点钟，乏倦时觉得需要，睡不着的时候，觉得白天强卧在床上，真是无聊。

我常常偷着带书在床上看，等到看护妇来巡视的时候，就赶紧将书压在枕头底下，闭目装睡。——我无论如何淘气，也不敢大犯规矩，只到看书为止。而璧这个女孩子，往往悄悄地起来，抱膝坐在床上，逗引着别人谈笑。

这一天她又坐起来，看看无人，便指手画脚地学起医生来。大家正卧看着她笑，看护妇又远远地来了。她的床正对着甬道，卧下已来不及，只得仍旧皱眉地坐着。

看护妇走到廊上。我们都默然，不敢言语。她问璧说："你怎么不躺下？"璧笑说："我胃不好，不住地打呃，躺下就难受。"看护妇道："你今天饭吃得怎样？"璧惴惴地忍笑地说："还好！"看护妇沉吟了一会便走出去。璧回首看着我们，抱头笑说："你们等着，这一下子我完了！"

果然看见看护妇端着一杯药进来，杯中泡泡作声。璧只得接过，皱眉四顾。我们都用毡子藏着脸，暗暗地笑得喘不过气来。

看护妇看着她一口气喝完了，才又慢慢地出去。璧颓然的两手捧着胸口卧了下去，似哭似笑地说："天呵！好酸！"

她以后不再胡说了，无病吃药是怎样难堪的事。大家谈起，都快意，拍手笑说："她得了刑罚了！"

六、Eskimo

沙穰的小朋友替我上的 Eskimo 的徽号，是我所喜爱的，觉得比以前的别的称呼都有趣！

Eskimo 是北美森林中的蛮族。黑发披裘，以雪为屋。过的是冰天雪地的渔猎生涯。我哪能像他们那样的勇敢？

只因去冬风雪无阻的林中游戏行走。林下冰湖正是沙穰村中小朋友的溜冰处。我经过，虽然我们屡次相逢，却没有说话。我只觉得他们往往地停了游走，注视着我，互相耳语。

以后医生的甥女告诉我，沙穰的孩子传说林中来了一个 Eskimo。问他们是怎样说法，他们以黑发披裘为证。医生告诉他们说不是 Eskimo，是院中一个养病的人，他们才不再惊说了。

假如我是真的 Eskimo 呢，我的思想至少要简单了好些，这是第一件可羡的事。曾看过一本书上说："近代人五分钟的思想，够原始人或野蛮人想一年的。"人类在生理上，五十万年来没有进步，而劳心劳力的事，一年一年地增加，这是疾病的源泉，人生的不幸！

我愿终身在森林之中，我足踏枯枝，我静听树叶微语。清风从林外吹来，带着松枝的香气。白茫茫的雪中，除我外没有行人。我所见所闻，不出青松白雪之外，我就似可满意了！

出院之期不远，女伴戏对我说："出去到了车水马龙的波士顿街上，千万不要惊倒，这半年的闭居，足可使你成个痴子！"

不必说，我已自惊悚，一回到健康道上，世事已接踵而来……我倒愿做 Eskimo 呢。黑发披裘，只是外面的事！

七、说几句爱海的孩气的话

白发的老医生对我说："可喜你已大好了，城市与你不宜，今夏海滨之行，也是取消了为妙。"

这句话如同平地起了一个焦雷！

学问未必都在书本上。纽约、康桥、芝加哥这些人烟稠密的地方，终身不去也没有什么，只是说不许我到海边去，这却太使我伤心了。

我抬头张目地说："不，你没有阻止我到海边去的意思！"

他笑道："是的，我不愿意你到海边去，太潮湿了，于你新愈的身体没有好处。"

我们争执了半点钟，至终他说："那么你去一个礼拜罢！"他又笑说："其实秋后的湖上，也够你玩的了！"

我爱慰冰，无非也是海的关系。若完全的叫湖光代替了海色，我似乎不大甘心。

可怜，沙穰的六个多月，除了小小的流泉外，连慰冰都看不见！山也是可爱的，但和海比，的确比不起，我有我的理由！

人常常说："海阔天空。"只有在海上的时候，才觉得天空阔远到了尽量处。在山上的时候，走到岩壁中间，有时只见一线天光。即或是到了山顶，而因着天末是山，天与地的界线便起伏不平，不如水平线的齐整。

海是蓝色灰色的。山是黄色绿色的。拿颜色来比，山也比海不过，蓝色灰色含着庄严淡远的意味，黄色绿色却未免浅显小方一些。固然我们常以黄色为至尊，皇帝的龙袍是黄色的，但皇帝称为"天子"，天比皇帝还尊贵，而天却是蓝色的。

海是动的，山是静的；海是活泼的，山是呆板的。昼长人静的时候，天气又热，凝神望着青山，一片黑郁郁的连绵不动，如同病牛一般。而海呢，你看她没有一刻静止！从天边微波粼粼的直卷到岸边，触着崖石，更欣然地溅跃了起来，开了灿然万朵的银花！

四围是大海，与四围是乱山，两者相较，是如何滋味，看古诗便可知道。比如说海上山上看月出，古诗说："南山塞天地，日月石上生。"细细咀嚼，这两句形容乱山，形容得极好，而光景何等臃肿，崎岖，僵冷，读了不使人生快感。而"海上生明月，天涯共此时"，也是月出，光景却何等妩媚，遥远，璀璨！

原也是的，海上没有红白紫黄的野花，没有蓝雀红襟等美丽的小鸟。然而野花到秋冬之间，便都萎谢，反予人以凋落的凄凉。海上的朝霞晚霞，天上水里反映到不止红白紫黄这几个颜色。这一片花，却是四时不断的。说到飞鸟，蓝雀红襟自然也可爱，而海上的沙鸥，白胸翠羽，轻盈地漂浮在浪花之上，"凌波微步，罗袜生尘"。看见蓝雀红襟，只使我联忆到"山禽自唤名"，而见海鸥，却使我联忆到千古颂赞美人，颂赞到绝顶的句子，是"婉若游龙，翩若惊鸿"！

在海上又使人有透视的能力，这句话天然是真的！你倚阑俯视，你不由自主地要想起这万顷碧琉璃之下，有什么明珠，什么珊瑚，什么龙女，什么鲛纱。在山上呢，很少使人想到山石黄泉以下，有什么金银铜铁。因为海水透明，天然地有引人们思想往深里去的趋向。

简直越说越没有完了，总而言之，统而言之，我以为海比山强得多。说句极端的话，假如我犯了天条，赐我自杀，我也愿投海，不愿坠崖！

争论真有意思！我对于山和海的品评，小朋友们愈和我辩驳愈好。"人心之不同，各如其面"，这样世界上才有个不同和变换。假如世界上的人都是一样的脸，我必不愿见人。假如天下人都是一样的嗜好，穿衣服的颜色式样都是一般的，则世界成了一个大学校，男女老幼都穿一样的制服。想至此不但好笑，而且无味！再一说，如大家都爱海呢，大家都搬到海上去，我又不得清静了！

八、他们说我幸运

山做了围墙，草场成了庭院，这一带山林是我游戏的地方。早晨朝露还颗颗闪烁的时候，我就出去奔走，鞋袜往往都被露水淋湿了。黄昏睡起，短裙卷袖，微风吹衣，晚霞中我又游云似的在山路上徘徊。

固然的，如词中所说："落日解鞍芳草岸，花无人戴，酒无人劝，醉也无人管！"不是什么好滋味；而"无人管"的情景，有时却真难得。你要以山中蹀躞的态度，移在别处，可就不行。在学校中，在城市里，是不容你有行云流水的神意的。只因管你的人太多了！

我们楼后的儿童院，那天早晨我去参观了。正值院里的小朋友们在上课，有的在默写生字，有的在做算学。大家都有点事牵住精神，而忙中偷闲，还暗地传递小纸条，偷说偷玩，小手小脚，没有安静的时候。这些孩子我都认得，只因他们在上课，我只在后面悄悄地坐着，不敢和他们谈话。

不见黑板六个月了，这倒不觉得怎样。只是看见教员桌上那个又大又圆的地球仪，满屋里矮小的桌子椅子，字迹很大的卷角的书：倏时将我唤回到十五年前去。而黑板上写着的

$$\begin{array}{cccc} 35 & 21 & 18 & 64 \\ -15 & +10 & -\ 9 & \times 69 \\ \hline \end{array}$$

方程式。以及站在黑板前扶头思索，将粉笔在手掌上乱画的小朋友，我看着更觉得有一种说不出的怅惘。窗外日影徐移，虽不是我在上课，而我呆呆地看着壁上的大钟，竟有急盼放学的意思！

放学了，我正和教员谈话，小朋友们围拢来将我拉开了。保罗笑问我说："你们那楼里也有功课么？"我说："没有，我们天天只是玩！"彼得笑叹道："你真是幸运！"

他们也是休养着，却每天仍有四点钟的功课。我出游的工夫，只在一定的时间里，才能见着他们。

唤起我十五年前的事，惭愧"三七二十一，四七二十八"的背乘数表等，我已算熬过去，打过这一关来了！而回想半年前，厚而大的笔记本，满屋满架的参考书，教授们流水般的口讲，……如今病好了，这生活还必须去过，又是怅然。

这生活还必须去过。不但人管，我也自管。"哀莫大于心死"，被人管的时候，传递小纸条偷说偷玩等事，还有工夫做。而自管的时候，这种动机竟绝然没有。十几年的训练，使人绝对的被书本征服了！

小朋友，"幸运"这两字又岂易言？

九、机器与人类幸福

小朋友一定知道机器的用处和好处，就是省人力，能在很短的时间内做很重大的工作。

在山中闲居，没有看见别的机器的机会。而山右附近的农园中的机器，已足使我赞叹。

他们用机器耕地，用机器撒种，以至于刈割等，都是机器一手经理。那天我特地走到山前去，望见农人坐在汽机上，开足机力，在田地上突突爬走。很坚实的地土，汽机过处，都水浪似的，分开两边，不到半点钟工夫，很宽阔一片地，都已耕松了。

农人从衣袋里掏出表来一看，便缓缓地捺转汽机，回到园里去。我也自转身。不知为何，竟然微笑。农人运用大机器，而小机器的表，又指挥了农人。我觉得很滑稽！

我小的时候，家园墙外，一望都是麦地。耕种收割的事，是最熟见不过的了。农夫农妇，汗流浃背地蹲在田里，一锄一锄地掘，一镰刀一镰刀地割。我在旁边看着，往往替他们吃力，又觉得迟缓的可怜！

两下里比起来，我确信机器是增进人类幸福的工具。但昨天我对于此事又有点怀疑。

昨天一下午，楼上楼下几十个病人都没有睡好！休息的时间内，山前耕地的汽机，轧轧地声满天地。酷暑的檐下，蒸炉一般热的床上，听着这单调而枯燥，震耳欲聋的铁器声，连续不断，脑筋完全跟着他颠簸了。焦躁加上震动，真使人有疯狂的倾向！

楼上下一片喃喃怨望声，却无法使这机器止住，结果我自己头痛欲裂。楼下那几个日夜发烧到一百〇三，一百〇四度的女孩子，我真替她们可怜，更不知她们烦恼到什么地步！农人所节省的一天半天的工夫，和这几十个病人，这半日精神上所受的痛苦和损失，比较起来，相差远了！机器又似乎未必能增益人类的幸福。

想起幼年，我的书斋，只和麦地隔一道墙。假如那时的农人也用机器，简直我的书不用念了！

这声音直到黄昏才止息。我因头痛，要出去走走，顺便也去看看那害我半日不得休息的汽机。——走到田边，看见三四个农人正站着踌躇，手臂都叉在腰上，摇头叹息，原来机器坏了！这座东西笨重的很，十个人也休想搬得动。只得明天再开一座汽机来拉它。

我一笑就回来了。

十、鸟兽不可与同群

女伴都笑茀玲是个傻子，而她并没有傻子的头脑，她的话有的我很喜欢。她说："和人谈话真拘束，不如同小鸟小猫去谈。它们不扰乱你，而且温柔地静默地听你说。"

我常常看见她坐在樱花下，对着小鸟，自说自笑。有时坐在廊上，抚着小猫，半天不动。这种行径，我并不觉得讨厌。也许就是因此，女伴才赠她以傻子的徽号，也未可知。

和人谈话未必真拘束，但如同生人，大人先生等，正襟危坐地谈起来，却真不能说是乐事。十年来正襟危坐谈话的时候。一天比一天地多。我虽也做惯了，但偶有机会，我仍想释放我自己。这半年我就也常常做傻子了！

第一乐事，就是拔草喂马。看着这庞然大物，温驯地磨动他的松软的大口，和齐整的大牙，在你手中吃嚼青草的时候，你觉得它有说不尽的妩媚。

每日山后牛棚，拉着满车的牛乳罐的那匹斑白大马，我每日喂它。乳车停住了，驾车人往厨房里搬运牛乳，我便慢慢地过去。在我跪伏在樱花底下，拔那十样锦的叶子的时候，它便倒转那狭长而良善的脸来看我，表示它的欢迎与等待。我们渐渐熟识了。远远地看见我，它便抬起头来，我相信我离开之后，它虽不会说话，它必每日地怀念我。

还有就是小狗了。那只棕色的，在和我生分的时候，曾经吓过我。那一天雪中游山，出其不意在山顶遇见它。它追着我狂吠不止，我吓得走不动。它看我吓怔了，才住了吠，得了胜利似的，垂尾下山而去。我看它走了，一口气跑了回来。一夜没有睡好，心脉每分钟跳到一百十五下。

女伴告诉我，它是最可爱的狗，从来不咬人的。以后再遇见它，我先呼唤它的名字，它竟摇尾走了过来。自后每次我游山，它总是前前后后地跟着走。山林中雪深的时候，光景很冷静。它总算助了我不少的胆子。

此外还有一只小黑狗，尤其跳荡可爱。一只小白狗，也很驯良。

我从来不十分爱猫。因为小猫很带狡猾的样子，又喜欢抓人。医院中有一只小黑猫，在我进院的第二天早起刚开了门，它已从门隙塞进来，一跃到我床上，悄悄地便伏在我的怀前，眼睛慢慢地闭上，很安稳地便要睡着。我最怕小猫睡时呼吸的声音！我想推它，又怕它抓我。那几天我心里又难过，因此愈加焦躁。幸而看护妇不久便进来！我皱眉叫她抱出这小猫去。

以后我渐渐地也爱它了。它并不抓人。当它仰卧在草地上。用前面两只小爪，拨弄着玫瑰花叶，自惊自跳的时候，我觉得它充满了活泼和欢悦。

小鸟是怎样的玲珑娇小呵！在北京城里，我只看见老鸦和麻雀。有时也看见啄木鸟。在此却是雪未化尽，鸟儿已成群地来了。最先的便是青鸟。西方人以青鸟为快乐的象征，我看最恰当不过。因为青鸟的鸣声中，婉转地报着春的消息。

知更雀的红胸，在雪地上，草地上站着，都极其鲜明。小蜂雀更小到无可苗条。从花梢飞过的时候，竟要比花还小。我在山亭中有时抬头瞥见，只屏息静立，连眼珠都不敢动。我似乎恐怕将这弱不禁风的小仙子惊走了。

此外还有许多毛羽鲜丽的小鸟，我因找不出它们的中国名字，只得阙疑。早起朝日未出，已满山满谷地起了轻美的歌声。在朦胧的晓风之中，欹枕倾听，使人心魂俱静。春是鸟的世界，"以鸟鸣春"和"春眠不觉晓，处处闻啼鸟"这两句话，我如今彻底地领略过了！

我们幕天席地的生涯之中，和小鸟最相亲爱。玫瑰和丁香丛中更有青鸟和知更雀的巢。那巢都是筑得极低，一伸手便可触到。我常常去探望小鸟的家庭，而我却从不做偷卵捉雏等，破坏它们家庭幸福的事。我想到我自己不过是暂时离家，我的母亲和父亲已这样的牵挂。假如我被人捉去，关在笼里，永远不得回来呢，我的父亲母亲岂不心碎？我爱自己，也爱雏鸟；我爱我的双亲，我也爱雏鸟的双亲！

而且是怎样有趣的事，你看小鸟破壳出来，很黄的小口，毛羽也很稀疏，觉得很丑。它们又极其贪吃，终日张口在巢里啾啾地叫，累得它母亲飞去飞回地忙碌。渐渐地长大了，它母亲领它们飞到地上。它们的毛羽很蓬松，两只小腿蹒跚地走，看去比它们的母亲还肥大。它们很傻的样子，茫然地只跟着母亲乱跳。母亲偶然啄得了一条小虫，它们便纷然地过去，啾啾地争着吃。早起母亲教给它们歌唱，母亲的声音极婉转，它们的声音，却很憨涩。这几天来，它们已完全地会飞了，会唱了，也知道自己觅食，不再累它们的母亲了。前天我去探望它们时，这些雏鸟已不在巢里，它们已筑起新的巢了，在离它们的父母的巢不远的枝上。它们常常来看它们的父母的。

还有虫儿也是可爱的。藕荷色的小蝴蝶，背着圆壳的小蜗牛，嗡嗡的蜜蜂，甚至于水里海夜乱唱的青蛙，在花丛中闪烁的萤虫，都是极温柔，极其孩气的。你若爱它，它也爱你们。因为它们太喜爱小孩子。大人们太忙，没有工夫和它们玩。

第五辑　往事

　　将我短小的生命的树，一节一节地
斩断了，圆片般堆在童年的草地上。我
要一片一片地拾起来看；含泪地看，微
笑地看，口里吹着短歌地看。

往事（一）

——生命历史中的几页图画

在别人只是模糊记着的事情，
然而在心灵脆弱者，
已经反复而深深地
镂刻在回忆的心版上了！

索性凭着深刻的印象，
将这些往事
移在白纸上罢——
再回忆时
不向心版上搜索了！

一

将我短小的生命的树，一节一节地斩断了，圆片般堆在童年的草地上。我要一片一片地拾起来看；含泪地看，微笑地看，口里吹着短歌地看。

难为他装点得一节一节，这般丰满而清丽！

我有一个朋友，常常说："来生来生！"——但我却如此说："假如生命是乏味的，我怕有来生。假如生命是有趣的，今生已是满足的了！"

第一个厚的圆片是大海；海的西边，山的东边，我的生命树在那里萌芽生长，吸收着山风海涛。每一根小草，每一粒沙砾，都是我最初的恋慕，最初拥护我的安琪儿。

这圆片里重叠着无数快乐的图画，憨嬉的图画，寂寞的图画，和泛泛无着的图画。

放下罢，不堪回忆！

第二个厚的圆片是绿荫；这一片里许多生命表现的幽花，都是这绿荫烘托出来的。有浓红的，有淡白的，有不可名色的……

晚晴的绿荫，朝雾的绿荫，繁星下指点着的绿荫，月夜花棚秋千架下的绿荫！

感谢这曲曲屏山！它圈住了我许多思想。

第三个厚的圆片，不是大海，不是绿荫，是什么？我不知道！

假如生命是无味的，我不要来生。假如生命是有趣的，今生已是满足的了。

二

黑暗不是阴霾，我恨阴霾，我却爱黑暗。

在光明中，一切都显着了。黑是黑白是白的，也有了树，也有了花，也有了红墙，也有了蓝瓦；便一切崭然，便有人，有我，有世界。

颂美黑暗！讴歌黑暗！只有黑暗能将这一切都消灭调和于虚空混沌之中；没有了人，没有了我，更没有了世界！

黑暗的园里，和华同坐。看不见她，也更看不见我，我们只深深地谈着。说到同心处，竟不知是我说的，还是她说的，入耳都是天乐一般——只在一阵风过，槐花坠落如雨的时候，我因着衣上的感觉，和感觉的界限，才觉得"我"不是"她"，才觉得黑暗中仍有"我"的存在。

华在黑暗中递过一朵茉莉，说："你戴上罢，随着花香，你纵然起立徘徊，我也知道你在何处。"——我无言地接了过来。

华妹呵，你终竟是个小孩子。槐花，茉莉，都是黑暗中最着迹的东西，在无人我的世界里，要拒绝这个！

<h1 style="text-align:center">三</h1>

"只是等着，等着，母亲还不回来呵！"

乳母在灯下睁着疲倦下垂的眼睛，说："莹哥儿！不要尽着问我，你自己上楼去，在阑边望一望，山门内露出两盏红灯时，母亲便快来了。"

我无疑地开了门出去，黑暗中上了楼——望着，望着，无有消息。

绕过那边阑旁，正对着深黑的大海，和闪烁的灯塔。

幼稚的心，也和成人一般，一时的光明朗澈——我深思，我数着灯光明灭的数儿，数到第十八次。我对着未曾想见的命运，自己假定地起了怀疑。

"人生！灯一般的明灭，漂浮在大海之中。"——我起了无知的长太息。

生命之灯燃着了，爱的光从山门边两盏红灯中燃着了！

<h1 style="text-align:center">四</h1>

在堂里忘了有雪，并不知有月。

匆匆地走出来，捻灭了灯，原来月光如水！

只深深地雪，微微地月呵！地下很清楚地现出扫除了的小径。我一步一步地走，走到墙边，还觉得脚下踏着雪中沙沙的枯叶。墙的黑影覆住我，我在影中抬头望月。

雪中的故宫，云中的月，甍瓦上的兽头——我回家去，在车上，我觉得这些熟见的东西，是第一次这样明澈生动地入到我的眼中，心中。

五

场厅里四隅都黑暗了，只整齐的椅子，一行行地在阴沉沉的影儿里平列着。

我坐在尽头上近门的那一边，抚着锦衣，抚着绣带和冠缨凝想——心情复杂得很。

晚霞在窗外的天边，一刹浓红，一刹深紫，回光到屋顶上——

台上琴声作了。一圈的灯影里，从台侧的小门，走出十几个白衣彩饰，散着头发的安琪儿，慢慢地相随进来，无声地在台上练习着第一场里的跳舞。

我凝然地看着，潇洒极了，温柔极了，上下的轻纱的衣袖，和着铮的琴声，合拍地和着我心弦跳动，怎样的感人呵！

灯灭了，她们又都下去了，台上台下只我一人了。

原是叫我出来疏散休息着的，我却哪里能休息？我想……

一会儿这场里便充满了灯彩，充满了人声和笑语，怎知道剧前只为我一人的思考室呢？

在宇宙之始，也只有一个造物者，万有都整齐平列着。他凭在高阑，看那些光明使者，歌颂——跳舞。

到了宇宙之中，人类都来了，悲剧也好，喜剧也好，佯悲诡笑地演了几场。剧完了，人散了，灯灭了，……一时沉黑，只有无穷无尽的寂寞！

一会儿要到台上，要说许多的话；憨稚的话，激昂的话，恋别的话……何尝是我要说的？但我既这样地上了台，就必须这样地说。我千辛万苦，冒进了阴惨的夜宫，经过了光明的天国，结果在剧中还是做了一场大梦。

印证到真的——比较的真的——生命道上，或者只是时间上久暂的分别罢了；但在无限之生里，真的生命的几十年，又何异于台上之一瞬？

我思路沉沉，我觉悟而又惆怅，场里更黑了。

台侧的门开了，射出一道灯光来——我也须下去了，上帝！这也是"为一大事出世"！

我走着台上几小时的生命的道路……

又乏倦地倚着台后的琴站着——幕外的人声，渐渐地远了，人们都来过了；悲剧也罢，喜剧也罢，我的事完了；从宇宙之始，到宇宙之终，也是如此，生命的道路走尽了！

看她们洗去铅华，卸去妆饰，无声地忙乱着。

满地的衣裳狼藉，金戈和珠冠杂置着。台上的仇敌，现在也拉着手说话；台上的亲爱的人，却东一个西一个地各忙自己的事。

我只看着——终竟是弱者呵！我爱这几小时如梦的生命！我抚着头发，抚着锦衣，……"生命只这般的虚幻么？"

六

涵在廊上吹箫，我也走了出去。

天上只微微地月光，我撩起垂拂的白纱帐子来，坐在廊上的床边。

我的手触了一件蠕动的东西，细看时是一条很长的蜈蚣。我连忙用手绢拂到地上去，又唤涵踩死它。

涵放了箫，只默然地看着。

我又说："你还不踩死它！"

他抬起头来，严重而温和的目光，使我退缩。他慢慢地说："姊姊，这也是一个生命呵！"

霎时间，使我有无穷的惭愧和悲感。

七

父亲的朋友送给我们两缸莲花，一缸是红的，一缸是白的，都摆在院子里。

八年之久，我没有在院子里看莲花了——但故乡的园院里，却有许多；不但有并蒂的，还有三蒂的，四蒂的，都是红莲。

九年前的一个月夜，祖父和我在园里乘凉。祖父笑着和我说："我们园里最初开三蒂莲的时候，正好我们大家庭中添了你们三个姊妹。大家都欢喜，说是应了花瑞。"

半夜里听见繁杂的雨声，早起是浓阴的天，我觉得有些烦闷。从窗内往外看时，那一朵白莲已经谢了，白瓣儿小船般散漂在水面。梗上只留个小小的莲蓬，和几根淡黄色的花须，那一朵红莲，昨夜还是菡萏的，今晨却开满了，亭亭地在绿叶中间立着。

仍是不适意！——徘徊了一会子，窗外雷声作了，大雨接着就来，愈下愈大。那朵红莲，被那繁密的雨点，打得左右欹斜。在无遮蔽的天空之下，我不敢下阶去，也无法可想。

对屋里母亲唤着，我连忙走过去，坐在母亲旁边——一回头忽然看见红莲旁边的一个大荷叶，慢慢地倾侧了来，正覆盖在红莲上面……我不宁的心绪散尽了！

雨势并不减退，红莲却不摇动了。雨点不住地打着，只能在那勇敢慈怜的荷叶上面，聚了些流转无力的水珠。

我心中深深地受了感动——

母亲呵！你是荷叶，我是红莲。心中的雨点来了，除了你，谁是我在无遮拦天空下的荫蔽？

一九二二年七月二十一日

八

原是儿时的海，但再来时却又不同。

倾斜的土道，缓缓地走了下去——下了几天的大雨，溪水已涨抵桥板下了。再下去，沙上软得很，拣块石头坐下，伸手轻轻地拍着海水……儿时的朋友呵，又和你相见了！

一切都无改：灯塔还是远立着，海波还是粘天地进退着，坡上的花生园子，还是有人在耕种着。——只是我改了，膝上放着书，手里拿着笔，对着从前绝不起问题的四围的环境思索了。

居然低头写了几个字，又停止了，看了看海，坐得太近了，凝神的时候，似乎海波要将我飘起来。

年光真是一件奇怪的东西！一次来心境已变了，再往后时如何？也许是海借此要拒绝我这失了童心的人，不让我再来了。

天色不早了。采了些野花，也有黄的，也有紫的，夹在书里，无聊地走上坡去——华和杰他们却从远远的沙滩上，拾了许多美丽的贝壳和卵石，都收在篮里，我只站在桥边等着……

他们原和我当日一般，再来时，他们也有像我今日的感想么？

九

只在夜半忽然醒了的时候，半意识的状态之中，那种心情，我相信是和初生的婴儿一样的。——每一种东西，每一件事情，都渐渐的，清澈的，侵入光明的意识界里。

一个冬夜，只觉得心灵从渺冥黑暗中渐渐地清醒了来。

雪白的墙上，哪来些粉霞的颜色，那光辉还不住地跳动——是月夜么？比它清明。是朝阳么？比它稳定。欠身看时，却是薄帘外熊熊的炉火。是谁临睡时将它添得这样旺！

这时忽然了解是一夜的正中。我另到一个世界里去了，澄澈清明，不可描画；白日的事，一些儿也想不起来了，我只静静的……

回过头来，床边小几上的那盆牡丹，在微光中晕红着脸，好像浅笑着对我说："睡人呵！我守着你多时了。"水仙却在光影外，自领略她凌波微步的仙趣，又好像和倚在她旁边的梅花对语。

看守我的安琪儿呵！在我无知的浓睡之中，都将你们辜负了！

火光仍是漾着，我仍是静着——我意识的界限，却不只牡丹，不止梅花，渐渐地扩大起来了。但那时神清若水，一切的事，都像剔透玲珑的石子般，浸在水里，历历可数。

一会儿渐渐地又沉到无意识界中去了——我感谢睡神，他用梦的帘儿，将光雾般的一夜，和尘嚣的白日分开了，使我能完全地留一个清绝的记忆！

一

晚餐的时候。灯光之下，母亲看着我半天，忽然想起笑着说："从前在海边住的时候，我闷极了，午后睡了一觉，醒来遍处找不见你。"

我知道母亲要说什么——我只不言语，我忆起我五岁时的事情了。

弟弟们都问："往后呢？"

母亲笑着看着我说："找到大门前，她正呆呆地自己坐在石阶上，对着大海呢！我睡了三点钟，她也坐了三点钟了。可怜的寂寞的小人儿呵！你们看她小时已经是这样的沉默了——我连忙上前去，珍重地将她揽在怀里……"

母亲眼里满了欢喜慈怜的珠泪。

父亲也微笑了。——弟弟们更是笑着看我。

母亲的爱，和寂寞的悲哀，以及海的深远：都在我的心中，又起了一回不可言说的惆怅！

一一

忘记了是哪一个春天的早晨——手里拿着几朵玫瑰，站在廊上——马莲遍地地开着，玫瑰更是繁星般在绿叶中颤动。

她们两个在院子里缓步，微微的互视地谈着。

这一切都与我无关涉——朝阳照着她们，和风吹着她们；她们的友情在朝阳下酝酿，她们的衣裙在和风中整齐地飘扬。

春浸透了这一切——浸透了花儿和青草……

上帝呵！独立的人不知道自己也浸在春光中。

一二

闷极，是出游都可散怀。——便和她们出游了半日。

回来了——一路只泛泛的。

震荡的车里，我只向后攀着小圆窗看着。弯曲的道儿，跟着车走来，愈引愈长。树木，村舍，和田垄，都向后退曳了去，只有西山峰上的晚霞不动。车里，她们捉对儿谈话，我也和晚霞谈话。——"晚霞！我不配和你谈心，但你总可容我瞻仰。"

车进到城门里，我偶然想起那园来，她们都说去走一走，我本无聊，只微笑随着她们，车又退出去了。

悄悄地进入园里，天色渐暗了——忆起去年此时，正是出园的时候，那时心绪又如何？

幽凉里，走过小桥，走过层阶，她们又四散了。我一路低首行来，猛抬头见了烈冢。碑下独坐，四望青青，晚霞更红了！

正在神思飞越，忠从后面来了。我们下了台去，在仄径中走着。我说："我愿意在此过这悠长的夏日，避避尘嚣。"她说："佳时难再，此游也是纪念。"我无言点首。

鸟儿都休息了，不住地啁啾着——暮色里，匆匆地又走了出来。车进了城了，我仍是向后望着。凉风吹着衣袖和头发——庄严苍古的城楼，浮在晚霞上，竟留了个最深浓的回忆！

一九二二年七月七日

一三

小别之后，星来访我——坐在窗下写些字，看些画，晚凉时才出去。

只谈着谈着，篱外的夕阳渐渐地淡了，墙影渐渐地长了，晚霞退了，繁星生了；我们便渐渐浸到黑暗里，只能看见近旁花台里的小白花，在苍茫中闪烁——摇动。

她谈到沿途的经历和感想，便说："月下宜有清话。群居杂谈，实在无味。"

我说："夜坐谈话，到底比白日有趣，但各种的夜又不同了。月夜宜清谈，星夜宜深谈，雨夜宜絮谈，风夜宜壮谈……固然也须人地两宜，但似乎都有自然的趋势……"

那夜树影深深，回顾悄然，却是个星夜！

我们的谈话，并不深到许多，但已觉得和往日的微有不同。

一四

每次拿起笔来，头一件事忆起的就是海。我嫌太单调了，常常因此搁笔。

每次和朋友们谈话，谈到风景，海波又侵进谈话的岸线里，我嫌太单调了，常常因此默然，终于无语。

一次和弟弟们在院子里乘凉，仰望天河，又谈到海。我想索性今夜彻底地谈一谈海，看词锋到何时为止，联想至何处为极。

我们说着海潮，海风，海舟……最后便谈到海的女神。

涵说："假如有位海的女神，她一定是'艳如桃李，冷若冰霜'的。"我不觉笑问："这话怎讲！"

涵也笑道："你看云霞的海上，何等明媚；风雨的海上，又是何等的阴沉！"

杰两手抱膝凝听着，这时便运用他最丰富的想象力，指点着说："她……她住在灯塔的岛上，海霞是她的扇旗，海鸟是她的侍从；夜里她曳着白衣蓝裳，头上插着新月的梳子，胸前挂着明星的璎珞；翩翩地飞行于海波之上……"

楫忙问："大风的时候呢？"杰道："她驾着风车，狂飙疾转地在怒涛上驱走；她的长袖拂没了许多帆舟。下雨的时候，便是她忧愁了，落泪了，大海上一切都低头静默着。黄昏的时候，霞光灿然，便是她回波电笑，云发飘扬，丰神轻柔而潇洒……"

这一番话，带着画意，又是诗情，使我神往，使我微笑。

楫只在小椅子上，挨着我坐着，我抚着他，问："你的话必是更好了，说出来让我们听听！"他本静静地听着，至此便抱着我的臂儿，笑道："海太大了，我太小了，我不会说。"

我肃然——涵用折扇轻轻地击他的手，笑说："好一个小哲学家！"

涵道："姊姊，该你说一说了。"我道："好的都让你们说尽了——我只希望我们都像海！"

杰笑道："我们不配做女神，也不要'艳如桃李，冷若冰霜'的。"

他们都笑了——我也笑说："不是说做女神，我希望我们都做个'海化'的青年。像涵说，海是温柔而沉静。杰说的，海是超绝而威严。

207

楫说得更好了，海是神秘而有容，也是虚怀，也是广博……"

我的话太乏味了，楫的头渐渐地从我臂上垂下去，我扶住了，回身轻轻地将他放在竹榻上。

涵忽然说："也许是我看的书太少了，中国的诗里，咏海的真是不多；可惜这么一个古国，上下数千年，竟没有一个'海化'的诗人！"

从诗人上，他们的谈锋便转移到别处去了——我只默默地守着楫坐着，刚才的那些话，只在我心中，反复地寻味——思想。

一五

黄昏时下雨，睡得极早，破晓听见钟声续续地敲着。

这钟声不知是哪个寺里的，起的稍早，便能听见——尤其是冬日——但我从来未曾数过，到底敲了多少下。

徐徐地披衣整发，还是四无人声，只闻啼鸟。开门出去，立在阑外，润湿的晓风吹来，觉得春寒还重。

地下都潮润了，花草更是清新，在濛濛的晓烟里笼盖着，秋千的索子，也被朝露压得沉沉下垂。

忽然理会得枝头渐绿，墙内外的桃花，一番雨过，都零落了——忆起断句"落尽桃花潒天地"，临风独立，不觉悠然！

一六

一年三百六十五天，有许多可纪的事；一年三百六十五夜，更有许多可纪的梦。

在梦中常常是神志湛然，飞行绝迹，可以解却许多白日的尘机烦虑。更有许多不可能的，意外的遨游，可以突兀实现。

一个春夜：梦见忽然在一个长廊上徐步，一带的花竹阑干，阑外是水。廊上近水的那一边，不到五步，便放着一张小桌子，用花边的白布罩着，中间一瓶白丁香花，杂着玫瑰，旁边还错落的摆着杯盘。望到廊的尽处，几百张小桌子，都是一样的。好像是有什么大集会，候客未来的光景。

我不敢久驻，轻轻地走过去。廊边一扇绿门，徐徐推开，又换了一番景致，长廊上的事，一概忘了。

门内是一间书室，尽是藤榻竹椅，地上铺着花席。一个女子，近窗写着字，我仿佛认得是在夏令会里相遇的谁家姊妹之一。

我们都没有说什么，我也未曾向她谢擅入的罪，似乎我们又是约下的。这时门外走进她的妹妹来，笑着便带我出去。

走过很长的甬道，两旁柱上挂许多风景片，也都用竹框嵌着，道旁遮满了马缨花。

出了一个圆门——便是梦中意识的焦点，使我醒后能带挈着以上的景致，都深忆不忘的——到了门外只见一望无边蔚蓝欲化的水。

这一片水：不是湖也不是海，比湖蔚蓝，比海平静，光艳得不可描画。……不可描画！生平醒时和梦中所见的水，要以此为第一了！

一道柳堤将这水界开了，绿意直伸到水中去。堤上缓步行来。梦中只觉飘然，悠然，而又怃然！

走尽了长堤，到了青翠的小山边，一处层阶之下，听得堂上有人讲书。她家的姊姊忽然又在旁边，问我："你上去不？"我谢她说："不去罢，还是到水边好。"

一转身又只剩我自己了，这回却沿着水岸走。风吹着柳叶。附满了绿苔的石头，错杂的在细流里立着。水光浸透了我沉醉的灵魂……

帘子一声响，梦惊碎了！水光在我眼前漾了几漾，便一时散开了，荡化了！

张递过一封信，匆匆地便又出去。

我要留梦，梦已去无痕迹……

朦胧里拿起信来一看，却是琳在西湖寄我的一张明片。

晚上我便寄她几行字：

姊姊！

清福便独享了罢，

何须寄我些春泛的新诗？

心灵里已是烦忙，

又添了未曾相识的湖山，

频来入梦！

——《春水》一五七

一七

我坐在院里，仪从门外进来，悄悄地和我说："你睡了以后，叔叔骑马去了，是那匹好的白马……"我连忙问："在哪里？"他说："在山下呢，你去了，可不许说是我告诉的。"我站起来便走。仪自己笑着，走到书室里去了。

出门便听见涛声，新雨初过，天上还是轻阴。曲折平坦的大道，直斜到山下，既跑了就不能停足，只身不由己地往下走。转过高岗，已望见父亲在平野上往来驰骋。这时听得乳娘在后面追着，唤："慢慢地走！看道滑掉在谷里！"我不能回头，索性不理她。我只不住地唤着父亲，乳娘又不住地唤着我。

父亲已听见了，回身立马不动。到了平地上，看见董自己远远地立在树下。我笑着走到父亲马前，父亲凝视着我，用鞭子微微地击我的头，说："睡好好的，又出来做什么！"我不答，只举着两手笑说："我也上去！"

父亲只得下来，马不住地在场上打转，父亲用力牵住了，扶我骑上。

董便过来挽着辔头，缓缓地走了。抬头一看，乳娘本站在岗上望着我，这时才转身下去。

我和董说："你放了手，让我自己跑几周！"董笑说："这马野得很，姑娘管不住，我快些走就得了。"

渐渐地走快了，只听得耳旁海风，只觉得心中虚凉，只不住地笑，笑里带着欢喜与恐怖。

父亲在旁边说："好了，再走要头晕了！"说着便走过来。

我撩开脸上的短发，双手扶着鞍子，笑对父亲说："我再学骑十年的马，就可以从军去了，像父亲一般，做勇敢的军人！"父亲微笑不答。

马上看海面的黄昏——

董在前牵着，父亲在旁扶着。晚风里上了山，直到门前。

母亲和仪，还有许多人，都到马前来接我。

一八

我最怕夏天白日睡眠，醒时使人惆怅而烦闷。

无聊地洗了手脸，天色已黄昏了，到门外园院小立，抬头望见了一天金黄色的云彩。——世间只有云霞最难用文字描写，心里融会得到，笔下却写不出。因为文字原是最着迹的，云霞却是最灵幻的，最不着迹的，徒唤奈何！

回身进到院里，隔窗唤涵递出一本书来，又到门外去读。云彩又变了，半圆的月，渐渐地没入云里去了。低头看了一会子的书。听得笑声，从圆形的缘满豆叶的棚下望过去，杰和文正并坐在秋千上；往返地荡摇着，好像一幅活动的影片，——光也从圆片上出现了，在后面替他们推送着。光夏天瘦了许多，但短发拂额，仍掩不了她的憨态。

我想随处可写，随时可写，时间和空间里开满了空灵清艳的花，以供慧心人的采撷，可惜慧心人写不出！

天色更暗了，书上的字已经看不见。云色又变了，从金黄色到暗灰色。轻风吹着纱衫，已是太凉了，月儿又不知哪里去了。

一九二二年七月五日

一九

后楼上伴芳弹琴。忽然大雷雨——

那些日子正是初离母亲过宿舍生活的时期。一连几天，都是好天气，同学们一起读书说笑，不觉把家淡忘了。——但这时我心里突然的郁闷焦躁。

我站在琴旁，低头抚着琴上的花纹说："我们到前楼去罢！"芳住了琴劝我说："等止了雨再走，你看这么大的雨，如何走得下去；你先在一旁坐着，听我弹琴，好不好？"我无聊只得坐下。

雷声只管隆隆，雨声只管澎湃。天容如墨，窗内黑暗极了。我替芳开了琴旁的电灯，她依旧弹着琴，只抬头向我微微地笑了一笑。

她不注意我，我也不注意她——我想这时母亲在家里，也不知道做些什么？也许叫人卷起苇帘，挪开花盆，小弟弟们都在廊上拍手看雨……

想着，目注着芳的琴谱，忽然觉得纸上渐渐地亮起来。回头一看，雨已止了，夕阳又出来了，浮云都散了，奔走得很快。树上更绿了，蝉儿又带着湿声乱叫着。

我十分欢喜，过去唤芳说："雨住了，我们下去罢！"芳看一看壁上的钟，说："只剩一刻钟了，再容我弹两遍。"我不依，说："你不去，我自己去。"说着回头便走。她只得关上琴盖，将琴谱收在小柜子里，一面笑着："你这孩子真磨人！"

球场边雨水成湖，我们挨着墙边，走来走去。藤萝上的残滴，还不时地落下来，我们并肩站在水边，照见我们在天上云中的影子。

只走来走去地谈着，郁闷已没有了。那晚我竟没有上夜堂去，只坐在秋千板上，芳攀着秋千索子，站在我旁边，两人直谈到夜深。

二〇

精神上的朋友宛因，和我的通讯里，曾一度提到死后，她说："我只要一个白石的坟墓，四面矮矮的石阑，墓上一个十字架，再有一个仰天沉思的石像。……这墓要在山间幽静处，丛树荫中，有溪水徐流，你一日在世，有什么新开的花朵，替我放上一两束，其余的人，就不必到那里去。"

我看完这一段，立时觉得眼前涌现了一幅清幽的图画。但是我想来想去……宛因呵，你还未免太"人间化"了！

何如脚儿赤着，发儿松松地挽着，躯壳用缟白的轻绡裹着，放在一个空明莹澈的水晶棺里，用纱灯和细乐，一叶扁舟，月白风清之夜，将这棺儿送到海上，在一片挽歌声中，轻轻地系下，葬在海波深处。

想象吊白衣如雪，几只大舟，首尾相接，耀以红灯，绕以清乐，一簇地停在波心。何等凄清，何等苍凉，又是何等豪迈！

以万顷沧波做墓田，又岂是人迹可到？即使专诚要来瞻礼，也只能下俯清波，遥遥凭吊。

更何以人间暂时的花朵，来娱悦海中永久的灵魂！看天上的乱星孤月，水面的晚烟朝霞，听海风夜奔，海波夜啸。

比新开的花，徐流的水，其壮美的程度相去又如何？

从此穆然，超然，在神灵上下，鱼龙竞逐，珊瑚玉树交枝回绕的渊底，垂目长眠：那真是数千万年来人类所未享过的奇福！

至此搁笔，神志洒然，忽然忆起少作走韵的"集龚"中有："少年哀乐过于人，消息都妨父老惊；一事避君君匿笑，欲求缥缈反幽深。"——不觉一笑！

一九二二年七月三十一日

闲　情

　　弟弟从我头上，拔下发针来，很小心地挑开了一本新寄来的月刊。看完了目录，便反卷起来，握在手里。笑说："莹哥，你真是太沉默了，一年无有消息。"

　　我凝思地，微微答以一笑。

　　是的，太沉默了！然而我不能，也不肯忙中偷闲；不自然地，造作地，以应酬为目的地，写些东西。

　　病的神慈悲我，竟赐予我以最清闲最幽静的七天。

　　除了一天几次吃药的时间，是苦的以外，我觉得没有一时，不沉浸在轻微的愉快之中。——庭院无声。枕簟生凉。温暖的阳光，穿过苇帘，照在淡黄色的壁上。浓密的树影，在微风中徐徐动摇。窗外不时地有好鸟飞鸣。这时世上一切，都已抛弃隔绝，一室便是宇宙，花影树声，都含妙理。是一年来最难得的光阴呵，可惜只有七天！

　　黄昏时，弟弟归来，音乐声起，静境便奄然破了。一块暗绿色的绸子，蒙在灯上，屋里一切都是幽凉的，好似悲剧的一幕。镜中照见自己玲珑的白衣，竟悄然地觉得空灵神秘。当屋隅的四弦琴，颤动地，生涩地，徐徐奏起。两个歌喉，由不同的调子，渐渐合一。由悠扬，而宛转，由高吭，而沉缓的时候，怔忡的我，竟感到了无限的怅惘与不宁。

小孩子们真可爱，在我睡梦中，偷偷地来了，放下几束花，又走了。小弟弟拿来插在瓶里，也在我睡梦中，偷偷地放在床边几上。——开眼瞥见了，黄的和白的，不知名的小花，衬着淡绿的短瓶。……原是不很香的，而每朵花里，都包含着天真的友情。

终日休息着，睡和醒的时间界限，便分得不清。有时在中夜，觉得精神很圆满。——听得疾雷杂以疏雨，每次电光穿入，将窗台上的金钟花，轻淡清澈地映在窗帘上，又急速地隐抹了去。而余影极分明地，印在我的脑膜上。我看见"自然"的淡墨画，这是第一次。

得了许可，黄昏时便出来疏散。轻凉袭人。迟缓的步履之间，自觉很弱，而弱中隐含着一种不可言说的愉快。这情景恰如小时在海舟上，——我完全不记得了，是母亲告诉我的，——众人都晕卧，我独不理会，颠顿的自己走上舱面，去看海。凝注之顷，不时地觉得身子一转，已跌坐在甲板上，以为很新鲜，很有趣。每坐下一次，便喜笑个不住，笑完再起来，希望再跌倒。忽忽又是十余年了，不想以弱点为愉乐的心情，至今不改。

一个朋友写信来慰问我，说："东坡云'因病得闲殊不恶'，我亦生平善病者，故知能闲真是大功夫，大学问。……如能于养神之外，偶阅《维摩经》尤妙，以天女能道尽众生之病，断无不能自己其病也！恐扰清神，余不敢及。"

因病得闲，是第一慊心事，但佛经却没有看。

一九二二年六月十二日

腊八粥

从我能记事的日子起，我就记得每年农历十二月初八，母亲就给我们煮腊八粥。

这腊八粥是用糯米、红糖和十八种干果掺在一起煮成的。干果里大的有红枣、桂圆、核桃、白果、杏仁、栗子、花生、葡萄干等，小的有各种豆子和芝麻之类，吃起来十分香甜可口。母亲每年都是煮一大锅，不但合家大小都吃到了，有多的还分送给邻居和亲友。

母亲说：这腊八粥本来是佛教寺煮来供佛的——十八种干果象征着十八罗汉，后来这风俗便在民间通行。因为借这机会，清理厨柜，把这些剩余杂果，煮给孩子吃，也是节约的好办法。最后，她叹一口气说："我的母亲是腊八这一天逝世的，那时我只有十四岁。我伏在她身上痛哭之后，赶忙到厨房去给父亲和哥哥做早饭，还看见灶上摆着一小锅她昨天煮好的腊八粥。现在我每年还煮这腊八粥，不是为了供佛，而是为了纪念我的母亲。"

我的母亲是一九三〇年一月七日逝世的，正巧那天也是农历腊八！那时我已有了自己的家，为了纪念我的母亲，我也每年在这一天煮腊八粥，虽然我凑不上十八种干果，但是孩子们也还是爱吃的。抗战后南北迁徙，有时还在国外，尤其是最近的十年，我们几乎连个"家"

都没有，也就把"腊八"这个日子淡忘了。

今年"腊八"这一天早晨，我偶然看见我的第三代几个孩子，围在桌旁边，在洗红枣、剥花生，看见我来了，都抬起头来说："姥姥，以后我们每年还煮腊八粥吃吧！妈妈说这腊八粥可好吃啦。您从前是每年都煮的。"我笑了，心想这些孩子们真馋。我说："那是你妈妈们小时候的事情了，在抗战的时候，难得吃到一点甜食，吃腊八粥就成了大典。现在为什么还找这个麻烦？"

他们彼此对看了一下，低下头去，一个孩子轻轻地说："妈妈和姨妈说，您母亲为了纪念她的母亲，就每年煮腊八粥，您为了纪念您的母亲，也每年煮腊八粥。现在我们为了纪念我们敬爱的周总理，周爷爷，我们也要每年煮腊八粥！这些红枣、花生、栗子和我们能凑来的各种豆子，不是代表十八罗汉，而是象征着我们这一代准备走上各条战线的中国少年，大家紧紧地、融洽地、甜甜蜜蜜地团结在一起……"他一面从口袋里掏出一小张叠得很平整的小日历纸，在一九七六年一月八日的下面，印着"农历乙卯年十二月八日"字样。他把这张小纸送到我眼前说："您看，这是妈妈保留下来的，周爷爷的忌辰，就是腊八！"

我没有说什么，只泫然地低下头去，和他们一同剥起花生来。

一九七九年二月三日凌晨

（最初发表于《新港》1979年3月号）

老舍和孩子们

我认识老舍先生是在三十年代初期一个冬天的下午。这一天，郑振铎先生把老舍带到北京郊外燕京大学我们的宿舍里来。我们刚刚介绍过，寒暄过，我给客人们倒茶的时候，一转身看见老舍已经和我的三岁的儿子，头顶头地跪在地上，找一只狗熊呢。当老舍先生把手伸到椅后拉出那只小布狗熊的时候，我的儿子高兴得抱住这位陌生客人的脖子，使劲地亲了他一口！这逗得我们都笑了。直到把孩子打发走了，老舍才掸了掸裤子，坐下和我们谈话。他给我的第一个难忘的印象是：他是一个热爱生活、热爱孩子的人。

从那时起，他就常常给我寄来他的著作，我记得有：《老张的哲学》《二马》《小坡的生日》，还有其他的作品。我的朋友许地山先生、郑振铎先生等都告诉过我关于老舍先生的家世、生平，以及创作的经过，他们说他是出身于贫苦的满族家庭，饱经忧患。他是在英国伦敦大学东方学院教汉语时，开始写他的第一部小说《老张的哲学》的；并说他善于描写劳动人民的生活和感情，很有英国名作家狄更斯的风味，等等。我自己也感到他的作品有特殊的魅力，他的传神生动的语言，充分地表现了北京的地方色彩；充分地传达了北京劳动人民的悲愤和辛酸、向往与希望。他的幽默里有伤心的眼泪，黑暗里又看到了阶级友爱的温暖和光明。每一个书中人物都用他或她的最合身份、最地道的北京话，说出了旧社会给他们打上的烙印或创伤。这一点，在我们一代的作家中是独树一帜的。

我们和老舍过往较密的时期，是在抗战期间的重庆。那时我住在重庆郊外的歌乐山，老舍是我家的熟客，更是我的孩子们最欢迎的人。"舒伯伯"一来了，他们和他们的小朋友们，就一窝蜂似地围了上来，拉住不放，要他讲故事，说笑话，老舍也总是笑嘻嘻地和他们说个没完。这时我的儿子和大女儿已经开始试看小说了，也常和老舍谈着他的作品。有一次我在旁边听见孩子们问："舒伯伯，您书里的好人，为什么总是姓李呢？"老舍把脸一绷，说："我就是喜欢姓李的！——你们要是都做好孩子，下次我再写书，书里的好人就姓吴了！"孩子们都高兴得拍起手来，老舍也跟着大笑了。

因为老舍常常被孩子们缠住，我们没有谈正经事的机会。我们就告诉老舍："您若是带些朋友来，就千万不要挑星期天，或是在孩子们放学的时候。"于是老舍有时就改在下午一两点钟和一班朋友上山来了。我们家那几间土房子是没有围墙的，从窗外的山径上就会听见老舍豪放的笑声："泡了好茶没有？客人来了！"我记得老舍赠我的诗笺中，就有这么两句：

闲来喜过故人家，
挥汗频频索好茶。

现在，老舍赠我的许多诗笺，连同他们夫妇赠我的一把扇子——一面写的是他自己的诗，一面是胡絜青先生画的花卉，在"四人帮"横行的时候都丢失了！这个损失是永远补偿不了的！

抗战胜利后，我们到了日本，老舍去了美国。这时我的孩子们不但喜欢看书，而且也会写信了。大概是因为客中寂寞吧，老舍和我的孩子们的通信相当频繁，还让国内的书店给孩子们寄书，如《骆驼祥子》，《四世同堂》，等等。有一次我的大女儿把老舍给她信中的一段念给我听，大意是：你们把我捧得这么高，我登上纽约的百层大楼，往下一看，觉得自己也真是不矮！我的小女儿还说："舒伯伯给我的信里说，他在纽约，就像一条丧家之犬。"一个十岁的小女孩，哪里懂得一个热爱祖国、热爱人民的作家，去国怀乡的辛酸滋味呢？

一九五一年，我们从日本回来。一九五二年的春天，我正生病，老舍来看我。他拉过一张椅子，坐在我的床边，眉飞色舞地和我谈到解放后北京的新人新事，谈着毛主席和周总理对文艺工作者的鼓励和关怀。这时我的孩子们听说屋里坐的客人是"舒伯伯"的时候，就都轻轻地走了进来，站在门边，静静地听着我们谈话。老舍回头看见了，从头到脚扫了他们一眼，笑问："怎么？不认得'舒伯伯'啦？"这时，这些孩子已是大学、高中和初中生了，他们走了过来，不是拉着胳膊抱着腿了，而是用双手紧紧握住"舒伯伯"的手，带点羞涩地说："不是我们不认得您，是您不认得我们了！"老舍哈哈大笑地说："可不是，你们都是大小伙子，大小姑娘了，我却是个小老头儿了！"顿时屋里又欢腾了起来！

一九六六年九月的一天，我的大女儿从兰州来了一封信，信上说："娘，舒伯伯逝世了，您知道么？"这对我是一声晴天霹雳，这么一个充满了活力的人，怎么会死呢！那时候，关于我的朋友们的消息，我都不知道，我也无从知道……

"四人帮"打倒了以后，我和我们一家特别怀念老舍，我们常常悼念他，悼念在"四人帮"疯狂迫害下，我们的第一个倒下去的朋友！前几天在电视上看到《龙须沟》重新放映的时候，我们都流下了眼泪，不但是为这感人的故事本身，而是因为"人民艺术家"没有能看到我们的第二次解放！一九五三年在我写的《陶奇的暑期日记》那篇小说里，在七月二十九日那一段，就写到陶奇和她的表妹小秋看《龙须沟》影片后的一段对话，那实际就是我的大女儿和小女儿的一段对话：

> 看完电影出来……我看见小秋的眼睛还红着，就过去搂着她，劝她说："你知道吧？这都是解放以前的事了。后来不是龙须沟都修好了，人民日子都好过了么？我们永远不会再过那种苦日子了。"

小秋点了点头，说："可是二妞子已经死了，她什么好事情都没有看见！"我心里也难受得很。

二十五年以后，我的小女儿，重看了《龙须沟》这部电影，不知不觉地又重说了她小时候说过的话："'四人帮'打倒了，我们第二次解放了，可惜舒伯伯看不见了！"这一次我的大女儿并没有过去搂着她，而是擦着眼泪，各自低头走开了！

在刚开过的中国文联全委扩大会议上，看到了许多活着而病残的文艺界朋友，我的脑中也浮现了许多死去的文艺界朋友——尤其是老舍。老舍若是在世，他一定会做出揭发"四人帮"的义正词严淋漓酣畅的发言。可惜他死了！

关于老舍，许多朋友都写出了自己对于他的怀念、痛悼、赞扬的话。一个"人民艺术家""语言大师""文艺界的劳动模范"的事迹和成就是多方面的，每一个朋友对于他的认识，也各有其一方面，从每一个侧面投射出一股光柱，许多股光柱合在一起，才能映现出一个完全的老舍先生！为老舍的不幸逝世而流下悲愤的眼泪的，决不止是老舍的老朋友、老读者，还有许许多多的青少年。老舍若是不死，他还会写出比《宝船》《青蛙骑士》更好的儿童文学作品，因为热爱儿童，就是热爱着祖国和人类的未来！在党中央向科学文化进军的伟大号召下，他会更以百倍的热情为儿童写作的。

感谢党中央，粉碎了"四人帮"，也挽救了文艺界，使我能在十二年之后，终于写出了这篇悼念老舍先生的文章。如今是大地回春，百花齐放。我的才具比老舍先生差远了，但是我还活着，我将效法他辛勤劳动的榜样，以一颗热爱儿童的心，为本世纪之末的四个现代化的社会主义祖国的主人，努力写出一点有益于他们的东西！

一九七八年六月二十一日

我到了北京

大概是在一九一三年初秋，我到了北京。

中华民国成立后，海军部长黄钟瑛打电报把我父亲召到北京，来担任海军部军学司长。父亲自己先去到任，母亲带着我们姐弟四个，几个月后才由舅舅护送着，来到北京。

实话说，我对北京的感情，是随着居住的年月而增加的。我从海阔天空的烟台，山清水秀的福州，到了我从小从舅舅那里听到的腐朽破烂的清政府所在地——北京，我是没有企望和兴奋的心情的。当轮船缓慢地驶进大沽口十八湾的时候，那浑黄的河水和浅浅的河滩，都给我以一种抑郁烦躁的感觉。从天津到北京，一路上青少黄多的田亩，一望无际，也没有引起我的兴趣！到了北京东车站，父亲来接，我们坐上马车，我眼前掠过的，就是高而厚的灰色的城墙，尘沙飞扬的黄土铺成的大道，匆忙而又迂缓的行人和流汗的人力车夫的奔走，在我茫然漠然的心情之中，马车已把我送到了一住十六年的"新居"，北京东城铁狮子胡同中剪子巷十四号。

这是一个不大的门面，就像天津出版社印的老舍先生的《四世同堂》的封面画，是典型的北京中等人家的住宅。大门左边的门框上，挂着黑底金字的"齐宅"牌子。进门右边的两扇门内，是房东齐家的住处。

往左走过一个小小的长方形外院，从朝南的四扇门进去，是个不大的三合院，便是我们的"家"了。

这个三合院，北房三间，外面有廊子，里面有带砖炕的东西两个套间。东西厢房各三间，都是两明一暗，东厢房做了客厅和父亲的书房，西厢房成了舅舅的居室和弟弟们读书的地方。从北房廊前的东边过去，还有个很小的院子，这里有厨房和厨师父的屋子，后面有一个蹲坑的厕所。北屋后面西边靠墙有一座极小的两层"楼"，上面供的是财神，下面供的是狐仙！

我们住的北房，除东西套间外，那两明一暗的正房，有玻璃后窗，还有雕花的"隔扇"，这隔扇上的小木框里，都嵌着一幅画或一首诗。这是我在烟台或福州的房子里所没有的装饰，我很喜欢这个装饰！框里的画，是水墨或彩色的花卉山水，诗就多半是我看过的《唐诗三百首》中的句子，也有的是我以后在前人诗集中找到的。其中只有一首，是我从来没有遇见过的，那是一首七律：

> 飘然高唱入层云，
> 风急天高（？）忽断闻。
> 难解乱丝唯勿理，
> 善存余焰不教焚。
> 事当路口三叉误，
> 人便江头九派分。
> 今日始知吾左计，
> 枉亲书剑负耕耘。

我觉得这首诗很有哲理意味。

我们在这院子里住了十六年！这里面堆积了许多我对于我们家和

224

北京的最初的回忆。

我最初接触的北京人，是我们的房东齐家。我们到的第二天，齐老太太就带着她的四姑娘，过来拜访。她称我的父母亲为"大叔""大婶"，称我们为姑娘和学生。（现在我会用"您"字，就是从她们学来的。）齐老太太常来请我母亲到她家打牌，或出去听戏。母亲体弱，又不惯于这种应酬，婉言辞谢了几次之后，她来的便少了。我倒是和她们去东安市场的吉祥园，听了几次戏，我还赶上了听杨小楼先生演黄天霸的戏，戏名我忘了。我又从《汾河湾》那出戏里，第一次看到了梅兰芳先生。

我常被领到齐家去，她们院里也有三间北屋和东西各一间的厢房。屋里生的是大的铜的煤球炉子，很暖。她家的客人很多，客人来了就打麻雀牌，抽纸烟。四姑娘也和他们一起打牌吸烟，她只不过比我大两三岁！

齐家是旗人，他本来姓"祈"（后来我听到一位给母亲看病的满族中医讲到，旗人有八个姓，就是童、关、马、索、祈、富、安、郎），到了民国，旗人多改汉姓，他们就姓了"齐"。他们家是老太太当权，齐老先生和他们的小脚儿媳，低头出入，忙着干活，很少说话。后来听人说，这位齐老太太从前是一个王府的"奶子"，她攒下钱盖的这所房子。我总觉得她和我们家门口大院西边那所大宅的主人有关系。这所大宅子的前门开在铁狮子胡同，后门就在我们门口大院的西边。常常有穿着鲜艳的旗袍和坎肩，梳着"两把头"，髻后有很长的"燕尾儿"，脚登高底鞋的贵妇人出来进去的。她们彼此见面，就不住地请安问好，寒暄半天，我远远看着觉得十分有趣。但这些贵妇人，从来没有到齐家来过。

就这样，我所接触的只是我家院内外的一切，我的天地比从前的狭仄冷清多了，幸而我的父亲是个不甘寂寞的人，他在小院里砌上花台，下了"衙门"（北京人称上班为上衙门！）便卷起袖子来种花。我们在外头那个长方形的院子里，还搭起一个葡萄架子，把从烟台寄来的葡萄秧子栽上。后来父亲的花园渐渐扩大到大门以外，他在门口种了些野茉莉、蜀葵之类容易生长的花朵，还立起了一个秋千架。周围的孩子就常来看花，打秋千，他们把这大院称作"谢家大院"。

"谢家大院"是周围的孩子们集会的地方，放风筝的、抖空竹的、跳绳踢毽子的、练自行车的……热闹得很，因此也常有"打糖锣的"的担子歇在那里，锣声一响，弟弟们就都往外跑，我便也跟了出去。这担子里包罗万象，有糖球、面具、风筝、刀枪等，价钱也很便宜。这糖锣担子给我的印象很深！前几年我认识一位面人张，他捏了一尊寿星送我，我把这尊寿星送给一位英国朋友——一位人类学者，我又特烦面人张给我捏一副"打糖锣的"的担子，把它摆在我玻璃书架里面，来锁住我少年时代的一幅画境。

总起来说，我初到北京的那一段生活，是陌生而乏味的。"山中岁月""海上心情"固然没有了，而"辇下风光"我也没有领略到多少！那时故宫、景山和北海等处，还都没有开放，其他的名胜地区，我记得也没有去过。只有一次和弟弟们由舅舅带着逛了隆福寺市场，这对我也是一件新鲜事物！市场里熙来攘往，万头攒动。栉比鳞次的摊子上，卖什么的都有，古董、衣服、吃的、用的五光十色；除了做买卖的，还有练武的、变戏法的、说书的……我们的注意力却集中在玩具摊上！我记得最清楚的是棕人铜盘戏出。这是一种纸糊的戏装小人，最精彩的是武将，头上插着翎毛，背后扎着四面小旗，全副盔甲，衣袍底下却是一圈棕子。这些戏装小人都放在一个大铜盘上。耍的人一敲那铜盘子，个个棕人都旋转起来，刀来枪往，煞是好看。

父亲到了北京以后，似乎消沉多了，他当然不会带我上"衙门"，其他的地方，他也不爱去，因此我也很少出门。这一年里我似乎长大了许多！因为这时围绕着我的，不是那些堂的或表的姐妹弟兄，而只是三个比我小得多的弟弟，岁时节序，就显得冷清许多。二来因为我追随父亲的机会少了，我自然而然地成了母亲的女儿。我不但学会了替母亲梳头（母亲那时已经感到臂腕酸痛），而且也分担了一些家务，我才知道"过日子"是一件很操心、很不容易对付的事！这时我也常看母亲订阅的各种杂志，如商务印书馆出版的《妇女杂志》，《小说月报》和《东方杂志》等，我就是从《妇女杂志》的文苑栏内，首先接触到"词"这种诗歌形式的。我的舅舅杨子敬先生做了弟弟们的塾师，他并没有叫我参加学习，我白天帮母亲做些家务，学些针黹，晚上就在堂屋的方桌边，和三个弟弟各据一方，帮他们温习功课。他们倦了就给他们讲些故事，也领他们做些游戏，如"老鹰抓小鸡"之类，自己觉得俨然是个小先生了。

弟弟们睡觉以后，我自己孤单地坐着，听到的不是高亢的军号，而是墙外的悠长而凄清的叫卖"羊头肉"或是"赛梨的萝卜"的声音，再不就是一声声算命瞎子敲的小锣，敲得人心头打颤，使我彷徨而烦闷！

写到这里，我微微起了感喟。我的生命的列车，一直是沿着海岸飞驰，虽然山回路转，离开了空阔的海天，我还看到了柳暗花明的村落。而走到北京的最初一段，却如同列车进入隧道，窗外黑糊糊的，车窗关上了，车厢里电灯亮了，我的眼光收了回来，在一圈黄黄的灯影下，我仔细端详了车厢里的人和物，也端详了自己……

北京头一年的时光，是我生命路上第一段短短的隧道，这种黑糊糊的隧道，以后当然也还有，而且更长，不过我已经长大成人了！

一九八一年六月十六日

我的择偶条件

新近搬了一次"家"，居然能从五个人合住的一间屋子，搬到一间卧室，一间书房连客厅的房子里来，虽然仍有一个"屋伴"，在重庆算是不容易的了。这两间屋子，略加布置，尚属雅洁。窗明几净，常有不少的朋友来陪我闲谈；大家总觉得既有这么雅洁的屋子，更应当有个太太了，于是谈锋又转到了择偶的条件。随谈随写，居然也有二十几条，如下：

一　因为我自己是在北方长大的南方人，所以我希望对方不是"北人南相"——此条可以商量。

二　因为我是学文学的，所以希望对方至少能够欣赏文艺。

三　因为我是将近四十岁的人，所以希望对方不在二十五岁以下。

四　因为我自己是个瘦子，所以希望对方不是一个胖子。

五　因为我自己不搽润面油、司丹康，所以希望对方也不浓施脂粉，厚抹口红。

六　因为我自己从未穿过西装，所以希望对方也不穿着洋服——东方女子穿西服，十个有九个半难看！

七　因为我有几个外国朋友，所以希望对方懂得几句外国语言。

八　因为我自己好客，所以希望对方不是一个见了生人说不出话的女子。

　　九　　因为我很择客，所以希望对方也不招致许多无聊的男女朋友，哼哼洋歌，嚼嚼瓜子，把橘子皮扔得满地。

　　十　　因为我颇有洁癖，所以希望对方也相当的整齐清洁——至少不会翻乱我的书籍，弄脏我的衣冠。

　　十一　　因为我怕香花，所以希望对方不戴白玉兰，不在屋子里插些丁香、真珠梅之类。

　　十二　　因为我喜欢雅淡，所以希望对方不穿浓艳及颜色不调和的衣服，我总忘不了黄莘田先生的两句诗："颜色上伊身便好，带些黯淡大家风。"

　　十三　　我自己曾经享受过很舒服的衣食住行，而在抗战期内，绝口不提从前的幸福！我觉得流离痛苦是该受的。因此，我希望对方不是整天的叹气着说："从前在北平的时候呀，""这仗打到什么时候才完呀，"一类的废话。

　　十四　　因为我喜欢旅行，所以希望对方也不以旅行为苦。

　　十五　　因为我喜欢海，所以我希望对方也爱泅水，不怕海风。

　　十六　　因为我喜欢山居，所以希望对方不怕山居的寂寞。

　　十七　　因为我喜听京戏——虽然并不常去，所以希望对方不把国剧看得一钱不值。

　　十八　　我喜欢看美人，无论是真人或图画，希望对方能够谅解。我只是赞叹而已。倘若她也和我一样，也只爱"看"美男子，我决予以鼓励。

　　十九　　因为我自觉是个"每逢大事有静气"的汉子，（看见或摸着个把臭虫时除外，但此不是大事），所以希望对方遇有小惊小怕时，不做电影明星式的捧心高叫。

　　二十　　我对于屋内的挂幅，选择颇严，希望对方不在案侧或床头，挂些低级趣味的裸体画，或明星照片。

二十一　我很喜欢炉中的微火和烛火，以为在柔软的光影中清谈，是最惬心的事，希望对方也能欣赏，至少不至喜欢强烈直射的灯光。

二十二　我喜欢微醺的情境；在微醉后谈话作文，都更觉有兴致。因此，我希望对方不反对人喝"一点"酒。但若甜酒——如杂果酒，喝到两杯以上，白酒五杯以上，黄酒十杯以上，亲爱的，请你阻止我！

二十三　因为我在北方长大，能吃大葱大蒜，所以希望对方虽不与我同嗜，至少也不厌恶这种气味。

二十四　因为我喜听音乐，所以希望对方不在音乐会场内，高声谈笑或睡觉。

二十五　因为我喜欢生物，所以希望对方不反对我养狗或养鸽。

二十六　……

一个朋友把我叫住了。说："你曾笑你那位死去的朋友，提出了二十六个择偶的条件，如今你竟快要打破他的纪录了。"我说我的条件实和他的不同，都是就我已有的本钱来讨代价，并不曾做过分的要求，纵不能抛玉引玉，也还是抛砖引砖，条件再多些谅也无妨。而且我注意的只是嗜好与习惯上的小节，至于她的容貌性情以及经济生产能力等，我都可以随遇而安，不加苛求的。另一个朋友说："嗜好习惯太相同了，反无互相吸引之力，生活在一起没有兴趣。而且像你这样的斤斤于小节，只有让你自己再变成为一个女人，来配你自己吧。"天哪，假如我真是个女人，恐怕早已结婚，而且是已有了两三个孩子了！

我的老伴——吴文藻

　　我想在我终于投笔之前，把我的老伴——和我共同生活了五十六年的吴文藻这个人，写了出来，这就是我此生文字生涯中最后要做的一件事，因为这是别人不一定会做、而且是做不完全的。

　　这篇文章，我开过无数次的头，每次都是情感潮涌，思绪万千，不知从哪里说起！最后我决定要稳静地简单地来述说我们这半个多世纪以来的、共同度过的、和当时全国大多数知识分子一样的"平凡"生活。

　　今年一月十七大雾之晨，我为《婚姻与家庭》杂志写了一篇稿子，题目就是《论婚姻与家庭》。我说：

　　　　家庭是社会的细胞。

　　　　有了健全的细胞，才会有一个健全的社会，乃至一个健全的国家。

　　　　家庭首先由夫妻两人组成。

　　　　夫妻关系是人际关系中最密切最长久的一种。

　　　　夫妻关系是婚姻关系，而没有恋爱的婚姻是不道德的！

　　　　恋爱不应该只感情地注意到"才"和"貌"，而应该理智地注意到双方的"志同道合"（这"志"和"道"包括爱祖国、爱人民、爱劳动等），然后是"情投意合"（这"情"和"意"包括生活习惯和爱好等）。

在不太短的时间考验以后，才能考虑到组织家庭。

一个家庭对社会对国家要负起一个健康细胞的责任，因为在它周围还有千千万万个细胞。

一个家庭要长久地生活在双方人际关系之中，不但要抚养自己的儿女，还要奉养双方的父母，而且还要亲切和睦地处在双方的亲友、师、生之间。

婚姻不是爱情的坟墓，而是更亲密的灵肉合一的爱情的开始。

"二人同心，其利断金"是中国人民几千年智慧的结晶。

人生的道路，到底是平坦的少，崎岖的多。

在平坦的道路上，携手同行的时候，周围有和暖的春风，头上有明净的秋月。两颗心充分地享受着宁静柔畅的"琴瑟和鸣"的音乐。

在坎坷的路上，扶掖而行的时候，要坚忍地咽下各自的冤抑和痛苦，在荆棘遍地的路上，互慰互勉，相濡以沫。

有着忠贞而精诚的爱情在维护着，永远也不会有什么人为的"划清界线"，什么离异出走，不会有家破人亡，也不会有那种因偏激、怪僻、不平、愤怒而破坏社会秩序的儿女。

人生的道路上，不但有"家难"而且有"国忧"，也还有世界大战以及星球大战。

但是由健康美满的恋爱和婚姻组成的千千万万的家庭，就能勇敢无畏地面对这一切！

我接受写《论婚姻与家庭》这个任务，正是在我沉浸于怀念文藻的情绪之中的时候。我似乎没有经过构思，提起笔来就自然流畅地写了下去。意尽停笔，从头一看，似乎写出了我们自己一生共同的理想、愿望和努力的实践，写出了我现在的这篇文章的骨架！

以下我力求简练，只记下我们生活中一些有意义和有趣的值得写下的一些平凡琐事吧。

话还得从我们的萍水相逢说起。

一九二三年八月十七日，美国邮船杰克逊号，从上海启程直达美国西岸的西雅图。这一次船上的中国学生把船上的头等舱位住满了。其中光是清华留美预备学校的学生就有一百多名，因此在横渡太平洋两星期的光阴，和在国内上大学的情况差不多，不同的就是没有课堂生活，而且多认识了一些朋友。

我在贝满中学时的同学吴搂梅——已先期自费赴美——写信让我在这次船上找她的弟弟、清华学生——吴卓。我到船上的第二天，就请我的同学许地山去找吴卓，结果他把吴文藻带来了。问起名字才知道找错了人！那时我们几个燕大的同学正在玩丢沙袋的游戏，就也请他加入。以后就倚在船栏上看海闲谈。我问他到美国想学什么？他说想学社会学。他也问我，我说我自然想学文学，想选修一些英国十九世纪诗人的功课。他就列举几本著名的英美评论家评论拜伦和雪莱的书，问我看过没有？我却都没有看过。他说："你如果不趁在国外的时间，多看一些课外的书，那么这次到美国就算是白来了！"他的这句话深深地刺痛了我！我从来还没有听见过这样的逆耳的忠言。我在出国前已经开始写作，诗集《繁星》和小说集《超人》都已经出版。这次在船上，经过介绍而认识的朋友，一般都是客气地说"久仰、久仰"，像他这样首次见面，就肯这样坦率地进言，使我悚然地把他作为我的第一个诤友、畏友！

这次船上的清华同学中，还有梁实秋、顾一樵等对文艺有兴趣的人，他们办了一张《海啸》的墙报，我也在上面写过稿，也参加过他们的座谈会。这些事文藻都没有参加，他对文艺似乎没有多大的兴趣，和我谈话时也从不提到我的作品。

船上的两星期，流水般过去了。临下船时，大家纷纷写下住址，约着通信。他不知道我到波士顿的威尔斯利女子大学研究院入学后，得到许多同船的男女朋友的信函，我都只用威校的风景明片写了几句应酬的话回复了，只对他，我是写了一封信。

他是一个酷爱读书和买书的人，每逢他买到一本有关文学的书，自己看过就寄给。我一收到书就赶紧看，看完就写信报告我的体会和心得，像看老师指定的参考书一样的认真。老师和我做课外谈话时，对于我课外阅读之广泛，感到惊奇，问我是谁给我的帮助？我告诉她，是我的一位中国朋友。她说："你的这位朋友是个很好的学者！"这些事我当然没有告诉文藻。

我入学不到九个星期就旧病——肺气枝扩大——复发，住进了沙穰疗养院。那时威校的老师和中、美同学以及在波士顿的男同学们都常来看我。文藻在新英格兰东北的新罕布什州的达特默思学院的社会学系读三年级——清华留美预备学校的最后二年，相当于美国大学二年级——新罕布什州离波士顿很远，大概要乘七八个小时的火车。我记得一九二三年冬，他因到纽约度年假，路经波士顿，曾和几位在波士顿的清华同学来慰问过我。一九二四年秋我病愈复学。一九二五年春在波士顿的中国学生为美国朋友演《琵琶记》，我曾随信给他寄了一张入场券。他本来说功课太忙不能来了，还向我道歉。但在剧后的第二天，到我的休息处——我的美国朋友家里——来看的几个男同学之中，就有他！

一九二五年的夏天，我到绮色佳的康耐尔大学的暑期学校补习法文，因为考硕士学位需要第二外国语。等我到了康耐尔，发现他也来了，

234

事前并没有告诉我，这时只说他大学毕业了，为读硕士也要补习法语。这暑期学校里没有别的中国学生，原来在康耐尔学习的，这时都到别处度假去了。绮色佳是一个风景区，因此我们几乎每天课后都在一起游山玩水，每晚从图书馆出来，还坐在石阶上闲谈。夜凉如水，头上不是明月，就是繁星。到那时为止，我们信函往来，已有了两年的历史了，彼此都有了较深的了解，于是有一天在湖上划船的时候，他吐露了愿和我终身相处。经过了一夜的思索，第二天我告诉他，我自己没有意见，但是最后的决定还在于我的父母，虽然我知道只要我没意见，我的父母是不会有意见的！

一九二五年秋，他入了纽约哥伦比亚大学，离波士顿较近，通信和来往也比较频繁了。我记得这时他送我一大盒很讲究的信纸，上面印有我的姓名缩写的英文字母。他自己几乎是天天写信，星期日就写快递，因为美国邮局星期天是不送平信的，这时我的宿舍里的舍监和同学们都知道我有个特别要好的男朋友了。

一九二五年冬，我的威校同学王国秀，毕业后升入哥伦比亚大学的，写信让我到纽约度假。到了纽约，国秀同文藻一起来接我。我们在纽约玩得很好，看了好几次莎士比亚的戏。

一九二六年夏，我从威校研究院取得了硕士学位，应邀回母校燕大任教。文藻写了一封很长的信，还附了一张相片，让我带回国给我的父母。我回到家还不好意思面交，只在一天夜里悄悄地把信件放在父亲床前的小桌上。第二天，父母亲都没有提到这件事，我也更不好问了。

一九二八年冬，他在哥伦比亚大学得了博士学位，还得到哥校"最近十年内最优秀的外国留学生"奖状。他取道欧洲经由苏联，于一九二九年初到了北京。这时他已应了燕大和清华两校教学之聘，燕大还把在燕南园兴建的一座小楼，指定给我们居住。

那时我父亲在上海海道测量局任局长。文藻到北京不几天就回到上海，我的父母很高兴地接待了他，他在我们家住了两天，又回他江阴老家去。从江阴回来，就在我家举行了简单的订婚仪式。

年假过后，一九二九年春，我们都回到燕大教学，我在课余还忙于婚后家庭的一切准备。他呢，除了请木匠师傅在楼下他的书房的北墙，用木板做一个"顶天立地"的大书架之外，只忙于买几张半新的书橱、卡片柜和书桌等，把我们新居的布置装饰和庭院栽花种树，全都让我来管。

我们的婚礼是在燕大的临湖轩举行的，一九二九年六月十五日是个星期六。婚礼十分简单，客人只有燕大和清华两校的同事和同学，那天待客的蛋糕、咖啡和茶点，我记得只用去三十四元！

新婚之夜是在京西大觉寺度过的。那间空屋子里，除了自己带去的两张帆布床之外，只有一张三条腿的小桌子——另一只脚是用碎砖垫起的。两天后我们又回来分居在各自的宿舍里，因为新居没有盖好，学校也还没有放假。

暑假里我们回到上海和江阴省亲。他们为我们举办的婚宴，比我们在北京自己办的隆重多了，亲友也多，我们把收来的许多红幛子，都交给我们两家的父母，作为将来亲友喜庆时还礼之用。

朋友们都劝我们到杭州西湖去度蜜月，可是我们只住了一天就热坏了，夏天的西湖就像蒸锅一般！那时刘放园表兄一家正在莫干山避暑，我们被邀到莫干山住了几天。文藻惦记着秋后的教学，我惦念着新居的布置，在假满之前，匆匆地又回到了北京。关于这一段，我在《第一次宴会》那篇小说里曾描写过。

上课后，文藻就心满意足地在他的书房里坐了下来，似乎从此就可以过一辈子的备课、教学、研究的书呆子生活了。

一九三〇年是我们两家多事之秋，我的母亲和文藻的父亲相继逝世。他的母亲就北上和我们同住，我的父亲不久也退休回到北京来。

这时我的二弟为杰已升入燕大，他的妹妹剑群也入了燕大读家政系。他们都住在宿舍，却都常回来。我没有姐妹，文藻没有兄弟，这时双方都觉得有了补偿。

这里不妨插进一件趣事。一九二三年我初到美国，花了五块美金，照了一两张相片，寄回国来，以慰我父母想念之情。那张大点的相片，从我母亲逝世后文藻就向我父亲要来，放在他的书桌上，我问他："你真的每天要看一眼呢，还只是一件摆设？"他笑说："我当然每天要看了。"有一天我趁他去上课，把一张影星阮玲玉的相片，换进相框里，过了几天，他也没理会。后来还是我提醒他："你看桌上的相片是谁的？"他看了才笑着把相片换下来，说："你何必开这样的玩笑？"还有一次是一个阳光灿烂的春天上午，我们都在楼前赏花，他母亲让我把他从书房里叫出来。他出来站在丁香树前目光茫然地又像应酬我似地问："这是什么花？"我忍笑回答："这是香丁。"他点了点头说："呵，香丁。"大家听了都大笑起来。

婚后的几年，我仍在断断续续地教学，不过时间减少了。一九三一年二月，我们的儿子吴平出世了。一九三五年五月我们又有了一个女儿——吴冰。我尝到了做母亲的快乐和辛苦。我每天早晨在特制的可以折起的帆布高几上，给孩子洗澡。我们的弟妹和学生们，都来看过，而文藻却从来没有上楼来分享我们的欢笑。

在燕大教学的将近十年的光阴，我们充分地享受了师生间亲切融洽的感情。我们不但有各自的学生，也有共同的学生。我们不但有课内的接触，更多的是课外的谈话和来往。学生对我们倾吐了许多生命里的问题：婚姻，将来的专业等，能帮上忙的，就都尽力而为，文藻侧重的是选送学社会学的研究生出国深造的问题。在一九三五至一九三六年，文藻休假的一年，我同他到欧美转了一周。他在日本、美国、英国、法国，到处寻师访友，安排了好几个优秀学生的入学从师的问题。

他在自传里提到说："我对于哪一个学生，去哪一个国家，哪一个学校，跟谁为师和吸收哪一派理论和方法等问题，都大体上做了具体的、有针对性的安排。"因此在这一年他仆仆于各国各大学之间的时候，我只是到处游山玩水，到了法国，他要重到英国的牛津和剑桥学习"导师制"，我却自己在巴黎住了悠闲的一百天！一九三七年六月底我们取道西伯利亚回国，一个星期后，"七七事变"便爆发了！

"七七事变"以后几十年生活的回忆，总使我胆怯心酸，不能下笔——

说起我和文藻，真是"隔行如隔山"，他整天在书房里埋头写些什么，和学生们滔滔不绝地谈些什么，我都不知道。他那"顶天立地"的大书架摆着的满满的中外文的社会学、人类学的书，也没有引起我去翻看的勇气。要评论他的学术和工作，还是应该看他的学生们写的记述和悼念他的文章，以及他在一九八二年应《晋阳学刊》之约，发表在该刊第六期上的他的自传。这篇将近九千字的自传里讲的是：他自有生以来，进的什么学校、读的什么功课、从哪位老师受业、写的什么文章、交的什么朋友，然后是教的什么课程，培养的哪些学生……提到我的地方，只有两处：我们何时相识，何时结婚，短短的几句！至于儿女们的出生年月和名字，竟是只字不提。怪不得他的学生写悼念他的文章里，都说："吴师曾感慨地说：'我花在培养学生身上的精力和心思，比花在我自己儿女身上的多多了。'"

我不能请读者都去看他的"自传"，但也应该用他"自传"的话，来总括他在"七七事变"前在燕大将近十年的工作：（一）是讲课，用他学生的话说是"建立'适合我国国情'的社会学教学和科研体系，使'中国式的社会学，扎根于中国的土壤之上'"。（二）是培养专业人才，请进外国的专家来讲学和指导研究生，派出优秀的研究生去各国留学（"请进来"和"派出去"的专家和学生的名字和国籍只能从略）。（三）是提倡社区研究。"用同一区位的或文化的观点和方法，来分头进行各种地域不同的社会研究"。我只知道那时有好几位常来我家讨论的学生，曾分头到全国各地去做这种工作，现在这几位都是知名的学者和教授，在这里我不敢借他们的盛名来增光我的篇幅！但我深深地体会到文藻那些年的"茫然的目光"和"一股傻气"的后面，隐藏了多少的"精力和心思"！这里不妨再插进一首嘲笑他的宝塔诗，是我和清华大学校长梅贻琦老先生凑成的。上面的七句是：

马

香丁

羽毛纱

样样都差

傻姑爷到家

说起真是笑话

教育原来在清华

"马"和"羽毛纱"的笑话是抗战前在北京，有一天我们同到城里去看望我父亲，我让他上街去给孩子买"萨其马"（一种点心），孩子不会说萨其马，一般只说"马"。因此他到了铺子里，也只会说买"马"。还有我要送我父亲一件双丝葛的夹袍面子。他到了"稻香村"点心店和"东升祥"布店，这两件东西的名字都说不出来。亏得那两间店铺的售货员，和我家都熟，都打电话来问。"东升祥"的店员问："您要买一丈多的羽毛纱做什么？"我们都大笑起来，我就说："他真是个傻姑爷！"父亲笑了，说："这傻姑爷可不是我替你挑的！"我也只好认了。抗战后我们到了云南，梅校长夫妇到我呈贡家里来度周末，我把这一腔怨气写成宝塔诗发泄在清华身上。梅校长笑着接写下面两句：

冰心女士眼力不佳

书呆子怎配得交际花

当时在座的清华同学都笑得很得意，我又只好承认我的"作法自毙"。

回来再说些正经的吧，"七七事变"后这一年，北大和清华都南迁了，燕大因为是美国教会办的，那时还不受干扰。但我们觉得在敌后一刻也待不下去了，同时文藻已经同敌后的云南大学联系好了，用英庚款在云大设置了社会人类学讲座，由他去教学。那时只因为我怀着小女儿吴青，她要十一月才出世，燕大方面也苦留我们再待一年。这一年中我们只准备离开的一切——这一段我在《丢不掉的珍宝》一文中写得很详细。

一九三八年秋我们才取海道由天津经上海，把文藻的母亲送到他的妹妹处，然后经香港从安南（当时的越南）的海防坐小火车到了云南的昆明。这一路，旅途的困顿曲折，心绪的恶劣悲愤，就不能细说了。记得到达昆明旅店的那夜，我们都累得抬不起头来，我怀抱里的不过八个月的小女儿吴青咯咯地拍掌笑了起来，我们才抬起倦眼惊喜看到座边圆桌上摆的那一大盆猩红的杜鹃花！

用文藻自己的话说："自一九三八年离开燕京大学，直到一九五一年从日本回国，我的生活一直处在战时不稳定的状态之中。"

他到了云南大学，又建立起了社会学系并担任了系主任，同年又受了北京燕大的委托，成立了燕大和云大合作的"实地调查工作站"。我们在昆明城内住了不久，又有日机轰炸，就带着孩子们迁到郊外的呈贡，住在"华氏墓户"。我把这座祠堂式的房子改名为"默庐"，我在一九四〇年二月为香港《大公报》（应杨刚之约）写的《默庐试笔》中写得很详细。

从此文藻就和我们分住了。他每到周末，就从城里骑马回家，还往往带着几位西南联大的没带家眷的朋友，如称为"三剑客"的罗常培、郑天翔和杨振声。这些苦中作乐的情况，我在为罗常培先生写的《蜀道难》序中，也都描述过了。

一九四〇年底，因英庚款讲座受到干扰，不能继续，同时在重庆的国防最高委员会工作的清华同学，又劝他到委员会里当参事，负责研究边疆的民族、宗教和教育问题，并提出意见。于是我们一家又搬到重庆去了。

到了重庆，文藻仍寄居在城内的朋友家里，我和孩子们住在郊外的歌乐山，那里有一所没有围墙的土屋，是用我们卖书的六千元买来的。我把它叫作"潜庐"，关于这座土屋和门前风景，我在《力构小窗随笔》中也说过了。

我记得一九四二年春，文藻得了很重的肺炎，我陪他在山下的"中央医院"也就是"上海医学院"的附属医院，住了将近一个月，他受到内科钱德主任的精心医治，据钱主任说肺炎一般在一星期内外，必有一个转折期，那时才知凶吉。但是文藻那时的高烧一直延长到十三天！有一天早上护士试过了他的脉搏，惊惶而悄悄地来告诉我说："他的脉搏只有三十六下了。"急得我赶紧跑到医院后面宿舍里去找王鹏万大夫夫妇——他的爱人张女士是我的同学——那时我只觉得双腿发软，连一座小小的山坡都走不上去！等我和王大夫夫妇回到病房来时，看见文藻的身上的被子已被掀起来了，床边站满了大夫和护士，我想他一定"完"了！回头看见窗前桌上放着两碗刚送来的早餐热粥，我端起碗来一口气都喝了下去。我觉得这以后我要办的事多得很，没有一点力气是不行的。谁知道再一回头看到文藻翻了一个身，长长地吁了一口气，迸出一身冷汗。大夫们都高兴地又把被子给他盖上，说："这转折点终于来了！"又都回头对我笑说，"好了，您不用难过了……"

我擦着脸上的汗说："你们辛苦了，他就是这么一个人，什么都慢！"

我的身心交瘁的一个多月过去了，却又忙着把他搬回山上来，那时没有公费医疗，多住一天，就得多付一天的住院费，我这个以"社会贤达"的名义被塞进"参政会"的参政员，每月的"工资"也只是一担白米。回家后还是亏了一位文藻的做买卖的亲戚，送来一只鸡和两只广柑，作为病后的补品。偏偏我在一杯广柑汁内，误加了白盐，我又舍不得倒掉，便自己仰脖喝了下去！

回家后大女儿吴冰向我诉苦，说五月一日是她的生日，富奶奶（关于这位高尚的人，我将另有文章记述）只给她吃一个上面插着一支小蜡烛的馒头。这时文藻躺在家里床上，看到爬到他枕边的、穿着一身浅黄色衣裙、发上结着一条大黄缎带的小女儿吴青（这也是富奶奶给她打扮的），脸上却漾出了病后从未有过的一丝微笑！

文藻不是一个能够安心养病的人。一九四三年初，他就参加了"中国访问印度教育代表团"去到印度，着重考察了印度的民族和印度教与伊斯兰教的冲突问题。同年的六月，他又参加了"西北建设考察团"，担任以新疆民族为主的西北民族问题调查。一九四四年底他又参加了去到美国的"战时太平洋学会"，讨论各盟国战后对日处理方案。会后他又访问了哈佛、耶鲁、芝加哥、普林斯顿各大学的研究中心，去了解他们战时和战后的研究计划和动态，他得到的收获就是了解到"行为科学"的研究已从"社会关系学"发展到了以社会学、人类学、社会心理学三门结合的研究。

一九四五年八月十四日夜，我们在歌乐山上听到了日本帝国主义者无条件投降的消息。那时在"中央大学"和在"上海医学院"学习的我们的甥女和表侄女们，都高兴得热泪纵横。我们都恨不得一时就回到北平去，但是那时的交通工具十分拥挤，直到一九四五年底我们才回到了南京。正在我们做北上继续教学的决定时，一九四六年初，文藻的清华同学朱世明将军受任中国驻日代表团团长，他约文藻担任该团的政治组长，兼任盟国对日委员会中国代表顾问。文藻正想了解战后日本政局和重建的情况和形势，他想把整个日本作为一个大的社会现场来考察，做专题研究，如日本天皇制、日本新宪法、日本新政党、财阀解体、工人运动等，在中日邦交没有恢复，没有友好往来之前，趁这机会去日，倒是一个方便，但他只作一年打算。因此当他和朱世明将军到日本去的时候，我自己将两个大些的孩子吴平和吴冰送回北京就学，住在我的大弟媳家里；我自己带着小女儿吴青暂住在南京亲戚家里，这一段事我都写在一九四六年十月的《无家乐》那一篇文章里。当年的十一月，文藻又回来接我，带着小女儿到了东京。

现在回想起来，在东京的一段时间，是我们生命中的一个转折点。文藻利用一切机会，同美国来日研究日本问题的专家学者以及东京大学、京都大学的同行人士多有接触。我自己也接触了当年在美国留学时的日本同学和一些妇女界人士，不但比较深入地了解了当时日本社会上存在的种种问题，同时也深入地体会了美帝国主义的侵略本性！

这时我们结交了一位很好的朋友——谢南光同志，他是代表团政治组的副组长，也是一个地下共产党员，通过他我们研读了许多毛主席著作，并和国内有了联系。文藻有个很"不好"的习惯，就是每当买来一本新书，就写上自己的名字和年、月、日。代表团里本来有许多台湾特务系统，如军统、中统等据说有五个之多。他们听说政治组同人每晚以在吴家打桥牌为名，共同研讨毛泽东著作，便有人在一天趁文藻上班，溜到我们住处，从文藻的书架上取走一本《论持久战》。等到我知道了从卧室出来时，他已走远了。

我们有一位姓林的朋友——他是横滨领事，对共产主义同情的，被召回台湾即被枪毙了。文藻知道不能在代表团继续留任。一九五〇年他向团长提出辞职，但离职后仍不能回国，因为我们持有的是台湾政府的护照，这时华人能在日本居留的，只有记者和商人。我们没有经商的资本，就通过朱世明将军和新加坡巨商胡文虎之子胡好的关系，取得了《星槟日报》记者的身份，在东京停留了一年，这时美国的耶鲁大学聘请文藻到该校任教，我们把赴美的申请书寄到台湾，不到一星期便被批准了！我们即刻离开了日本，不是向东，而是向西到了香港，由香港回到了祖国！

这里应该补充一点，当年我送回北平学习的儿女，因为我们在日本的时期延长了，便也先后到了日本。儿子吴平进了东京的美国学校，高中毕业后，我们的美国朋友都劝我们把他送到美国去进大学，他自己和我们都不赞成到美国去。便以到香港大学进修为名，买了一张到香港而经塘沽的船票。他把我们给国内的一封信缝在裤腰里，船到塘沽他就溜了下去，回到北京。由联系方面把他送进了北大，因为他选的是建筑系，以后又转入清华大学——文藻的母校。他回到北京和我们通信时，仍由香港方面转。因此我们一回到香港，北京方面就有人来接，我们从海道先到了广州。

回国后的兴奋自不必说！一九五一年至一九五三年之间，文藻都在学习，为接受新工作做准备。中间周总理曾召见我们一次，这段事我在一九七六年写的《永远活在我们心中的周总理》一文中叙述过。

一九五三年十月，文藻被正式分配到中央民族学院工作。新中国成立后，社会学和其他的社会科学如心理学等，都被扬弃了竟达三十年之久，文藻这时是致力于研究国内少数民族情况。他担任了这个研究室和历史系"民族志"研究室的主任。他极力主张"民族学中国化"，"把包括汉族在内的整个中华民族作为中国民族学的研究，让民族学植根于中国土壤之中"。这段详细的情况，在《中央民族学院学报》

一九八六年第二期，金天明和龙平平同志的《论吴文藻的"民族学中国化"的思想》一文中，都讲得很透彻，我这个外行人，就不必多说了。

一九五八年四月，文藻被错划为右派。这件意外的灾难，对他和我都是一个晴天霹雳！因为在他的罪名中，有"反党反社会主义"一条，在让他写检查材料时，他十分认真地苦苦地挖他的这种思想，写了许多张纸！他一面痛苦地挖着，一面用迷茫和疑惑的眼光看着我说："我若是反党反社会主义，我到国外去反好了，何必千辛万苦地借赴美的名义回到祖国来反呢？"我当时也和他一样"感到委屈和沉闷"，但我没有说出我的想法，我只鼓励他好好地"挖"，因为他这个绝顶认真的人，你要是在他心里引起疑云，他心思就更乱了。

正在这时，周总理夫妇派了一辆小车，把我召到中南海西花厅，那所简朴的房子里。他们当然不能说什么，也只十分诚恳地让我帮他好好地改造，说"这时最能帮助他的人，只能是他最亲近的人了……"这一见到邓大姐，就像见了亲人一样，我的一腔冤愤就都倾吐了出来！我说："如果他是右派，我也就是漏网右派，我们的思想都差不多，但决没有'反党反社会主义'的思想！"我回来后向文藻说了总理夫妇极其委婉地让他好好改造。他在《自传》里说"当时心里还是感到委屈和沉闷，但我坚信事情终有一天会弄清楚的"。一九五九年十二月，文藻被摘掉右派分子的帽子。一九七九年又把错划的事予以改正。

作为一个旁观者，我看到一九五七年，在他以前和以后几乎所有的社会学者都被划成右派分子，在他以后，还有许许多多我平日所敬佩的各界的知名人士，也都被划为右派，这其中还有许多年轻人和大学生。我心里一天比一天地坦然了。原来被划为右派，在明眼人的心中，并不是一件可羞耻的事！

文藻被划成右派后，受到了撤销研究室主任的处分，并剥夺了教书权，送社会主义学院学习。一九五九年以后，文藻基本上是从事内部文字工作，他的著作大部分没有发表，发表了也不署名，例如从一九五九年到一九六六年期间与费孝通（他已先被划为右派！）共同校订少数民族史志"三套丛书"，为中宣部提供西方社会学新书名著，为《辞海》第一版民族类词目撰写释文等，多次为外交部交办的边界问题提供资料和意见并参与了校订英文汉译的社会学名著工作。他还与费孝通共同搜集有关帕米尔及其附近地区历史、地理、民族情况的英文参考资料等，十年动乱中这些资料都散失了！

一九六六年"文革"开始了，我和他一样靠边站，住牛棚，那时我们一家八口（我们的三个子女和他们的配偶）分散在八个地方，如今单说文藻的遭遇。他在一九六九年冬到京郊石棉厂劳动，一九七〇年夏又转到湖北沙洋民族学院的干校。这时我从作协的湖北咸宁的干校，被调到沙洋的民族学院的干校来。久别重逢后不久又从分住的集体宿舍搬到单间宿舍，我们都十分喜幸快慰！实话说，经过反右期间的惊涛骇浪之后，到了"十年浩劫"，连国家主席、开国元勋都不能幸免，像我们这些"臭老九"，没有家破人亡，就是万幸了，又因为和民院相熟的同人们在一起劳动，无论做什么都感到新鲜有趣。如种棉花，从在瓦罐里下种选芽，直到在棉田里摘花为止，我们学到了许多技术，也流了不少汗水。湖北夏天，骄阳似火，当棉花秆子高与人齐的时候，我们在密集团塞的棉秆中间摘花，浑身上下都被热汗浸透了，在出了棉田回到干校的路上，衣服又被太阳晒干了。这时我们都体会到古诗中的"锄禾日当午，汗滴禾下土"句中的甘苦，我们身上穿的一丝一缕，也都是辛苦劳动的果实呵！

一九七一年八月，因为美国总统尼克松将有访华之行，文藻和我以及费孝通、邝平章等八人，先被从沙洋干校调回北京民族学院，成立了研究部的编译室。我们共同翻译校订了尼克松的《六次危机》的下半部分。接着又翻译了美国海斯、穆恩、韦兰合著的《世界史》，最后又合译了英国大文豪韦尔斯著的《世界史纲》，这是一部以文论史的"生物和人类的简明史"的大作！那时中国作家协会还没有恢复，我很高兴地参加了这本巨著的翻译工作，从攻读原文和参考书籍里，我得到了不少学问和知识。那几年我们的翻译工作，是十年动乱的岁月中，最宁静、最惬意的日子！我们都在民院研究室的三楼上，伏案疾书，我和文藻的书桌是相对的，其余的人都在我们的隔壁或旁边。文藻和我每天早起八点到办公室，十二时回家午饭，饭后二时又回到办公室，下午六时才回家。那时我们的生活"规律"极了，大家都感到安定而没有虚度了光阴！现在回想起来，也亏得那时是"百举俱废"的时期，否则把我们这几个后来都是很忙的人召集在一起，来翻译这一部洋洋数百万言的大书，也不是一件容易的事。

"四人帮"被粉碎之后，各科学术研究又得到恢复，社会学也开始受到了重视和发展。一九七九年三月，文藻十分激动地参加了重建社会学会的座谈会，作了《社会学与现代化》的发言，谈了多年来他想谈而不能谈的问题。当年秋天，他接受了带民族学专业研究生的任务，并在集体开设的"民族学基础"中，分担了"英国社会人类学"的教学任务。文藻恢复工作后，精神健旺了，又感到近几年来我们对西方民族学战后的发展和变化了解太少，就特别注意关于这方面材料的收集。一九八一年底，他写了《战后西方民族学的变化》，介绍了西方民族战后出现的流派及其理论，这是他最后发表的一篇文章了！

他在《自传》里最后说："由于多年来我国的社会学和民族学未被承认，现在重建和创新工作还有许多要做，我虽年老体弱，但我仍有信心在有生之年为发展我国的社会学和民族学做出贡献。"

他的信心是有的，但是体力不济了。近几年来，我偶尔从旁听见他和研究生们在家里的讨论和谈话，声音都是微弱而喑哑的，但他还是努力参加了研究生们的毕业论文答辩，校阅了研究生们的翻译稿件，自己也不断地披阅西方的社会学和民族学的新作，又做些笔记。一九八三年我们搬进民族学院新建的高知楼新居，朝南的屋子多，我们的卧室兼书房，窗户宽大，阳光灿烂，书桌相对，真是窗明几净。我从一九八〇年秋起得了脑血栓后又患右腿骨折，已有两年足不出户了。我们是终日隔桌相望，他写他的，我写我的，熟人和学生来了，也就坐在我们中间，说说笑笑，享尽了人间"偕老"的乐趣。这也是十一届三中全会以后，我们得到的政府各方面特殊照顾的丰硕果实。

"夕阳无限好，只是近黄昏"，这也是天然规律，文藻终于在一九八五年七月三日最后一次住进北京医院，再也没有出来了。他的床前，一直只有我们的第二代、第三代的孩子们在守护，我行动不便，自己还要有人照顾，便也不能像一九四二年他患肺炎时那样，日夜守在他旁边了。一九八五年的九月二十四日早晨，我们的儿子吴平从医院里打电话回来告诉我说："爹爹已于早上六时二十时分逝世了！"

遵照他的遗嘱：不向遗体告别，不开追悼会，火葬后骨灰投海。存款三万元捐献给中央民院研究所，作为社会民族学研究生的助学金。九月二十七日下午，除了我之外，一家大小和近亲密友（只是他的几位学生）在北京医院的一间小厅里，开了一个小型的告别会。（有好几位民院、民委、中联部的领导同志要去参加，我辞谢他们说：我都不去你们更不必去了），这小型的告别会后，遗体便送到八宝山火化。九月二十九晨，我们的儿女们又到火葬场拾了遗骨，骨灰盒就寄存在革命公墓的骨灰室架子上。等我死后，我们的遗骨再一同投海，也是"死同穴"的意思吧！

文藻逝世后，一段时间内的情况，我在《衷心的感谢》一文中（见《文汇月刊》一九八六年一期）都写过了。

现在总起来看他的一生，的确有一段坎坷的日子，但他的"坎坷"

是和当时绝大多数的知识分子"同命运"的。一九八六年第十八期《红旗》上，有一篇"本报特约评论员"的文章：《引导知识分子坚持走健康成长的道路》中的党对知识分子问题的第四阶段上，讲得就非常的客观而公允！

> 第四阶段，从 1957 年到 1976 年。前十年由于党的指导思想发生了"左"的偏差，党的知识分子政策开始偏离了正确的方向，知识分子工作也经历了曲折的道路。主要表现是轻视知识，歧视知识分子，以种种罪名排斥和打击了一些知识分子，使不少人长期蒙受冤屈。这种错误倾向，在长达十年的"文化大革命"中，发展到了荒谬绝伦的地步，把广大知识分子诬蔑为"臭老九"，把学有所长、术有专攻的知识分子诬蔑为"反动学术权威"，只片面地强调知识分子要向工农学习，不提工农群众也要向知识分子学习，人为地制造了工人农民同知识分子之间的对立，而重视知识分子，爱护知识分子，反被说成是搞"修正主义"，有"亡党亡国"的危险。摧残知识分子成为十年浩劫的重要组成部分。

读了这篇文章，使我从心里感觉到中国共产党真是一个伟大、英明、正确的无产阶级政党，是一个"有严明纪律和富于自我批评精神的无产阶级政党"。可惜的是文藻没能赶上披读这篇文章了！

写到这里，我应当搁笔了。他的也就是我们的晚年，在精神和物质方面，都没有感到丝毫的不足。要说他八十五岁死去更不能说是短命，只是从他的重建和发展中国社会学的志愿和我们的家人骨肉之间的感情来说，对于他的忽然走开，我们是永远抱憾的！

一九八六年十一月二十一日